Martina Richter

Mopsball

Das Buch

Der Ball ist rund, ein Spiel dauert 90 Minuten und der Mops findet immer den Mörder!

Es könnte alles so schön sein im beschaulichen Knieslingen. Kommissar Waterson bereitet mit seiner Braut seine Hochzeit vor und auch Holmes' Frauchen Marlene möchte Ja sagen. Mitten in den Vorbereitungen und im größten Trubel findet Mops Holmes auf dem Fußballplatz neben der Festhalle eine Leiche. Der Schiedsrichter aus dem ungeliebten Nachbardorf Gutthau baumelt erhängt am Fußballtor. Es scheint Selbstmord zu sein, doch Holmes nimmt dennoch die Ermittlungen auf. Und seine Spürnase täuscht den Mopsdetektiv nicht. Er kommt einem Skandal im Dorfkicker-Milieu auf die Schliche...

Die Autorin

Geboren wurde ich 1966 in Bielefeld, wuchs aber in Baden-Württemberg auf, wo meine Eltern eine Jugendherberge leiteten. Nach meinem Studium der Geographie in Tübingen begann ich ebenfalls in der Jugendherberge zu arbeiten. Bis heute lebe ich mit meinen beiden Töchtern und vielen Tieren in einem Bauernhaus in Sonnenbühl auf der Schwäbischen Alb. Nach dem Tod meines Sohnes im Jahre 2000 begann ich mit dem Schreiben. Mein erster Roman „Die Schimmelreiterin" wurde im Herbst 2015 veröffentlicht. Meine eigentliche Liebe gilt aber dem klassischen Kriminalroman. Mein Detektiv ist ein junger Mops namens Holmes.

Martina Richter

Mopsball

Holmes und Waterson ermitteln in ihrem neusten Fall

Kriminalroman

MIDNIGHT

Midnight by Ullstein
midnight.ullstein.de

MIX
Papier
FSC® C083411

Midnight ist ein Verlag
der Ullstein Buchverlage GmbH, Berlin
Mai 2019 (1)

Umschlaggestaltung:
zero-media.net, München
Titelabbildung: © FinePic®
Innengestaltung: deblik Berlin
Gesetzt aus der Quadraat Pro powered by pepyrus.com
Druck- und Bindearbeiten: CPI books GmbH, Leck

ISBN 978-3-95819-259-1

-1-

»Also langsam weiß ich wirklich nicht mehr, wo mir der Kopf steht.« Marlene ächzte schwer unter der der Last der Girlanden, die sie mit Hilfe von Jackie in der Knieslinger Festhalle aufhängen wollte. Doch sobald sie auf der wackeligen Leiter stand, krähte Josefine, ihre jüngste Tochter, laut los und verlangte die gesamte Aufmerksamkeit ihrer Mutter. Neidisch blickte sie auf den Buggy der am Rande der Halle in einer Nische stand. Dort schlief Mara, Jackies Tochter, in aller Seelenruhe, und nur hin und wieder war ein leises Schnarchen von ihr zu hören.

Jackie blies sich eine Haarsträhne aus der verschwitzten Stirn und grinste ihre Freundin an. »Wie wäre es, wenn du jetzt doch endlich einmal die Hilfe von Miros Eltern in Anspruch nimmst? Sie haben es dir oft genug angeboten, und in der kurzen Zeit werden sie Josy nicht gleich fürs Leben verderben.«

»Aber sie füttern sie unentwegt mit Süßigkeiten, und sie darf einfach alles ...«, murrte Marlene, die die Kleine mittlerweile zum fünften Mal von dem Stapel Bodenturnmatten herunterhob, auf dem die fast Einjährige immer wieder herumkletterte.

»Also zuerst einmal: Das ist das Privileg aller Großeltern, und die beiden sind zuckersüß und sehr lieb mit Josy. Und zweitens: So werden wir niemals fertig, also ruf sie jetzt an! Oder willst du Johannes erklären, dass unsere Doppelhochzeit ohne Dekoration stattfinden wird, weil du zu stolz bist, um Hilfe zu bitten?«

»Männer mögen gar keine Dekoration.« Marlene stieg brummelnd wieder auf die Leiter, doch bevor sie oben angekommen war, rollte der

Wagen, auf dem die Turnmatten gestapelt waren ein kleines Stückchen vorwärts, und Josefine, die sich soeben daran hochgezogen hatte, verlor das noch wackelige Gleichgewicht und fiel nach vorne auf den Bauch. Neuerliches Geschrei war die unmittelbare Folge. Jackie zog nur eine Augenbraue hoch, als Marlene ihr einen genervten Blick zuwarf und sich wieder auf den Weg nach unten machte.

»Bläst Holmes immer noch Trübsal? Das ist so untypisch für einen Mops, ich finde das mittlerweile bedenklich. Sonst könnte er doch mit Josefine ein bisschen spielen.« Jackie drehte sich suchend nach mir um, was die Leiter, auf der sie stand, bedenklich ins Wanken brachte.

Ich beobachtete das Treiben aus sicherer Entfernung, um ja nicht einbezogen zu werden. Mir war so überhaupt nicht nach Spielen zumute. Am liebsten wäre ich zu Hause geblieben und hätte mich in meinem Körbchen zusammengerollt. Nichts hören, nichts sehen und nichts fühlen. Mein Papa Marquez fehlte mir so sehr.

Mein Leben war nicht mehr dasselbe seit dem Tag, an dem ich erfahren hatte, dass er morgens einfach nicht mehr aufgewacht war. Meine Mutter Nelly erzählte mir davon: Sie lag eng an ihn gedrückt, als es passierte. Sie war bei seinem letzten Atemzug an seiner Seite. So hatte er sich seinen Abgang gewünscht, und Nelly fand in dieser Gewissheit Trost. Sie ertrug den Verlust mit sehr viel stiller Würde, ich bewunderte sie dafür. Ich war voller Schmerz und Zorn und war auf alles um mich herum wütend. Endlich hatte ich mein Messerstich-Trauma weitgehend überwunden und hatte gehofft, ein ruhiges, zufriedenes Leben im Kreise meiner Familie führen zu dürfen. Nun war mein Vater fort, und ein Stein im Garten neben seiner ersten Frau Babette zeigte den Ort an, an dem er sich nun befand. In der feuchten, kalten Erde, Futter für die Würmer.

Meine Gefährtin Bena Hula hatte mittlerweile resigniert aufgegeben, mir erklären zu wollen, dass er nie wirklich sterben würde, solange er in unseren Gedanken und Herzen weiterexistierte. Alle Erinnerungen an ihn taten mir weh. Denn ich war nicht dabei gewesen, als er gegangen war. Immer wieder kochte heiße Wut in mir hoch, wenn ich darüber nachdachte, dass ich in der unendlichen Sonne der Provence gefaulenzt hatte, als er starb. Mein bester Freund Johannes Waterson hatte mir kein Wort gesagt. Erst als ich in freudiger Erwartung nach Hause zurückkehrte, begeistert die Treppe in unserem alten Bauernhaus hinaufsprang und in unsere Küche stürmte, erfuhr ich von seinem Tod. Die traurigen Blicke, mit denen mich Nelly und Bena begrüßten, machten mir schlagartig klar, dass etwas Schlimmes passiert war. Ich fühlte mich verraten und übergangen und weigerte mich seither sogar, Waterson an mich heranzulassen.

Ich hob den Kopf, als ich Schritte hörte. Marlene kam mit Josy auf dem Arm auf mich zu. Gleich würde sie wieder versuchen, mich dazu zu bringen, mit Josy zu spielen, um mich abzulenken und aufzumuntern. Wie so oft in den letzten Wochen ergriff ich die Flucht. Marlene versuchte erst gar nicht, mich zurückzurufen. Sie wusste, dass ich einfach weiterlaufen würde. Und dass ich nicht verloren gehen würde. Alle im Dorf kannten mich und waren mittlerweile den Anblick gewöhnt, dass ein Mops allein durchs Dorf streifte. Irgendwann kam ich wieder zu Hause an, bellte kurz, damit mich jemand ins Haus ließ, und verkroch mich wieder in meinem Körbchen.

Ich trabte durch den langen, kargen Gang der Sport- und Festhalle und drückte mich durch die angelehnte Tür nach draußen. Die spätherbstliche trübe Stimmung draußen passte besser zu meiner Verfassung als die emsige Vorfreude, die drinnen herrschte. Trostlos und umgeben von dem großen Sterben, das der Herbst mit sich bringt, trabte ich über den nahe gelegenen Fußballplatz, wohl wissend, dass ich damit ein Sakrileg beging. Der Rasen wurde vom Platzwart gehegt und gepflegt und durfte außerhalb der Spiele ausschließlich von ihm betreten werden. Doch es war niemand da, der mich verjagte. Die beiden Tore waren noch nicht für den Winter eingelagert worden und durch große Plastikhauben vor der Witterung geschützt. Am kommenden Sonntag war das letzte Heimspiel vor der Winterpause geplant. Die gegnerische Mannschaft aus dem etwa dreißig Kilometer entfernten Ort Reublein kannte ich nicht, aber im Bären, unserem Dorfgasthaus, wurde unserem FC Knieslingen eine reelle Chance eingeräumt. Die Gemüter erhitzten sich jedoch heftig darüber, dass der Schiedsrichter ausgerechnet aus dem verhassten Nachbardorf Gutthau stammte.

Miro nahm mich früher hin und wieder auf den Fußballplatz mit, und ich beobachtete mit Begeisterung, dass nicht nur Hunde Freude daran finden, einem Ball hinterherzujagen. Daher kannte ich ein paar Gesichter und natürlich den Stolz des FC Knieslingen: die erste Herrenmannschaft. Viel Ehrgeiz und Emotionen machten sich bemerkbar, vor allem wenn der Gegner SV Gutthau hieß.

Es herrschte eine lang gepflegte Fehde zwischen den beiden Dörfern. Ich hegte schon seit Langem den Verdacht, dass es sich einfach um eine alte Gewohnheit handelte, denn niemand hatte die tiefe Abneigung bisher begründen können. Es war halt schon immer so. Innerlich schüttelte ich den Kopf über dieses merkwürdige Verhalten. Wir Möpse begegneten allen Lebewesen zuerst einmal unvoreingenommen und freundlich. Wie so oft dachte ich daran, wie viel besser und friedvoller die Welt wäre, wenn sie von uns Möpsen regiert werden würde. Mein Vater hätte einen wundervollen Präsidenten abgegeben. Ein schmerzhafter Stich durchfuhr mich, als ich an ihn dachte, und ich blieb neben einem der abgedeckten Fußballtore stehen, unfähig, mit meinem Schmerz zurechtzukommen.

Ein scharfer Wind kam auf und rüttelte an der hellen Plane. Unwillkürlich sah ich auf und erstarrte. Da war etwas in dem Tor, was da beim besten Willen nicht hingehörte. Ein schwarzer, unförmiger Schatten bewegte sich schemenhaft und stieß hin und wieder gegen die raschelnde Plane. Meine angeborene Neugierde siegte über meinen Frust, und ich robbte auf dem Bauch unter die Abdeckung. Als Erstes stieg mir ein scharfer Uringestank in die Nase. Der Verursacher hing aufgeknüpft an der Latte des Tores, und es gab keinen Zweifel daran, dass er mausetot war.

Ich trat ein paar Schritte näher und richtete mich an einem der beiden Pfosten auf, um besser in das Gesicht des Toten blicken zu können. Es war grotesk verzerrt. Die Augen waren weit aus den Höhlen getreten, und die Zunge hing wie ein dicker blauer Lappen aus dem Mund. Ich hatte bisher noch nie mit einem Erhängten zu tun gehabt, aber von Waterson wusste ich, dass es beim Erhängen zwei Todesarten gab. Schnell ging es bei Genickbruch, aber offensichtlich hatte der arme Kerl, der hier im Wind hin und her baumelte, nicht so viel Glück gehabt. Er zeigte die typischen Anzeichen eines langsamen und qualvollen Erstickungstodes. Nachdenklich starrte ich in das entstellte Gesicht. Irgendwie kam er mir bekannt vor. Ein Knieslinger war er jedenfalls nicht, das wusste ich ganz sicher. Der Mann war etwa vierzig Jahre alt, recht klein, soweit ich das von hier unten aus beurteilen konnte, und trotzdem kräftig und sportlich gebaut. Sportlich, genau, da fiel bei mir der Groschen. Dort am Knieslinger Tor hing der Schiedsrichter, der eigentlich am Sonntag das Spiel Knieslingen–Reublein pfeifen sollte.

-2-

»Was soll ich bloß mit ihm machen? Wir haben es doch nicht geahnt, dass Marquez ...« Marlene musste immer noch schlucken, wenn sie den Namen aussprach. »Ausgerechnet, als der kleine Kerl in Frankreich war, musste das passieren. Wir haben es doch nur gut gemeint. Ich hätte es wissen müssen, dass der Schock zu groß für ihn sein würde, und hätte ihn noch in Frankreich darauf vorbereiten sollen. Johannes wollte es ihm unbedingt sagen, aber ich hatte solche Sorge, dass er einen Rückfall erleiden würde, und habe darauf bestanden, ihn erst zu Hause damit zu konfrontieren. Ein paar letzte unbeschwerte Tage wollte ich ihm gönnen, und nun habe ich sein Vertrauen verloren, und sogar auf Johannes ist er wütend, obwohl der nun ja gar nichts dafür kann.« Bedrückt starrte Marlene durch die riesigen Fenster ihrem davontrabenden Mops nach.

»Nanu? Was macht er denn jetzt?« Jackie trat neugierig neben sie an die Fensterfront. »Was will er denn unter der Plane? Er verhält sich schon mehr als merkwürdig. Ich kenne da eine gute Tierpsychologin, vielleicht solltest du mal mit ihm dorthin gehen. Hast du ihm eigentlich mal gesagt, dass Johannes es ihm bereits in Frankreich mitteilen wollte? Vielleicht wäre das eine Möglichkeit, damit wenigstens die beiden sich wieder näherkommen.«

Marlene starrte ihre Freundin an. »Das gibt's doch nicht. Das habe ich tatsächlich nicht gemacht. Ich bin immer davon ausgegangen, dass er das weiß. Mensch, bin ich froh, wenn diese Hochzeit vorbei ist und ich wieder ein normales Leben führen kann.«

Jackie lachte herzhaft. »Du und ein normales Leben? Niemals! Also sprich mal mit Holmes und versuche ihm klarzumachen, dass Johannes nichts dafür kann. Wenn er wieder Vertrauen zu ihm fassen könnte, wäre es schon einmal ein großer Schritt in die richtige Richtung.«

»Kannst du kurz auf Josefine aufpassen? Ich geh gleich mal zu ihm und erledige das. Nicht, dass es wieder im Trubel untergeht. Ich muss nachher noch das Brautkleid abholen und danach zu Hanna, um die endgültige Sitzordnung zu besprechen. Es haben schon wieder ein paar Leute nachträglich zugesagt, obwohl sie sich erst eigentlich nicht gemeldet haben, aber das geht dir bei deiner Gästeliste sicher genauso. Außerdem möchte ich sowieso gerne wissen, was er unter der Torabdeckung macht.«

»Natürlich, geh nur.« Jackie streckte die Hände nach Marlenes kleiner Tochter aus, die sich vertrauensvoll in ihre Arme warf.

»Sie mag dich wirklich«, lächelte Marlene und lief schnell in die Garderobe, um sich ihre Jacke zu holen, bevor es sich Josefine wieder anders überlegen konnte.

Die kalte Luft, die ihr entgegenschwappte, als sie die Tür nach draußen öffnete, raubte ihr kurz den Atem. Es roh eindeutig nach Schnee. Wieder lächelte sie. Sie liebte Schnee. Hochzeitsfotos mit einem prachtvoll glitzernden weißen Hintergrund würden ihr besser gefallen, als mit grau-braunem Matsch und Nebel.

Wie ein Versprechen auf diese Aussicht fielen in diesem Moment die ersten Schneeflocken vom Himmel. Sie reckte ihr Gesicht in den Himmel und spürte, wie die Flocken auf ihrer Haut schmolzen. Für einen kurzen Moment fielen Stress und Anspannung von ihr ab, und sie spürte endlich eine warme Vorfreude auf das große Fest in sich aufsteigen.

Miro war der Richtige, der Mann, mit dem sie alt werden wollte. Vor allem seit der Geschichte mit der Sabotage beim Bau des Hotels, bei dem Miro bereit gewesen war, seine Freiheit für Emmas Gesundheit zu opfern, war ihr das bewusst geworden. Richtigen Mist hatte er da gebaut, indem er Verbrecher als Schutztruppe für seine Baustelle engagiert hatte, die dann den Beauftragten vom Denkmalschutzamt, Herrn Neuhaus, umgebracht hatten. Miro war Augenzeuge gewesen, und die Typen hatten ihn erpresst, indem sie gedroht hatten, Emma etwas anzutun, wenn er sie verraten würde. Aber er war bereit gewesen, für ihre Tochter alles aufzugeben. Dabei waren Emma und Hanna nicht einmal seine leiblichen Kinder. Was für ein toller Mann, dachte sie, und wieder durchströmte sie das warme Gefühl, als sie das Tor erreichte, unter dem sich Holmes schon eine ganze Weile aufhielt. Sie rief seinen Namen, schob die Plane zur Seite, und plötzlich war ihr eiskalt.

-3-

Theodor Brunsle hieß er, soweit ich mich erinnerte. Ich spielte kurz mit dem Gedanken, mich einfach davonzuschleichen und Leiche Leiche sein zu lassen. Sollte er doch dort baumeln, wenn er sein Leben nicht mehr leben wollte. Ein Selbstmörder hatte seine Wahl getroffen. Doch dann rührte sich mein detektivischer Verstand. Selbstmord, danach sah es ja aus, aber warum denn ausgerechnet hier? Was war denn das für eine Idee? Hatten die in Gutthau denn keine eigenen Tore? Wie war er denn überhaupt dort hochgekommen? Ich erschrak, als plötzlich die Plane hinter mir raschelte. Marlene steckte ihren Kopf durch den Spalt und stieß dann zischend den Atem aus, als sie den Toten sah. »Oh nein, nicht schon wieder!« Sie taumelte ein paar Schritte rückwärts aus dem Zelt und hielt sich mit einer Hand am Torpfosten fest.

Ich warf noch einen kurzen Blick auf Brunsle und folgte ihr dann nach draußen. Sie war kreidebleich, hielt sich aber aufrecht. »Gut, dass ich nicht gefrühstückt habe. Holmes, alles okay bei dir?«

Ich kläffte einmal kurz zustimmend und schaute zu ihr auf. Mit zitternden Händen fischte sie ihr Handy aus der Hosentasche und wählte den Notruf. Sie schilderte kurz die Situation »Nein, einen Krankenwagen brauchen sie nicht mehr zu schicken. Der Herr dort ist definitiv tot ... Ja gut, ich warte hier und weise die Kollegen ein ... Und ich werde niemanden in die Nähe lassen, das ist doch selbstverständlich ... Nein, mir geht es gut, ich brauche keinen Arzt. Ja, ich bin sicher, Danke schön!« Sie beendete das Gespräch und seufzte kurz, dann rief sie Jackie an. »Kannst du noch ein bisschen auf die Josy aufpassen? Hier hängt eine Leiche in dem Fußballtor. Ich muss auf den Leichenwagen und die Polizei warten. Nein, bitte bleib drin, ich erzähle dir alles später. Es geht mir gut, Holmes ist doch bei mir. Ja, ich kann dich auch sehen.« Sie winkte Jackie ein wenig halbherzig zu, die an dem großen Fenster der Festhalle stand, nur ein Fußballfeld entfernt.

»Josy ist wohl gleich eingeschlafen, nachdem ich hinter dir hergelaufen bin. Jackie bleibt drin bei den Kindern, bis wir hier gehen können«, wandte sie sich wieder mir zu. »Ist dir irgendetwas aufgefallen? Sieht ja alles sehr nach Selbstmord aus, aber irgendetwas stört mich gewaltig. Schau dich doch noch ein wenig um, bevor sie uns von hier verjagen. Wäre nicht das erste Mal, dass du eine Spur findest, die andere einfach übersehen. Also los, du Detektiv, zeig was du kannst! Und beeil dich, bevor die Polizei hier deine Hinweise zertrampelt!«

In diesem Moment spürte ich das erste Mal seit Langem wieder etwas anderes als Zorn. Ich war stolz darauf, dass mein Frauchen so ein Vertrauen in meine Fähigkeiten hatte, und begann zu wedeln. Marlene beugte sich zu mir herunter und strich mir zärtlich über den Kopf.

»Komm zu uns zurück, kleiner Mann. Du fehlst mir so. Ich kann es nicht ertragen, euch beide zu verlieren.«

Ich schaute zu ihr auf. Nie war mir bisher in den Sinn gekommen, dass sie auch um Marquez trauerte. Zu sehr war ich in meinem Schmerz gefangen gewesen, und mein Frauchen erlebte ich nur als Wirbelwind im Trubel der Hochzeitsvorbereitungen. Erst die Leiche an der Torlatte hinter mir hatte mich ein wenig aufgerüttelt. Ich hatte einen Job zu erledigen!

Ich kläffte einmal zustimmend und drückte ihr kurz meinen Kopf gegen die Hand. Dann machte ich mich ans Werk und senkte die Nase auf den Boden, begann alles abzuschnüffeln. Ich arbeitete mich durch die mannigfaltige Geruchswelt eines Fußballrasens. Dabei sortierte ich die älteren Düfte nach verschwitzten Socken und matschigen Schuhen aus. Schritt für Schritt näherte ich mich auf diese Weise wieder dem Tor und seiner baumelnden Last, doch außer den wabernden Gerüchen um mich herum, nahm ich nichts mehr wahr. Die reale Welt um mich herum verschwamm in Undeutlichkeit, bestand nur noch aus dem, was meine feine Nase einsog. Es waren viele frische Spuren da, und es forderte meine ganze Konzentration, sie auseinanderhalten zu können und voneinander zu trennen.

Nach einer ganzen Weile hatte ich zwölf leuchtende Geruchsfäden isoliert, die neueren Datums waren. Diese prägte ich mir, so gut ich konnte, ein, allerdings waren es ganz schön viele. Mir qualmte schon der Kopf vor Anstrengung. Der scharfe Uringestank unter der Leiche und der Zeitdruck machten meine Arbeit nicht gerade leichter. Einer dieser Fäden gehörte zu dem armen Herrn Brunsle. Diesem folgte ich dann aus dem Tor wieder heraus. Nach wenigen Metern verlor ich jedoch seine Spur. Hektisch versuchte ich sie wiederzufinden, doch es blieb dabei: Entweder war Brunsle hierher geflogen, oder er war hierher getragen worden. Die anderen elf Spuren konnte ich mühelos verfolgen, doch mir blieb keine Zeit mehr, ich hörte bereits die Sirenen der Einsatzkräfte näher kommen. Ich seufzte frustriert, denn erfahrungsgemäß wurde ich dann erst einmal verscheucht.

-4-

»Wenn das nicht mal wieder der junge Mr Holmes ist.« Wie immer unpassend gut gelaunt entstieg Gerhard Schulmann dem Polizeiauto. Für ihn war jeder Fall ein spannendes Puzzle, und er besaß die beneidenswerte Fähigkeit, die traurigen Schicksale, die sich hinter den Leichen verbargen, auszublenden. »Wo du bist, ist Verbrechen. Aber dieses Mal sieht es eher nach Selbstmord aus. Schauen wir mal ...« Er tätschelte mir den Kopf und stieg dann in seinen komischen weißen Anzug.

Ich war froh, dass Schulmann den Fall übernommen hatte. Er erkannte mich und meine Fähigkeiten an und ließ sich nicht von meinem Äußeren täuschen. Seine Mitarbeiter beäugten mich eher misstrauisch, und irgendwie konnte ich sie sogar verstehen. Vor ihnen stand ein kleiner beiger Mops mit einer schwarzen Maske und krummen Hinterbeinen. Ich sah einfach zu niedlich und freundlich aus, und nur wer mich näher kannte, wusste, was für ein wacher Geist und Verstand sich hinter meiner faltigen Stirn verbarg.

Prompt kam einer der Mitarbeiter von Schulmann auf Marlene und mich zu. »Bitte entfernen Sie den Mops, oder nehmen Sie ihn zumindest an die Leine. Wir können keine Verunreinigung durch Hundehaare hier brauchen. Womöglich pinkelt er noch irgendwohin. Also halten Sie ihn fest!« Ohne ihn eines weiteren Blickes zu würdigen und bevor Marlene etwas erwidern konnte, drehte ich mich um und schlenderte davon.

»Jetzt hast du ihn beleidigt«, hörte ich Schulmann seinem Kollegen zurufen, und er hatte absolut recht. Sollten sie doch selbst herausfinden, was geschehen war. Mein kurzes Interesse an dem Fall war bereits wieder erloschen. Als ob ich auf einem Tatort pinkeln würde. So eine Frechheit musste ich mir nicht bieten lassen. Doch eine andere Stimme ließ mich innehalten.

»Holmes! Wie schön, dich zu sehen, Kollege. Wie lange ist das her?«

Ich drehte mich um, und ungeachtet meiner soeben noch schlechten Laune begann mein Schwänzchen zu wedeln, bevor ich mich bremsen konnte. Erfreut sah ich meinen Freund Ludwig Gerlach über den Rasen auf mich zueilen. Der unverschämte Typ von der Spurensicherung holte Luft, um weitere Einwände gegen meine Anwesenheit zu erheben: »Aber ...«

Doch Gerlach brachte ihn mit einer Geste zum Schweigen. »Papperlapapp. Nix Aber. Der kleine Kerl hier hat damals die Loipenmorde aufgeklärt, ohne ihn hätten wir den Fall wohl nie gelöst, also halt dich zurück. Holmes ist ein Genie im Auffinden von Spuren, und nie würde er welche verderben.« Mittlerweile hatte er mich erreicht und beugte sich zu mir herunter. Höflich streckte ich ihm meine rechte Pfote entgegen, die er sogleich herzlich schüttelte. »Na, wie sieht's aus. Ist das hier ein Selbstmord und wir können alle schnell nach Hause?«

»Du fragst jetzt nicht im Ernst einen Mops nach seiner Meinung zu einem Todesfall?« Ungläubig schüttelte der junge Mann von der Spusi seinen Kopf und trollte sich dann endlich über den Rasen zu seinen Kollegen.

Gerlach ließ meine Pfote los und grinste mich an. »Keine Ahnung hat der. Aber egal, zurück zu meiner Frage: Selbstmord?«

Ich legte meine Stirn in Falten und dachte nach. Brunsle war nicht auf seinen eigenen Füßen hierhergekommen. Jemand hatte ihn zu dem Tor getragen. Natürlich wäre es auch denkbar, dass er lebend dort angekommen war und aus irgendeinem Grund beschlossen hatte, sich dort aufzuhängen. Unwahrscheinlich, aber nicht unmöglich. Gerlach wartete immer noch auf eine Antwort, und ich sah ihn ein wenig hilflos an. Wie gerne würde ich ihm meinen Gedankengang erläutern, aber wie?

Doch bevor ich mir darüber im Klaren war, wie ich darauf reagieren sollte, brüllte Schulmann zu uns herüber: »Das sieht ganz nach Selbstmord aus, bis auf die Tatsache, dass ich noch keine Ahnung habe, wie er es geschafft hat, da hochzukommen.« Er winkte uns herüber, zumindest ging ich mal davon aus, dass er uns beide meinte, und trabte hinter Gerlach her. Schulmann schien keine Einwände gegen meine Anwesenheit zu haben. Als wir ihn erreichten, deutete er auf den immer noch dort hängenden Brunsle.

Die Sanitäter mit der Trage warteten ungeduldig auf ihren Einsatz. Sie traten von einem Fuß auf den anderen und bliesen mit dampfendem Atem auf ihre Hände. Der Schneefall hatte zugenommen, und inzwischen bedeckte eine feine weiße Schicht die Szenerie. »Dauert das noch lange? Wir holen uns hier noch den Tod, und die Straßenverhältnisse werden auch nicht besser«, murrte der größere der beiden Sanitäter.

Schulmann ignorierte die beiden und wandte sich uns zu. »Seht ihr, was ich meine?« Er deutete auf die Schlinge, in der der Schiedsrichter seinen Tod gefunden hatte. »Wie hat er es geschafft, dort hochzukommen? Er ist sehr klein und muss daher das Netz hochgeklettert sein, sich dann oben auf die Latte gesetzt haben und sich fallen gelassen haben. Aber das geht nicht so einfach, wenn die Plane über das Tor gespannt ist.« Er runzelte für einen Moment die Stirn, doch dann kehrte seine unverwüstliche gute Laune zurück. Er klopfte Gerlach auf die Schulter und grinste ihn an. »Das ist ja nicht mein Problem, sondern eures. Viel Erfolg beim Knacken dieser Nuss!« Er nickte den frierenden Sanitätern zu. »Ihr könnt ihn jetzt mitnehmen.«

Erleichtert gingen die beiden Männer an ihre traurige Aufgabe und luden den Toten in den mittlerweile eingetroffenen Leichenwagen. Kurze Zeit später hing nur noch die einsame Schlinge im Tor. Schulmann scheuchte uns wieder auf den Rasen hinaus, um die Schlinge von allen Seiten zu fotografieren, bevor er sie schließlich abnehmen und mit ins Labor nehmen würde.

Ich war zufrieden, denn die Saat des Zweifels am Selbstmord war auch ohne meine Hilfe gesät worden.

Gerlach schlug den Kragen seiner schwarzen Lederjacke hoch, um den eisigen Wind abzuhalten. Ich gebe zu, auch ich wäre mittlerweile gerne in unserer warmen Küche mit dem prasselnden Holzofen gewesen. Als ich hinter Gerlach auf Marlene zulief, sah ich eine weitere, sehr vertraute Gestalt auf uns zukommen. Watersons dunkler Haarschopf wurde vom Wind zerzaust und gab ihm ein verwegenes Aussehen. Auch er hatte den Kragen seines warmen Mantels hochgeschlagen und die Hände tief in den Taschen vergraben.

Herzlich begrüßte er seinen Kollegen und nickte mir dann ein wenig unsicher zu. »Auch mit von der Partie?« Unser Verhältnis kann man getrost als angespannt betrachten, daher trabte ich einfach an ihm vorbei, zumindest war das mein Plan, denn er stellte sich mir in den Weg und ging in die Hocke, sodass ich stehen bleiben musste »Holmes, bitte. Auf ein Wort.« Ich schüttelte meinen Kopf, zu tief saß der Stachel des Verrats an unserer Freundschaft.

»Nanu, was ist denn bei euch beiden los?« Gerlach sah verwundert zwischen uns hin und her.

»Ich glaube, ich muss da mal endlich etwas klarstellen«, schaltete sich nun auch noch mein Frauchen ein. Warum konnten sie mich nicht einfach alle in Ruhe lassen? Genervt rollte ich mit den Augen, konnte aber nicht so einfach entwischen, denn mein Frauchen hatte mich an meinem Geschirr gefasst. »Jetzt wirst du einfach mal kurz zuhören. Johannes wollte es dir in Frankreich gleich sagen. Wir haben furchtbar gestritten deswegen, weil er es nicht richtig fand, es dir erst hier zu sagen. Es ist allein meine Schuld. Ich hatte solche Angst, dass du wieder einen Rückfall in dein Trauma erleidest, und kalte Füße gekriegt. Deswegen habe ich es ihm verboten, und schließlich hat er sich gefügt, weil du mein Hund bist und nicht seiner. Also, wenn du zornig bist, dann auf mich allein.« Endlich ließ sie mein Geschirr los, und ich schoss sofort davon.

In meinem Kopf purzelte alles durcheinander. Waterson konnte nichts dafür? Frauchen hatte es nur gut gemeint? Sie hatte kalte Füße? Keuchend blieb ich nach ein paar Metern stehen. Wie eine Sturmflut überfielen mich meine lang zurückgedrängten Gefühle und brachen sich in einem lauten Heulen ihre Bahn. Ich streckte meinen Kopf in die Luft und heulte, wie es einst meine Vorfahren getan hatten, wieder und wieder. Erschöpft drehte ich mich schließlich zu den drei Menschen um, die mich erschrocken anstarrten. Mein Herz schlug hart gegen meine Rippen, und plötzlich war mir, als ob ich die Stimme meines Vaters hörte.

Denk an den Mopskodex, mein Sohn. Die Menschen brauchen uns und unsere Fürsorge. Wir sind hier, um uns um sie zu kümmern, denn wir machen ihr Leben erst lebenswert. Und natürlich müssen wir dafür sorgen, dass sie immer warme Füße haben.

Mein Vater wäre wohl im Moment nicht stolz auf mich gewesen, aber das konnte ich ändern. So schnell mich meine Beine trugen, sprintete ich auf das kleine Grüppchen zu und sprang in Frauchens Arme. Noch während ich mich in ihre Arme schmiegte, meinte ich das zufriedene Moppern meines Vaters zu hören.

-5-

»Kann mir mal jemand erklären, was hier gerade passiert ist?« Gerlach sah immer noch verblüfft von einem zum anderen und auf den kleinen Mops, der völlig außer Rand und Band zu sein schien. Mittlerweile hatte ich alle Zurückhaltung fallen lassen und mich nun über meinen Freund hergemacht. Waterson wischte sich mit dem Ärmel übers Gesicht, das nicht nur nass von den überschwänglichen Freudensbekundungen meiner Mopszunge war. »Erklär ich dir mal bei einem Feierabendbier. Ich glaube, wir haben hier einen ungeklärten Todesfall?«

Gerlach nickte. »Ja, der Theo, also, ich meine, der Herr Theodor Brunsle ist von Holmes tot aufgefunden worden, erhängt im Tor dort drüben. Sieht nach Selbstmord aus, aber Schulmann ist sich nicht sicher, wie es der Tote geschafft haben soll, sich aufzuhängen. Merkwürdige Geschichte. Wo warst du eigentlich so lange?«

»Hochzeitsvorbereitungen, ich war gerade bei der Anzuganprobe mit Miro. Wir sehen hinreißend aus«, sagte er grinsend. »Und außerdem, werter Kollege: Ich habe eigentlich heute frei.«

»Ach, du hast frei?« Von allen unbemerkt war Jackie hinzugetreten. »Mir hast du erzählt, dass du arbeiten musst und daher leider nicht beim Dekorieren helfen kannst.« Bevor Waterson noch etwas erwidern konnte, wandte sie sich an Marlene. »Deine Schwiegermutter Anne ist gekommen und passt auf unsere Mädels auf. Wenn wir Gas geben, sind wir vor dem Abendessen fertig. Kannst du hier weg? Ich denke, dir wird die Ablenkung guttun.«

Marlene nickte und rappelte sich von dem nassen Rasen auf. »Ja, ich denke schon. Ihr wisst ja, wo ihr mich finden könnt.« Sie wandte sich im Gehen noch an mich. »Ich schätze mal, du bleibst bei Waterson?« Ich bellte einmal zustimmend und schaute dann den beiden Frauen hinterher, die sich wieder auf den Weg in die Festhalle machten. Mein Frauchen war wirklich tapfer. Ich konnte noch hören, wie sie Jackie anbrummte. »Ich weiß genau, wer Anne angerufen und herbestellt hat ... Das kriegst du bei nächster Gelegenheit zurück!«

Freundschaftlich legte Jackie den Arm um ihre Freundin, und da Marlene ihn nicht abschüttelte, war keine Unstimmigkeit zwischen den beiden zu befürchten. Ich drehte mich um und musste grinsen. Waterson hatte da wohl mehr Bedenken, was seine kleine Notlüge anging, denn er hatte ganz offensichtlich ein schlechtes Gewissen.

»Ich fürchte, heute Abend werde ich noch was zu hören kriegen, so ein Mist! Ich hasse solchen Dekokram und hab mich gedrückt. Immerhin muss ich jetzt wirklich arbeiten. Also, ich glaube, wir können uns dann mal den Ort des Geschehens anschauen. Die Kollegen scheinen vor dem Schnee zu kapitulieren.«

Schulmanns Mitarbeiter verschmolzen mittlerweile mit ihrer Umgebung. Der erste Schneesturm des Winters hatte inzwischen Fahrt aufgenommen, und die weißen Overalls der Spurensicherer waren eine hervorragende Tarnung. Schulmann selbst stand noch grübelnd unter dem Torzelt, als wir wieder zu ihm stießen. »Ich überlege, ob ich das Tor mit ins Labor nehmen kann. Hier habe ich bei diesem Wetter keine Chance mehr, was zu finden.« Er zuckte zusammen, als Gerlach einen erschrockenen Laut ausstieß. »Was ist jetzt mit dir los, Ludwig?«

»Es ist doch noch das Spiel am Sonntag, wenn ihr uns jetzt das Tor wegnehmt ...«

»Ernsthaft jetzt? Ihr werdet doch ein Ersatztor auftreiben können, oder eins leihen.«

»Ist doch nicht wegen dem Tor, aber wenn ihr da jetzt mit dem großen Laster über den Rasen fahrt, ist der doch hinüber.«

Schulmann schüttelte den Kopf. »Seit wann bist du denn so rücksichtsvoll?«

»Ist nur wegen meines Sohnes, des Thomas. Der kickt hier in der Mannschaft, und das Spiel am Sonntag ist wichtig. Wir kämpfen um den Aufstieg von der Kreisliga A in die Bezirksliga, und das ist das letzte Spiel vor der Winterpause. Da geht's schon um was.«

Der Chef der Spurensicherung verdrehte genervt die Augen. »Du weißt aber schon, dass es hier womöglich um ein Kapitalverbrechen geht? Und da kommst du mir mit so einem Dorfkick?«

Sofort bekam Gerlach einen roten Kopf und stemmte wütend die Arme in die Seiten. »Was heißt hier Dorfkick? Da steckt die harte Trainingsarbeit und der Schweiß von jahrelanger Arbeit drin! Du hast ja keine Ahnung, wie wichtig das für uns ist, und das lassen wir uns nicht von einem Lastwagen kaputt machen!«

Noch nie hatte ich Gerlach derart echauffiert erlebt. Für gewöhnlich war er die Ruhe selbst. Auch Waterson schaute verblüfft zwischen seinen beiden Kollegen hin und her. »Wie wäre es, wenn wir das Tor einfach über das Spielfeld auf den Parkplatz tragen? Es sind doch genug Leute hier, und das Ding wiegt ja nicht viel.«

»Ähm, ja, das geht natürlich auch«, grummelte Gerlach etwas verlegen. »Hätte ich auch selbst draufkommen können.« Er steckte die Hände in die Hosentaschen und trollte sich in Richtung der anderen Kollegen, um sie um diesen Gefallen zu bitten.

Während Schulmann telefonisch den Laster anforderte, beugte sich Waterson zu mir herunter. »Ich habe so das Gefühl, dass da ganz schön Zündstoff drinsteckt. Bei Fußball hört der Spaß auf, sogar bei unserem sonst so gelassenen Gerlach gehen da gleich die Gäule durch. Aber jetzt mal unter uns Ermittlern: Mord oder Selbstmord? Was meinst du?«

Ich legte den Kopf schräg und schaute zu Waterson auf. Offensichtlich war er durch unsere vorübergehende Entfremdung aus der Übung gekommen, was unsere Kommunikation anging. Ich konnte ja nur auf Ja-nein-Fragen antworten. Offensichtlich wurde es auch meinem Freund in diesem Moment klar, denn er schlug sich mit der flachen Hand auf die Stirn.

»Wo habe ich nur meinen Kopf? Also gut, jetzt richtig. Hast du einen Hinweis darauf gefunden, mit was wir es hier zu tun haben?« Ich kläffte einmal. Waterson nickte zufrieden. »Das habe ich mir schon gedacht«, sagte er. »War es Selbstmord?« erneut legte ich den Kopf schräg, doch ich blieb still. »War es Mord?« Ich gab wieder keine Antwort. Wie sollte ich ihm nur erklären, dass ich es nicht mit letzter Gewissheit sagen konnte. Waterson kratzte sich am Kopf. »Okay, das heißt wohl, du bist dir auch nicht sicher.« Das konnte ich aus voller Überzeugung bestätigen und gab dies mit einem Kläffer kund. »Nun, das ist doch schon mal was. Wir werden es also nicht einfach als Selbstmord zu den Akten legen, auch wenn es das auf den ersten Blick zu sein scheint.« Er wollte sich schon abwenden, aber ich wollte ihm noch meine Schnüffelergebnisse mitteilen. Ich legte ihm eine Pfote auf den Fuß und stoppte ihn so.

»Du willst mir noch was sagen?«

Kläff!

»Du hast noch etwas herausgefunden?«

Kläff!

Es funktionierte. Wir waren auf einem guten Weg, das spürte ich. Er würde nicht mehr lange brauchen, um die richtige Frage zu stellen. Doch bevor Waterson weiterfragen konnte, brüllte Gerlach über den ganzen Platz nach ihm. Offensichtlich fehlte noch ein Mann, um das Tor aus seiner Verankerung zu heben. Waterson winkte den anderen zu und machte sich auf den Weg. Enttäuscht blickte ich ihm hinterher, doch da drehte er sich noch einmal um und zwinkerte mir zu. »Wir arbeiten nachher weiter, Kollege. Jetzt musst du aber, glaube ich, langsam mal ins Warme. Du bibberst ja schon.«

Tatsächlich zitterte ich vor Kälte, das war mir bisher gar nicht aufgefallen. Zu viel war an diesem Nachmittag auf mich eingestürmt, und langsam spürte ich, wie erschöpft ich tatsächlich war. Ich ergab mich also den äußeren Umständen und trabte auf die Festhalle zu.

-6-

Es dauerte tatsächlich nicht mehr lange, bis die Festhalle ihr tristes Turnhallenambiente gegen ein fröhliches Festtagsgewand getauscht hatte. Anne, Marlenes zukünftige Schwiegermutter, saß selig zwischen den beiden kleinen Mädchen auf dem Boden und baute Türmchen aus bunten Bauklötzen, die die beiden mit quietschenden Freudeschreien immer wieder umschubsten.

Marlene hatte es stillschweigend geduldet, dass Anne die obligatorische Schokolade an die Kleinen verteilt hatte, und musste gegenüber der grinsenden Jackie zugeben, dass sie wirklich deutlich besser vorankam, wenn sie nicht minütlich von der Leiter springen musste.

Ich drehte mich im Kreis und betrachtete das Werk der beiden Bräute. In weiten, eleganten Bögen überspannten die in festlichem Weiß und Dunkelgrün gehaltenen Girlanden die eigentlich karge Decke. Dazu passend waren die langen Tischreihen vorbereitet. Blütenweiße Tischdecken, sorgfältig gebügelt, lagen völlig faltenlos auf den eigentlich einfachen Tischen. Farblich passend zu den Girlanden schmückten dunkelgrüne Tannenreisig-Gestecke mit kleinen weißen Schneeflocken und silbern glänzende Kerzenleuchter mit weißen Kerzen die langen Tischreihen.

Jackie trat neben Marlene und legte ihr den Arm um die Schultern. »Weißt du, es war eine meiner besten Ideen, unsere Hochzeiten gemeinsam zu feiern. Ich freue mich so sehr auf dieses Fest. Das größte, das Knieslingen je gesehen hat. Wir sind hier fertig, und es ist einfach perfekt. Das ganze Dorf wird hier sein, und ich bin froh, dass wir die

Tische nicht auch noch decken müssen. Gut, dass Hanna und Falk ihr Hotelpersonal dafür zur Verfügung stellen.«

Marlene drückte ihre Freundin und wischte sich mit dem Handrücken den Schweiß von der Stirn. »Ja, ab jetzt sind wir nur noch Bräute. Unsere Arbeit ist getan, und übermorgen ist es endlich so weit. Es ist tragisch, dass wir so kurz vor unserem Fest einen Toten hier haben. Ich hoffe, ich kriege diesen schrecklichen Anblick wieder aus meinem Kopf.« Sie erschauerte, und Jackie nahm sie erneut fest in den Arm. »Wir können es nicht mehr ändern, und du wirst wohl keine Zeit für schreckliche Gedanken haben.« Sie deutete mit dem Kinn auf mich. »Meinst du nicht, du solltest Holmes nun doch fragen, ob er es tun will?«

Neugierig hob ich den Kopf, als ich meinen Namen hörte. Die letzte halbe Stunde hatte ich es mir vor einem der riesigen Heizkörper bequem gemacht und ein bisschen gedöst.

»Wir haben mit Guinness geübt, und er kann es mittlerweile ohne Fehl und Tadel.«

Guinness war mein Sohn, und wir glichen uns wie ein Ei dem anderen, nur dass ich krumme Hinterbeine hatte.

Marlene nickte: »Ja, ich denke vorhin ist einiges in Bewegung geraten bei ihm. Und er begreift ja schnell.« Sie kam zu mir herüber und ging vor mir in die Hocke. »Holmes, Miro und ich würden uns sehr freuen, wenn du unsere Eheringe in die Kirche tragen könntest. Es ist ganz einfach. Du musst nur auf das Kommando warten und dann das Körbchen durch den Mittelgang der Kirche zu uns tragen. Guinness wird das für Jackie und Johannes übernehmen. Ihr müsst nur darauf achten, nicht zu schnell zu rennen und nebeneinander zu bleiben. Ganz leicht. Was meinst du?«

Ich starrte sie mit großen Augen an und schluckte schwer. So eine wichtige Aufgabe, und das vor den Augen der ganzen Gemeinde, machte mir schon ein bisschen Angst, denn leider neige ich ab und zu zur Tollpatschigkeit. Aber als ich in Frauchens bittende Augen schaute, war mir klar, dass ich wohl nicht darum herumkommen würde, ohne sie zu kränken. Wieder hörte ich die ruhige Stimme meines Vaters in meinem Kopf.

Worauf wartest du, mein Junge? Es ist eine große Ehre, und wenn dein Sohn das hinbekommt, wirst du doch wohl nicht den Schwanz einklemmen. Was soll denn schon schiefgehen?

Da fiel mir zwar spontan doch einiges ein, aber ich kläffte trotzdem einmal, um meine Zustimmung zu geben.

Marlene nahm mich fest in den Arm und knuddelte mich, bis ich fast keine Luft mehr bekam. »Danke mein Kleiner! Du wirst eine hübsche grüne Schleife tragen, und Guinness bekommt die weiße.« Unglücklich schaute ich über ihre Schulter nach draußen auf das heftige Schneetreiben. Auch das noch, dekoriert wie ein Christbaum und alle Augen auf mir. Ich seufzte tief. Was sollte schon schiefgehen, außer dass ich mich bis auf die Knochen blamieren könnte?

Über Frauchens Schulter konnte ich sehen, dass der Lastwagen mittlerweile auf dem Parkplatz angekommen war und das Tor vorsichtig aufgeladen wurde. Die Männer, die nicht mit anpackten, standen mit hochgezogenen Schultern und frierend drum herum, und ich konnte mir vorstellen, dass mittlerweile sogar Waterson lieber beim Dekorieren geholfen hätte. Ich dagegen wäre jetzt lieber draußen gewesen, aber jeder von uns musste seinen Job machen. Langsam und vorsichtig rollte der Laster schließlich vom Hof und machte sich auf den Weg zu Schulmanns Labor in Reutlingen. Die Beamten verabschiedeten sich voneinander mit Kopfnicken, keiner wollte die Hände aus den Hosen- oder Jackentaschen nehmen, und schließlich stapften Gerlach und Waterson auf den Eingang zu.

Ich befreite mich mit einer geschickten Körperdrehung aus Frauchens Griff und lief den beiden entgegen. Im Vorraum schüttelten sich die Männer wie nasse Hunde und rieben sich den Schnee von den Köpfen. Jackie war hinter mir hergekommen und stemmte drohend die Arme in die Hüften: »Keinen Schritt weiter! Der Boden ist geputzt, und ihr tropft alles voll.« Ohne auf ihre lauten Proteste zu achten, schnappte sich Waterson seine zukünftige Frau, hob sie in die Luft und wirbelte sie im Kreis herum. Danach drückte er sie fest an sich, sodass auch Jackie ganz nass wurde. »So meine Süße, jetzt müssen wir beide nach Hause und uns umziehen.« Um seinen Worten noch mehr Nachdruck zu verleihen, rieb er seinen Kopf an ihrer Schulter und gab ihr schließlich einen dicken Kuss. Lachend versetzte Jackie ihrem zukünftigen Mann einen leichten Klaps. »Glaub aber ja nicht, dass du um die Standpauke herumkommst ...«

»Dazu müsst ihr sicher unter euch sein«, grinste Marlene. »Was haltet ihr davon, wenn ich Mara noch ein wenig mit zu mir nehme? Ihr könnt sie später abholen, wenn ihr das geklärt habt.«

Zu meiner Verwunderung wurde Jackie ganz rot und wirkte plötzlich etwas verlegen. Doch bevor sie etwas erwidern konnte, hatte Waterson sie an der Hand genommen und zog sie aus der Festhalle.

»Danke, Marlene! Du hast was gut bei mir.«

Und weg waren die beiden. Schmunzelnd packte Marlene gemeinsam mit Anne die Kinder in dicke Jacken, Mützen, Schals und Handschuhe, bis die beiden aussahen wie kleine, dicke Kugeln aus Wolle.

»Ach ja, das junge Glück«, seufzte Anne. »Dass es ihm aber auch so gar nichts ausmacht, so kurz nachdem er eine Leiche gesehen hat ... Also, ich meine, stört ihn das nicht?«

Gerlach schaute sie ernst an. »Leider sehen wir das viel zu oft, und trotzdem gewöhnen wir uns nie daran, aber wir können sie nicht alle mit nach Hause nehmen. Er tut genau das Richtige. Es kommt doch aufs Leben an, und das genießt er. Und gerade jetzt möchte er spüren, dass er lebt und eine Zukunft hat. Jackie wird eine gute Polizistenfrau, denn sie versteht das.« Jetzt war Gerlach ein wenig verlegen, denn für ihn war das eine ungewöhnlich lange und emotionale Rede. Ich drückte mich an sein feuchtes Hosenbein, um ihm zu zeigen, dass auch ich das verstand. Er schaute auf mich herunter. »Auf ein Wort, Holmes. Wenn's dir recht ist, Marlene?«

Ich nickte ihm zu und warf dann einen Blick auf mein Frauchen. »Geh nur, Gerlach kann dich später nach Hause bringen. Aber hier könnt ihr nicht bleiben, ich muss abschließen.«

»Mir steht gerade der Sinn nach einer schönen, heißen Tasse Tee im Bären. Die Beate hat seit Kurzem eine richtige Teekarte. Auf geht's, Holmes, wir kämpfen uns dorthin durch.« Als er die Tür öffnete, wurde mir klar, dass seine letzte Äußerung durchaus ihre Berechtigung hatte. Inzwischen war aus dem kräftigen Schneefall ein regelrechter Blizzard geworden. Die beiden Frauen nahmen ihre Mädchen fest in den Arm und beugten sich über sie, um sie vor dem eiskalten Wind zu schützen. Gut, dass die Autos nur ein paar Schritte entfernt standen. Gerlach schlug wieder seinen Kragen hoch, und wir eilten die schmale Gasse entlang, die von der Festhalle zum Dorfgasthof führte.

Obwohl der »Bär« nur wenige Gehminuten entfernt war, bibberte ich vor Kälte, als wir die warme Gaststube betraten. Beate, die Wirtin, begrüßte uns herzlich wie immer, warf aber dann Gerlach einen tadelnden Blick zu. »Wie kannst du den armen kleinen Kerl bei diesem Wetter rauszerren. Warte mal ...« Sie lief in den Keller und kam wenige Momente später mit einem alten Handtuch zurück. Ich wedelte sie begeistert an, das Handtuchspiel war immer wieder ein großer Spaß. Sie warf mir das Tuch über den Rücken und rubbelte mich trocken, während ich dabei die ganze Zeit wie wild knurrte und versuchte, das Handtuch zu schnappen. Der Erfolg war wie immer garantiert, nach kurzer Zeit war ich trocken und warm. Gerlach erschien mir fast ein wenig neidisch zu sein, doch nachdem Beate mit mir fertig war, drückte sie ihm ein anderes Tuch in die Hand. »Hier. Für deinen Kopf. Du weißt schon, dass es Mützen für solches Wetter gibt?«

Gerlach rieb sich die kurzen Haare trocken und lächelte dann die Wirtin an. »Du bist ein Schatz, und wenn ich jetzt noch diesen wunderbaren Earl-Grey-Tee von deiner neuen Teekarte bekommen könnte, wäre mein Glück nahezu perfekt.«

»Das lässt sich einrichten.« Sie ging Richtung Küche, drehte sich aber noch kurz nach mir um. »Und für dich wie immer?« Ich kläffte einmal kurz und freute mich, denn das hieß für mich Nudeln mit Fleischbällchen. Dann drehte ich mich zu Gerlach um und schaute ihn erwartungsvoll an. Der räusperte sich kurz und blickte sich erst einmal in der

Gaststube um. Außer uns waren nur wenige Gäste da, und die saßen am anderen Ende der Wirtschaft.

Der Kommissar beugte sich nun zu mir herunter, zögerte aber dann kurz. »So geht das nicht.« Er klopfte mit der Hand auf die Holzbank neben sich, und ich sprang hinauf. »Ich nehme das auf meine Kappe.« Beate mochte das nämlich nicht, aber ich genoss es immer, wenn ich dort oben sitzen durfte, auf Augenhöhe mit den Menschen. Prompt erschien sie in der Küchentür, doch bevor sie schimpfen konnte, hob Gerlach die Hand. »Das ist dienstlich, und ich kann einen Kollegen doch nicht unter dem Tisch sitzen lassen.« Sie drehte sich auf dem Absatz um, doch ich konnte noch ein unterdrücktes Prusten hören.

»So, das wäre geklärt. Kommen wir zur Sache.« Gerlach schaute sich über die Schulter, um sicherzugehen, dass uns niemand hören konnte. »Was mir an der Geschichte so merkwürdig vorkommt, ist dieser Zufall. Im Spätsommer, als ihr noch in Frankreich wart, ist der Linienrichter aus dem Team vom Brunsle, Michael Grubenau, tot aufgefunden worden. Damals wurde das eindeutig als Selbstmord eingestuft und so auch zu den Akten gelegt. Seine Frau hat ihn gefunden, als sie vom Einkaufen zurückkam. Als sie das Garagentor öffnete, fand sie den laufenden Wagen ihres Mannes vor, ein Schlauch führte vom Auspuff in den Innenraum, der Mann saß tot auf dem Fahrersitz, Kohlenmonoxid-Vergiftung. Ein Abschiedsbrief wurde nicht gefunden, doch es gab keinerlei Hinweise auf Fremdeinwirkung. Aus der Frau war nicht viel herauszubekommen. Sie konnte den Schock nicht verkraften und ist seither in einer psychiatrischen Klinik. Sie redet kein einziges Wort. Waterson weiß natürlich nichts darüber, und so kurz vor der Hochzeit hat er ja auch eigentlich frei. Ich kenne ihn gut genug, um zu wissen, dass er sich trotzdem nicht raushalten würde, und das wiederum würde mir Jackie nicht verzeihen.«

Er tippte sich an die Nase. »Die da sagt mir, dass da mehr dahintersteckt. Womöglich waren es ja zwei Morde, zwei Selbstmorde oder einer so und der andere so? Ich werde den Tod vom Linienrichter auf jeden Fall noch einmal genau unter die Lupe nehmen. Nicht, dass wir da was übersehen haben. Und jetzt kommst du ins Spiel. Du hattest Zeit, bevor der Schneesturm alle Spuren zugedeckt hat? Waterson hat dich schon gefragt, ob Brunsle allein war, und das hast du verneint. Wir müssen nun die anderen, die dort waren, ausfindig machen. Das sind womöglich wichtige Zeugen. Waren es viele?«

Ich überlegte: Sind elf jetzt viel oder wenig? Elf Leckerlis erschienen mir wenig, aber Frauchen würde sagen, dass es zu viele sind. Gerlach bemerkte mein Zögern. »Okay, wir machen es anders. Da du mir ja die Zahl nicht sagen kannst grenzen wir es einfach ein. Waren es mehr als einer?« Ich kläffte zustimmend. In diesem Moment erschien Beate mit dem gewünschten, aromatisch duftenden Tee und einer Schüssel mit meinem Leibgericht. »Das wird aber auf dem Boden gefuttert, und da kenn ich jetzt kein Pardon! Ach, und gekläfft wird hier drin auch nicht. Das stört die anderen Gäste.«

Ich sah Gerlach entschuldigend an und sprang unter den Tisch. Die Nudeln waren wie immer perfekt temperiert, die Fleischbällchen saftig und lecker – ohne Salz. Darauf hatte Frauchen bestanden, und Beate bereitete immer speziell für mich das Gewünschte zu.

Nach wenigen Minuten hatte ich die Köstlichkeit verputzt und gesellte mich wieder zu Gerlach auf die Bank. Der rührte gedankenverloren in seinem Tee und zuckte zusammen, als ich neben ihm auftauchte. »Ah, da bist du wieder. Kannst du auch ganz leise kläffen?« Das würde nicht nötig sein, ich konnte ja auch nicken. Also nickte ich Gerlach zu. »Das ist ja wunderbar, dann kläff einfach leise.« Ich legte verwundert den Kopf schräg. Sonst war er doch auch nicht so schwer von Begriff? Na, er würde es schon noch kapieren. »Waren es weniger als zehn Personen?«, wollte er nun wissen. Ich schüttelte den Kopf, und Gerlach fing an zu lachen »Du bist echt der Beste und ich ein bisschen langsam. Also mehr als zehn?« Ich nickte. Er legte die Stirn in Falten. »Das sind aber viele. Waren es mehr als zwanzig?« Nun schüttelte ich wieder den Kopf. »Dann also eine Zahl zwischen zehn und zwanzig ... Elf vielleicht?«

Vor Freude über unsere gute Zusammenarbeit vergaß ich, dass ich nicht bellen durfte, und mir entfuhr ein lautes Kläffen. »Schschsch!«, zischte Beate mich vom Tresen aus an, und ich zog schuldbewusst den Kopf ein. Aber Gerlach kümmerte sich nicht darum. »Elf Personen? Womöglich alles Männer?« Ich nickte stumm. »Eine ganze Fußballmannschaft also, nichts Ungewöhnliches für einen Fußballplatz. Sind die Spuren frisch? Ich meine, kannst du mir sagen, ob sie genauso alt wie Brunsles Spuren sind?« So ungefähr konnte ich das bestimmen und nickte daher wieder.

Meiner Meinung nach waren alle in etwa gleichzeitig unterwegs gewesen. Das besagte aber wieder nichts, denn der arme Schiedsrichter konnte im Tor baumeln und die anderen einen Trainingslauf drum herum absolviert haben, ohne ihn zu bemerken.

Eine kalte Bö wehte plötzlich durch den Raum, als die Tür aufgerissen wurde und eine Gruppe junger Männer lärmend in den Gastraum stürmte. Sie brachten nicht nur kalte Luft, sondern auch eine Menge Schnee mit herein und klopften sich daher alle erst einmal lachend gegenseitig die weiße Pracht aus den Haaren und von den Kleidern.

»Jetzt hat es endlich einmal den Richtigen erwischt, dann wird das Spiel am Samstagmorgen doch noch fair! Darauf ein Bier für alle, Bea!«, rief einer der jungen Burschen übermütig.

Die Wirtin hatte schon beim Öffnen der Tür die ersten Gläser unter den Zapfhahn gestellt und begonnen, das Bier einzuschenken. Offensichtlich wusste sie bereits, dass die Bande den Bierumsatz in die Höhe treiben würde. Sie lächelte den Sprecher freundlich an. »Läuft schon, Bertie. Was meinst du damit, dass es den Richtigen erwischt hat?«

Gerlach und ich horchten auf. Bisher hatte uns die Gruppe noch nicht entdeckt, da wir hinter der Garderobe saßen. Wir dagegen konnten aber die Gesichter der Neuankömmlinge in Beates auf Hochglanz polierten Glasschränken erkennen. Ein Gesicht kam mir besonders bekannt vor. Ich dachte kurz nach ... Natürlich, das war doch der Sohn von Gerlach, der Thomas. Ich wollte schon von der Bank springen und ihn begrüßen, doch Gerlach hielt mich am Geschirr fest und legte den Finger auf die Lippen. Ich hielt inne und setzte mich sofort wieder. Ein guter Platz zum Lauschen, den Gerlach da zufällig ausgesucht hatte, und eine solche Gelegenheit lässt man sich ja nicht entgehen.

Bertie wandte sich der Wirtin zu. »Na der olle Schiri aus Gutthau, der Brunsle, hat sich selbst ausgeknipst.« Er machte eine Geste, die wohl bildlich darstellen sollte, wie sich jemand aufhängte. Dabei verdrehte er die Augen und streckte die Zunge aus dem Hals.

Beates Lächeln erlosch auf der Stelle. »Wenn du dich über einen Toten lustig machst, dann kannst du dein Bier woanders trinken! So was dulde ich hier drin nicht.« Mit einer energischen Handbewegung ließ sie den Zapfhahn zuschnappen und stemmte erbost die Hände in die Hüften.

»Halt's Maul, Bertie, du bringst uns noch um unser Feierabendbier mit deinem Gelaber.« Das war Thomas. Er schubste seinen Mannschaftskollegen ein Stückchen weg und wandte sich an Beate. »Sorry, Beate, der meint das nicht so. Wir sind alle ein bisschen geschockt, und der da verarbeitet es eben auf die geschmacklose Tour. Wir haben's gerade erst erfahren.«

»Von wegen erfahren, gegafft hat der Arno mit seinem Fernglas. Wollte wohl eigentlich nach ein paar Mädchen Ausschau halten, wie immer.« Wieder schubsten sich die Jungs amüsiert an, als einer von ihnen rot wurde.

»Ich wohn halt direkt am Platz, und da wollt ich schon wissen, was der Auflauf da sollte. Alles voll Polizei und Krankenwagen, und eins unserer Tore haben sie auch mitgenommen.«

»Hat der da noch dringehangen?«

»Quatsch, spinnst du?«

»Wer pfeift denn jetzt am Sonntag?«

Alle redeten mittlerweile durcheinander und kehrten mit der Unbekümmertheit der Jugend zu ihrem Lieblingsthema, dem Fußball, zurück. Dabei entfernten sie sich vom Tresen und der grollenden Beate. Sie schoben ganz selbstverständlich zwei große Tische zusammen und setzten sich gemütlich zurecht.

Beate hatte nach den beschwichtigenden Worten von Thomas mit den Schultern gezuckt und irgendetwas von schlechtem Umsatz und Winter gemurmelt. Dann füllte sie ohne weiteres Zögern die großen Gläser und trug das schwere Tablett zu den beiden Tischen.

»Ein Hoch auf Thomas, unseren Kapitän, der unser Feierabendbier vor Berties großer Klappe gerettet hat«, rief einer, und alle erhoben das Glas und prosteten sich zu.

Fragend drehte ich mich zu Gerlach um. Ein Kapitän? Es gab in ganz Knieslingen und Umgebung kein einziges Schiff. Was meinten die damit bloß? Als ob er meine Gedanken gelesen hätte, brummte Gerlach mir leise zu. »Das ist unsere Knieslinger A-Fußballmannschaft, und mein Junge ist seit Saisonstart der Kapitän, der für Ruhe sorgen muss und sagt, wo es langgeht, wenn die Jungs mal wieder über die Stränge schlagen. Das macht er gut, denn sie folgen ihm nicht nur auf dem Platz, sondern auch hier.« Er überlegte kurz: »Das da sind elf Jungs. Wie wäre es, wenn du dich kurz mal rüberschleichst und prüfst, ob einer von denen sich beim Tor herumgetrieben hat. Ich hoffe zwar nicht, schließlich ist es die Truppe meines Jungen, aber ich fühle mich besser, wenn du mal nachschaust. Ich geb dir Rückendeckung, damit dich keiner bemerkt. Nicht jeder kann's ja leiden, wenn ein Hund an seinem Bein herumschnüffelt, und die Kerle da haben einen guten Tritt im Fuß.«

Oh ja, es ist mir in meiner Karriere schon mehr als einmal passiert, dass ich für meine Arbeit einen Tritt kassiert habe. Sehr umsichtig von Gerlach. Er winkte Beate, um zu zahlen, und gab ein großzügiges Trinkgeld, da sie wie üblich für mein Essen kein Geld annehmen wollte. Dann erhob er sich und schlug dabei lautstark mit den flachen Händen auf den Holztisch. Einer der Jungs, Arno hatten sie ihn vorhin genannt, blickte zu ihm rüber und grinste ihn an.

»Tommi, dein Vater ist hier.«

-7-

»Meinst du, er ist jetzt wieder der Alte?« Anne hob vorsichtig ihre friedlich schlafende Enkeltochter aus dem Kinderwagen und legte sie aufs Sofa. Damit Josy nicht versehentlich herunterfiel, stopfte sie ein großes Kissen davor und begann dann behutsam das Baby aus den vielen Schichten der Winterkleidung zu schälen. Die Kleine war so müde, dass sie einfach leise schnarchend weiterschlief.

Marlene zuckte mit den Schultern und schob einen weiteren Löffel Joghurt in den weit aufgesperrten Mund von Mara. »Ich hoffe es, aber so ganz traue ich dem Frieden nicht. Der Stimmungsumschwung kam sehr plötzlich, fast zu schnell für meinen Geschmack. Wer weiß schon, was in seinem Köpfchen so vorgeht. Und ich bin gespannt, was Gerlach nachher berichten wird. Ob Holmes mitgearbeitet hat oder wieder einfach abschaltet? Manchmal denke ich, es wäre besser gewesen, ihm einen weniger prominenten Namen gegeben zu haben. Er wird der launischen Romanfigur immer ähnlicher, dabei sollte ein Mops doch ein unbeschwertes, fröhliches Wesen haben. Er ist manchmal so anders …«

»Das liegt aber sicher nicht am Namen. Genies sind ja oft ein wenig schwieriger als andere Charaktere. Er ist eben ein besonders begabter Mops«, tröstete Anne.

»Oooops«, krähte Mara vergnügt, und Marlene musste lachen. Jackie und Waterson hatten wie beinahe alle Eltern gehofft, dass Mama beziehungswiese Papa das erste Wort wäre, aber die kleine Mara hatte sich ganz diplomatisch anders entschieden. Inzwischen waren noch weitere Worte hinzugekommen, aber immer noch zählte ihre Interpretation des Wortes Mops zu ihren Favoriten.

Prompt kratzten auch schon kleine Krallen im Galopp über den Holzboden, und Guinness kam schlitternd kurz vor dem Kinderstuhl zum Stehen. Mit einer schnellen Bewegung fegte Mara den fast leeren Becher auf den Boden, und noch bevor jemand einschreiten konnte, hatte der junge Mops den Becher geschnappt und ihn unter den Couchtisch geschleppt. Dort klemmte er sich den Joghurtbecher geschickt zwischen die Vorderpfoten und schleckte ihn genüsslich aus. Mara klatschte begeistert in ihre kleinen Hände, und die beiden Frauen lachten, bis ihnen die Tränen liefen. »Was für ein Teamwork!«

Da Guinness nicht gern allein zu Hause blieb, war er oft bei Marlene, denn dort leisteten ihm die anderen Hunde und Katzen Gesellschaft, selbst wenn Marlene oder die anderen Menschen außer Haus waren.

Anne wurde plötzlich wieder ernst und legte Marlene die Hand auf den Arm. »Ich bewundere deine Haltung. Gerade erst eine Leiche gefunden, einmal kurz geschüttelt und schon wieder mitten im Leben. Das könnte ich nicht.«

»Ich sage es ja nicht gern, aber ich habe mich mittlerweile ein wenig daran gewöhnt, und ich verstehe Schulmann inzwischen wirklich gut. Man kann ja nichts mehr daran ändern, und das eigene Leben darf nicht darunter leiden.« Sie zögerte kurz, dann nahm sie Anne in den Arm. »Danke, dass du mir hilfst. Ich weiß, dass ich manchmal ein wenig spröde bin und ... na ja auch ein wenig zickig mit dir und Josy. Aber ich bin froh, dass du meine Schwiegermutter sein wirst.«

Wieder umarmten sich die beiden Frauen, und dieses Mal verdrückten beide ein paar Tränen der Rührung.

»Bussi, bussi, bussi«, tönte es wieder aus dem Kinderstuhl, und dazu machte Mara schmatzende Geräusche. Prompt fingen Marlene und Anne wieder an zu kichern, und die rührselige Atmosphäre verschwand.

»Hast du das gehört. Maurice?« Marlon, der weiße Kater mit den großen roten Flecken, gähnte genüsslich und streckte sich. »Unser

Frauchen hat schon wieder einen Toten gefunden.« Der angesprochene Kater Maurice öffnete seine grasgrünen Augen einen kleinen Spalt. »Ich bin ja nicht taub. Ich höre auch mit geschlossenen Augen ganz gut. Und so, wie es aussieht, steckt auch Holmes seine Nase schon wieder in den Todesfall. Würde ihm ganz guttun und hoffentlich seine Laune heben.« Er schlug mit seinem buschigen Schwanz gereizt auf die Lehne des Stuhls, auf den er sich zu einem Nickerchen zurückgezogen hatte. »Jetzt lass mir aber noch ein bisschen meine Ruhe. Ich hatte 'ne lange Nacht.«

Marlon dagegen war hellwach und hatte keine Lust, die Sache einfach auf sich beruhen zu lassen. Die Erfahrung hatte ihn jedoch gelehrt, den großen Tigerkater nicht zu verärgern, und er trabte in die Küche, wo die anderen Hunde in ihren Körbchen vor dem Ofen lagen.

»Holmes untersucht wieder einen Fall, diesmal mit Gerlach!«, verkündete er lautstark. Bena Hula, die Mopsgefährtin von Holmes, öffnete ihre ungewöhnlich hellen Augen. »Das ist ja wunderbar. Was ist passiert?«

»Frauchen hat 'ne Leiche gefunden, und Holmes ermittelt endlich wieder. Mehr weiß ich auch noch nicht. Aber ich bleibe dran, verlasst euch drauf! Ich lasse mal meine Kontakte spielen.« Er sprang durch die Katzenklappe nach draußen – nur um sofort wieder hereinzuhüpfen. Er schüttelte sich ausgiebig und nieste einmal kurz. »Ich meine, sobald der Schneesturm nachgelassen hat.« Ohne sich um das Gelächter der anderen zu kümmern, trabte er würdevoll und mit hoch aufgerichtetem Schwanz die Treppe hinauf. Bei Emma würde er seine Schmach schnell vergessen. Er hasste Schnee.

Nelly wischte sich mit einer Pfote über die Augen. »Das nächste Mal schaut Mister Großspur vielleicht erst aus dem Fenster«, lachte sie. Dann wurde sie plötzlich ernst. »Schrecklich, dass es erst einen Toten braucht, um Holmes wieder ins Leben zu holen. Ich bin gespannt, was da wirklich passiert ist.«

»Ich hoffe, dass er einen Fall übernehmen kann, und vor allem, dass er ihn lösen kann. Sollte er dieses Mal versagen, wäre es eine Katastrophe für ihn.« Bena Hula klang besorgt, und Nelly legte ihr fürsorglich eine Pfote auf ihre Schulter. »Vertrau ihm. Er wird das schaffen und dann endlich wieder ein vergnügtes Leben führen, wie es sich für einen Mops gehört. Aber wir müssen uns jetzt mal um Frauchen kümmern. Nicht, dass sie bei diesem Wetter noch kalte Füße bekommt und so kurz vor der Hochzeit krank wird.« Die beiden Hündinnen machten sich auf den Weg ins Wohnzimmer.

»Ah, da seid ihr ja«, wurden sie von Marlene begrüßt. »Bena, ich habe gute Nachrichten für dich. Du musst den Ringkorb nicht tragen. Holmes wird es nun doch übernehmen.«

Bena wedelte entzückt und sprang dankbar an Frauchens Beinen hoch. Es war ihr ein Gräuel, vor so vielen Menschen aufzutreten, sie hatte ein eher zurückhaltendes Wesen. So würde sie die Hochzeit nun doch abseits von dem ganzen Trubel in Ruhe zu Hause verbringen können.

»Wenn Gerlach Holmes bringt, gehe ich mit ihm und Guinness noch kurz runter in die Kirche, damit er sich alles anschauen kann.«

Wie auf Kommando klingelte es genau in diesem Moment, und Nelly begann wie verrückt zu bellen. »Das werden sie sein.« Marlene sprang auf und eilte die Treppe hinunter, während Anne die erschrockene Josefine auf den Arm nahm.

»Ach, Nelly, nun hast du die Kleine geweckt. Wir wissen doch, dass jemand kommt, wenn es klingelt.« Anne schaute missbilligend auf den kleinen schwarzen Mops herunter.

Nelly ließ den Schwanz hängen. Es war nun einmal ihre Aufgabe, zu bellen, wenn es klingelte, davon war sie fest überzeugt, doch sie durfte auch Josy nicht zum Weinen bringen. Manchmal war es nicht leicht, ein Mops zu sein.

-8-

Vorsichtig durchstreifte ich den Wald aus Beinen und Füßen unter dem Tisch. Ich wollte möglichst wenige Hosenbeine berühren, um nicht aufzufallen. Keine leichte Aufgabe, denn dabei musste ich mich ja noch auf die Gerüche der einzelnen Männer konzentrieren und sie mit denen am Tor abgleichen. Gerlach tat oben sein Bestes, um sie von mir abzulenken, und wich geschickt den Fragen zum Tod von Brunsle aus, ohne die Kicker dabei zu langweilen. Ich hatte es geschafft, ungesehen unter den großen Tisch zu krabbeln. Doch trotz aller Vorsicht kam ich nicht weit, denn plötzlich begann oben jemand kräftig zu niesen.

»Was ist los, Bertie?« Thomas klang besorgt. »Du kannst doch jetzt nicht krank werden!«

»Ich weiß auch nicht. Ist hier irgendwo ein Hund? Ich bin doch allergisch.«

Mist, damit hatte ich nicht gerechnet. Mit der geheimen Mission war es vorbei, und Gerlach rief mich unter dem Tisch hervor. »Das wusste ich nicht. Holmes und ich waren auf dem Rückweg vom Sportplatz noch schnell hier eingekehrt, um uns aufzuwärmen. Habe ihn schon fast vergessen.«

Ein wenig empört schubste ich Gerlach gegens Knie und bellte. Die anderen begannen zu lachen, und Gerlach zwinkerte mir heimlich zu. Wir verstanden uns. Bertie, dem mittlerweile die Tränen übers rote Gesicht liefen, wedelte mit einem Taschentuch in meine Richtung und japste: »Könntet ihr ein wenig mehr Abstand halten! Ich krieg keine Luft mehr ...«

»Kein gutes Gefühl, gell?« Beate war mit einem großen Tablett mit einer neuen Runde Bier an den Tisch getreten. »Denk mal das nächste Mal darüber nach, wie sich das anfühlt, bevor du blöde Witze über Tote reißt.«

Ich wich ein paar Schritte zurück und erntete dafür einen scharfen Blick von Arno. »Versteht der uns?«

Gerlach zuckte mit den Schultern. »Keine Ahnung, wie so ein Hund eben ist. Mal mehr, mal weniger brav.« Wieder warf er mir einen verschwörerischen Blick zu.

Er wollte offensichtlich nicht, dass die Fußballer wussten, was für Fähigkeiten ich hatte. Kein Problem, ich konnte mich jederzeit dumm stellen. Ich begann auf meinem Hintern im Kreis zu rutschen und tat so, als ob ich dabei versuchte, mich am Ohr zu kratzen. Eine gelungene Vorstellung, denn alle lachten über meine scheinbare Unfähigkeit, mich zu kratzen. Gerlach verabschiedete sich, indem er zweimal mit der Faust auf den Tisch klopfte, und ich folgte ihm in das dichte Schneetreiben hinaus.

In der Tür drehte ich mich noch einmal um. Arno lachte nicht mit den anderen, sondern starrte mich an. Sein Blick ließ mich erschauern, und meine Nackenhaare stellten sich auf. Er deutete mit zwei ausgestreckten Fingern erst auf seine Augen, dann auf mich. Er hatte sich wohl nicht täuschen lassen, aber warum lag diese Boshaftigkeit in seinem Blick?

Draußen verschluckte uns erst einmal der Schnee, und ich war glücklich, dass es nur ein paar Minuten nach Hause waren.

-9-

»Nanu, Holger. Mit dir habe ich gar nicht gerechnet. Komm doch rein.« Marlene trat zur Seite und bat ihren Nachbarn ins Haus. Er nahm sich die Mütze vom Kopf und klopfte sich die Stiefel an der untersten Treppenstufe ab. »Nein danke, ich tropfe dir sonst nur alles voll. Ich habe eine Überraschung für euch. Ist Miro auch da? Und darf ich euch ein paar Minuten entführen?«

»Ja, er ist im Arbeitszimmer. Ich hole ihn.«

Ein paar Minuten später machten sich die drei auf den Weg zu Holgers Scheune wenige Meter vom Haus entfernt. Vor dem großen Tor stoppte Holger seine Nachbarn und deutete in den Himmel. »Ihr ahnt ja nicht, wie sehr ich für dieses Wetter gebetet habe. Und der Wetterbericht ist genau richtig für meine Überraschung zu eurer Hochzeit. Macht bitte die Augen zu!« Gehorsam schlossen seine Nachbarn die Augen und warteten ab. Sie hörten, wie Holger beide Flügel der Scheune öffnete. »Augen auf! Er gehört euch!«, rief er.

Marlene atmete tief ein und presste sich die Hände auf den Mund. Miro reagierte auf Männerart burschikos und schlug seinem Nachbarn kräftig auf die Schulter. »Du bist ein Teufelskerl!« Marlene brachte immer noch keinen Ton heraus und fiel Holger einfach nur um den Hals. Dann drehte sie sich wieder um und bestaunte das Kunstwerk, das vor ihnen stand. »Wie hast du das gemacht? Er ist wunderschön. Unfassbar ...« Staunend trat sie näher und berührte vorsichtig das glatt polierte Holz des alten und liebevoll restaurierten Pferdeschlittens, der vor ihnen stand.

Elegante geschwungene Kufen mit nagelneuen Beschlägen trugen ein breites Chassis. Die Sitze waren mit rotem Leder bequem gepolstert, und über den Lehnen hingen große Schaffelle gegen die Kälte. Doch was diesen Schlitten zu einem unverwechselbaren Kunstwerk machte, waren die handgeschnitzten Mopsköpfe, die an jeder Seite angebracht waren.

Marlene trat näher, und nun konnte sie die Tränen nicht mehr zurückhalten. »Mein Gott, das ist Marquez, neben seiner Nelly! Und auf der anderen Seite Holmes und Bena Hula. Unverkennbar. Holger ich weiß wirklich nicht, was ich sagen soll. Du hast dir so viel Arbeit gemacht, und er ist so unglaublich schön. Einfach nur danke!«

Miro räusperte sich. »Ähm, an die Kutsche haben sich unsere Pferde ja gewöhnt, aber kann man die beiden auch einfach vor einen Schlitten spannen? Und was, wenn der Räumdienst Salz auf die Straße schmeißt? Dann können ihn die Pferde nicht mehr ziehen.«

Holger steckte die Hände in die Jackentaschen und wippte auf den Zehenspitzen auf und ab. Dabei grinste er triumphierend. »Ich habe an alles gedacht. Ich habe mir bei der Gemeinde eine Ausnahmegenehmigung geholt. Die Straße wird nicht gestreut und so geräumt, dass noch Schnee darauf liegt Ihr werdet von der Kirche hintenrum durch die Gassen fahren, nicht über die Hauptstraße. Eure Pferde haben mit Jackie und mir heimlich geübt, indem wir Traktorreifen über den Reitplatz gezogen haben. Vorsichtshalber werden wir morgen noch eine Probefahrt machen, aber die beiden machen ihre Sache großartig und zuverlässig. Ich schmücke ihn morgen noch nach der Probefahrt, und dann kann's losgehen. Ich werde euch kutschieren und freue mich schon seit Wochen darauf. Oh, und bevor ich es vergesse, da ist noch ein Platz für einen Mops, aber das dürft ihr Jackie und Johannes nicht verraten. Hinten in der Mitte wird Guinness angebracht, und zwar so, dass man ihn jederzeit abnehmen kann. Die beiden werden ihn als Andenken von mir bekommen. Ihn habe ich als ganzen Hund geschnitzt, nicht nur seinen Kopf.« Er deutete auf vier kleine Löcher und holte dann eine wunderschöne, lebensgroße Skulptur aus dem Fußraum hervor und steckte sie an ihren Platz. Stolz blickte der Holz-Enkel von Marquez in die Ferne, das Schwänzchen elegant auf dem Rücken geringelt.

»Er sieht Marquez unwahrscheinlich ähnlich. Das war mir noch nie so bewusst. Du bist ein echter Künstler, Holger. Und du hast uns ein wunderschönes Geschenk gemacht.« Marlene umarmte ihren Nachbarn noch einmal herzlich. Dann drehte sie sich um, weil sie Schritte hörte.

-10-

»Hier ist deine Spürnase zurück, Marlene.« Gerlach begrüßte alle mit einem Kopfnicken. Mein Frauchen wischte sich höchst undamenhaft mit dem Handrücken über die Nase. Offensichtlich weinte sie. Ich warf Miro und Holger einen erbosten Blick zu und knurrte kurz. Einer von beiden war wahrscheinlich dafür verantwortlich, dass mein Frauchen traurig war. Dann sprang ich besorgt an ihr hoch, und sie nahm mich auf den Arm. Sofort begann ich ihr übers Gesicht zu lecken und ihre Tränen zu trocknen, obwohl ich genau wusste, dass sie das nicht leiden konnte.

Sie wehrte mich lachend ab. »Alles ist gut, kleiner Freund. Das sind nur Freudentränen. Holger hat uns einen wundervollen Pferdeschlitten geschenkt, das hat mich aus der Fassung gebracht.« Sie setzte mich wieder auf den Boden. »Habt ihr was herausgefunden? Gibt es was Neues?«, wollte sie von Gerlach wissen.

»Nein, nichts. Allerdings habe ich immer noch keine Ahnung, ob es überhaupt etwas zu ermitteln gibt. Die Gerichtsmedizin hat sich noch nicht gemeldet. Ich frage mich nur ..., ach nichts. Ich geh dann mal wieder. Wir sehen uns übermorgen. Ich freue mich auf die Hochzeit.«

Bevor noch jemand etwas erwidern konnte, nickte er uns zu und stapfte durch den inzwischen tiefen Schnee die Straße wieder hinunter. Nach wenigen Metern war er schon nicht mehr zu sehen. Ich wollte Richtung Zuhause, doch Marlene hielt mich zurück. »Einen Moment, Holmes. Wir gehen noch kurz in die Kirche zum Üben. Warte hier, ich hole Guinness.«

Wenige Minuten später betraten wir durch eine kleine Seitentür die Kirche. Staunend blickte ich mich um. Normalerweise durfte ich nicht hier rein, ich hatte keine Ahnung gehabt, wie groß dieses Gebäude war und vor allem wie hoch. Ich musste den Kopf ganz in den Nacken legen, um die bemalte Decke betrachten zu können. Es war wunderschön. Engel saßen auf flauschigen Wolken und musizierten. Einige tanzten, und das ganze Bild vermittelte den Eindruck von Fröhlichkeit, Leichtigkeit und Unbeschwertheit. Am besten gefielen mir jedoch die hübschen bunten Fenster, die trotz des trüben Lichtes draußen farbige Kleckse auf den Fußboden zauberten. Ich trat näher und zuckte dann erschrocken zusammen. Ganz am anderen Ende des langen Ganges sah ich etwas Schreckliches. Ein toter Mann hing dort hinter einem geschmückten Tisch, offensichtlich zu Tode gefoltert. Ich legte die Ohren an und begann zu fiepsen. Zwei Tote an einem Tag waren dann doch zu viel.

Mein Frauchen drehte sich verwundert zu mir um. »Was ist los, Holmes?« Sie drehte sich um die eigene Achse und sah sich dabei suchend um. »Wovor hast du Angst?«

Jetzt war es an mir, verwundert zu sein. Auch Guinness sah mich nur aus großen Augen an. Warum bemerkten sie denn den armen Kerl nicht? Der war doch nun wirklich nicht zu übersehen. Er musste dort auch schon länger hängen, das Blut, das aus den Wunden an seinen Händen und Füßen getropft war, war mittlerweile geronnen und ... warum war denn dann auf dem Boden kein Blut? Da stimmte doch was nicht. Vorsichtig machte ich einen Schritt vorwärts und fuhr erschrocken herum, als mein Frauchen und mein Sohn hinter mir prustend anfingen zu lachen.

»Das ist nur eine Holzpuppe, Paps. Keine Ahnung, warum sie so etwas Entsetzliches in so einen schönen Raum hängen, aber Jackie hat mir erzählt, dass er die Menschen an irgendetwas erinnern soll.« Nachdenklich legte er die Stirn in noch mehr Falten. »Sein Vater war schuld daran, dass ihm das passiert ist. Doch es hat ihm leidgetan, und er hat ihn wiederbelebt, und dann sind die beiden für immer zusammengeblieben. Ich glaube, darum ging es in der Geschichte: um verzeihen und wieder neu anfangen. Ganz sicher bin ich allerdings nicht. Es war eine lange Geschichte.«

Nachdenklich betrachtete ich die Gestalt, die an dem Kreuz hing. »Ich glaube, ich verstehe, warum ihn die Menschen dorthin gehängt haben. Die Mischung aus Grausamkeit und der Schönheit, die Menschen erschaffen können, ist erstaunlich. Beides ist menschlich, und hier wird es allen, die hier drin waren, deutlich vor Augen geführt. Bei uns Tieren wäre das nicht nötig. Wir sind nicht grundlos grausam.«

Doch bevor ich zu sehr ins Grübeln kam, schubste mich Guinness zart mit der Schnauze an. »Nicht philosophieren, Paps. Wir sind hier, um zu arbeiten. Komm jetzt!«

Marlene hatte geduldig gewartet, bis ich mich umgesehen hatte. Jetzt beugte sie sich zu mir herunter und kraulte mich zärtlich am Kopf. »Tut mir leid, dass ich gelacht habe. Wir sind damit aufgewachsen und sind an den Anblick gewöhnt. Aber du hast schon recht, der Anblick ist erschreckend. Jetzt lass uns aber zur Sache kommen.«

Sie erklärte mir dann, wo ich stehen sollte, und hielt mir das Körbchen vor die Schnauze. Gehorsam nahm ich den Griff zwischen die Zähne, setzte mich neben Guinness und wartete. Frauchen ging nach vorne zu dem geschmückten Tisch und blieb dort eine Weile mit dem Rücken zu uns stehen, dann drehte sie sich um, und wir beide stürmten los. »Stopp!« Laut hallte ihre Stimme in dem hohen Gewölbe wider, und wir beide kamen schlitternd zum Stehen. »Also noch mal auf eure Plätze und von Anfang an. Ihr müsst auf mein Zeichen warten, nicht losrennen, wenn ich mich umdrehe. Guinness, du kennst das doch schon. Ihr wartet beide ganz ruhig.«

Wir übten mehrere Male, bis Frauchen hundertprozentig zufrieden war. Müde nach dem anstrengenden Tag kehrten wir dann endlich nach Hause zurück. Mir war ziemlich flau im Magen. Ich gestehe, dass das Lampenfieber die Gedanken an den bedauernswerten Herrn Brunsle verdrängte und ich kaum noch daran dachte. Das sollte sich jedoch bald ändern.

-11-

Der nächste Tag rauschte wie ein Wildwasserbach an mir vorbei. Unser Haus brummte und summte vor Vorfreude und Hektik. Ein stetiger Strom von Besuchern klingelte und überbrachte Geschenke und gute Wünsche. Die Gäste, die eine weitere Anfahrt hatten – hauptsächlich Miros Freunde und Verwandte –, trudelten nach und nach ein und blieben zu Kaffee und Kuchen. Nelly hatte es aufgegeben zu bellen und sich ein wenig beleidigt in ihren Korb zurückgezogen. »Was zu viel ist, ist zu viel. Ich bin schon ganz heiser«, grummelte sie und rollte sich so fest zusammen, dass sie wie ein kleiner schwarzer Ball aussah. Sie war immer ein wenig ungehalten, wenn sie ihren vermeintlichen Pflichten nicht nachkommen konnte. Ich versuchte die Gedanken an meinen morgigen Auftritt in der Kirche zu verdrängen und zog mich ebenfalls zurück.

Bena Hula übernahm unsere Pflichten allein und begrüßte freundlich alle Gäste und ließ ihren Charme spielen. Sie war einfach großartig. Ich schämte mich ein bisschen, dass ich nicht an ihrer Seite war, doch sie lächelte mir ab und zu im Vorbeitraben zu, und ich wusste, dass sie mir nicht böse war. Trotzdem war ich nicht entspannt, unentwegt zogen vor meinem inneren Auge diverse Katastrophenszenarien vorüber, bei denen ich mich in der Kirche vor allen Leuten blamieren würde. Schon in der letzten Nacht war an Schlaf nicht zu denken gewesen, und ich fühlte mich elend.

Irgendwann im Laufe des Vormittags wurde ich wieder auf mein Frauchen wütend. Warum tat sie mir das an? Warum ließ sie mich nicht einfach in Ruhe? Als sie zur Mittagszeit kurz bei uns vorbeischaute und nach uns sah, drehte ich mich weg. Es brodelte in mir, und ich spürte nur Abneigung gegen ihre Berührung. Ihre nach mir ausgestreckte Hand, wich zurück, als ich leise knurrte. Schockiert hob meine Mutter den Kopf. Doch bevor sie noch etwas sagen konnte, zuckte ich erschrocken zusammen, als ich laut angefahren wurde.

Was soll das, mein Junge?, donnerte die Stimme. *Das ist doch wohl nicht dein Ernst? Ein Mops, der sein eigenes Frauchen anknurrt? Ich bitte dich! Reiß dich jetzt mal zusammen!*

Wie von der Tarantel gestochen sprang ich auf. Das war eindeutig schon wieder die Stimme meines Vaters. Wurde ich jetzt auch noch verrückt? Als ich ihn das erste Mal auf dem Fußballplatz gehört hatte, war die Stimme eher in meinem Kopf gewesen, mehr wie der Hauch einer Erinnerung, doch nun war sie laut und deutlich.

Hektisch drehte ich mich um. Natürlich war er nirgends zu sehen, und ich schaute nur in die verblüfften Gesichter von meiner Mutter und Marlene. Offensichtlich hatten sie ihn nicht gehört. Mit klopfendem Herzen und wackeligen Knien ließ ich mich wieder in mein Körbchen plumpsen.

»Meine Güte, du siehst aus, als ob du ein Gespenst gesehen hättest.« Frauchen betrachtete mich besorgt. Wenn sie wüsste, wie nah sie der Wahrheit damit kam.

»Papa?«, flüsterte ich. Doch er gab keine Antwort mehr. Nelly sah mich mitleidig an. »Er ist fort, mein Schatz.«

Da war ich mir aber gar nicht mehr so sicher. Ich riss mich zusammen und ließ nun zu, dass Frauchen mir über den Kopf strich. Wider Erwarten fühlte es sich gut an, und ich konnte selbst nicht mehr nachvollziehen, warum ich es noch vor einer Minute so abstoßend gefunden hatte. Über die Stimme konnte ich mir zu einem anderen Zeitpunkt Gedanken machen. Ich hatte eine Pflicht zu erfüllen, und so schlimm würde es morgen in der Kirche schon nicht werden. Bena freute sich, als ich an ihrer Seite erschien und ihr half, die zahlreichen Gäste zu begrüßen. Frauchens Blicke, die sie mir hin und wieder zuwarf, waren zwar immer noch ein wenig nachdenklich, doch sie ging nicht mehr auf mein ungewöhnliches Verhalten ein.

Als es dunkel wurde, war es geschafft. Alle auswärtigen Gäste, die über Nacht bleiben würden, hatten sich in ihre Quartiere im Hotel zurückgezogen, Hanna und Falk würden sich nun um sie kümmern.

»Bin ich froh, dass wir keinen Polterabend wollten. Ich brauche ein paar Minuten Ruhe.« Stöhnend ließ sich Miro aufs Sofa fallen. Mit einem empörten Aufschrei sprang Murpsel zur Seite, denn Miro hätte sich beinahe auf sie gesetzt. Nun nahm er die kleine schwarze Katze und drückte sie zart an sich. »Tut mir leid, ich habe dich völlig übersehen«, entschuldigte er sich.

Marlene ließ sich neben ihren Verlobten plumpsen. »Erinnere mich bitte daran, nie wieder heiraten zu wollen«, meinte sie erschöpft.

»Geht in Ordnung. Ich werde schon dafür sorgen, dass das ab morgen nie wieder vorkommt«, brummte Miro und zog sie an sich. Frauchen kicherte verliebt wie ein kleines Schulmädchen.

Ich spürte Benas warmen, weichen Körper, wie er sich leicht an meinen schmiegte. »Alles okay bei dir?«, wollte sie wissen.

Ich nickte. »Ja, es geht mir gut. Und irgendwie werde ich den Tag morgen auch überstehen. Danach werde ich mich ganz auf den Tod von Brunsle konzentrieren.«

»Du wirst dieses Mal mit Gerlach arbeiten? Waterson hat nach der Hochzeit ja erst einmal Urlaub.«

Ich nickte ein wenig traurig. »Gerlach ist ein toller Typ, aber es ist nicht dasselbe wie mit Waterson. Aber das ist jetzt eben so. Wir sind ja nicht einmal sicher, ob es wirklich ein Fall ist.«

»Erzähl mir doch mal, was du bisher weißt.« Sie legte sich bequem dicht neben mich aufs Sofa und sah mich aufmerksam an. Die wenigen Fakten, die mir bekannt waren, waren schnell zusammengefasst. Die grünen Augen meiner Frau blitzten interessiert auf, als ich geendet hatte. »Was ist los mit dir? Da stinkt doch was zum Himmel. Stell dir doch einmal das Szenario vor ...«

Vor meinem inneren Auge zogen zwölf schemenhafte Gestalten

über den Fußballplatz Richtung Tor. Stießen sie den Schiedsrichter grob vor sich her zu seiner Hinrichtung und pöbelten ihn an? Oder schwiegen sie alle? Wusste Brunsle, was ihm bevorstand? Bettelte er um Gnade, oder wurde er unter einem Vorwand dorthin gelockt? War es geplant, oder passierte es aus einem eskalierenden Streit heraus? So viele Mörder? Das erschien mir unwahrscheinlich. Denn wenn einer von ihnen unter seinem schlechten Gewissen zusammenbrach und ein Geständnis ablegte, waren alle geliefert. Auch der Zeitfaktor spielte eine Rolle. Ich konnte nur erschnüffeln, dass alle in einem relativ kurzen Zeitraum an dem Tor waren, aber nicht, ob sie genau gleichzeitig dort waren.

»Also, ich bin zwar keine Fußballexpertin«, unterbrach Bena meine Gedankengänge, »aber ein Seil braucht man doch nicht für dieses Spiel, oder?«

Du meine Güte, sie hatte recht. Ich war wirklich völlig außer Form. Es war geplant, Brunsle sollte oder wollte hängen. Ich schüttelte den Kopf. »Nein, Bena, ich brauche mehr Informationen. Es gibt einfach zu viele Optionen.«

»Und was ist mit dem mutmaßlichen Selbstmord von Michael Grubenau? Das ist doch schon ziemlich merkwürdig, oder?«, hakte sie nach.

Ich nickte. »Ja, das schon, aber beweisen tut es noch gar nichts. Es bleibt uns nichts anderes übrig, als auf die Ergebnisse der Spurensicherung und der Obduktion zu warten.« Ich zog meine Stirnfalten besserwisserisch zusammen. »Geduld ist eine der Tugenden eines guten Detektivs«, neckte ich sie. Ausgerechnet Geduld war eine der größten Schwächen meiner Gefährtin, das wussten wir beide. Sie knuffte mich dann auch zur Strafe spielerisch mit der Schnauze in die Seite, und schon wenige Momente später balgten wir uns ausgelassen.

Nachdem wir uns völlig verausgabt hatten, zogen wir uns hechelnd in unser Küchenkörbchen zurück. Ich wollte mit ihr allein sein, und die anderen dösten alle auf dem Sofa bei unseren turtelnden Besitzern.

»Ich muss dir etwas erzählen, aber du musst mir vorher versprechen, dich nicht über mich lustig zu machen«, begann ich. Sie nickte nur und blickte mir erwartungsvoll in die Augen. »Ich habe in den letzten Tagen zweimal eine Stimme gehört.« Ich räusperte mich verlegen und senkte den Kopf. »Die Stimme, also, es ist die von Marquez, und er schimpft mich aus, wenn ich mich nicht mopsmäßig benehme.« Bena erwiderte nichts, und erst nach einer ganzen Weile hob ich den Kopf, um ihr ins Gesicht zu schauen. Immer noch blickte sie mich unverwandt an. »Warum sagst du nichts?«, fragte ich unsicher.

»Na ja, ich warte auf das, was du mir anvertrauen willst. Bisher hast du mir nichts Ungewöhnliches erzählt.«

»Du findest es nicht merkwürdig, von seinem verstorbenen Vater zurechtgewiesen zu werden?«

Nun lachte sie doch. »Keine Sorge, ich mache mich nicht über dich lustig, aber manchmal bist du schon ein wenig seltsam.«

Ein dumpfer Schmerz machte sich in meiner Brust breit. Offensichtlich wurde ich doch langsam verrückt. Die ausgelassene Stimmung von gerade eben war verflogen, und tiefe Verzweiflung machte sich in mir breit.

Doch Bena schubste mich erneut. »Warum lässt du denn den Kopf hängen?« Wieder lachte sie fröhlich. »Mein allerliebster, hochintelligenter, trotteliger Mann, hast du vergessen, dass ich einmal einer Hexe gehört habe? So was ist völlig normal für mich. Erinnerst du dich denn nicht mehr an unseren ersten gemeinsamen Abend? Da haben wir ein Ouija-Brett befragt und uns mit einem Geist namens Gustav unterhalten. Wieso denkst du, dass ich so etwas wie eine mahnende Stimme aus dem Jenseits merkwürdig finden würde?« Liebevoll schleckte sie mir über mein Ohr. »Mach dir keine Sorgen, du wirst dich daran gewöhnen, und wenn es dir unangenehm ist, brauchst du dich ja offensichtlich nur anständig zu benehmen.«

Mir wurde ganz schwindelig vor Erleichterung. Gleichzeitig kam ich mir ziemlich dämlich vor. Ich hatte tatsächlich völlig vergessen, dass übersinnliche Erfahrungen für Bena in ihren ersten Lebensjahren das Natürlichste auf der Welt gewesen waren. Trotz meiner Befürchtungen über meine geistige Gesundheit und meines Lampenfiebers schlief ich in dieser Nacht tief und traumlos an der Seite meiner Gefährtin.

-12-

Früh am nächsten Morgen wurden Bena und ich geweckt, als Frauchen barfuß und zerzaust in die Küche kam, um das Feuer im Holzofen zu neuem Leben zu erwecken. Nachdem die Flammen hell züngelten, setzte sie sich zu uns auf den Boden und kraulte uns die Ohren. »Heute ist der große Tag, endlich. Ich freue mich so sehr darauf, Miro zu heiraten. Irgendwie bin ich doch im Herzen eine Romantikerin.« Sie blieb noch einen kurzen Augenblick still neben uns sitzen, dann stand sie auf und klatschet vergnügt in die Hände. »So, meine Lieben, das war der letzte ruhige Moment dieses Tages. Auf geht's! Wir frühstücken erst zusammen, und dann wird sich Emma um euch kümmern und euch herrichten. Ich gehe erst mal zum Friseur, und dann lasse ich mich herausputzen. Ihr werdet mich kaum wiedererkennen. Wir sehen uns in der Kirche, Holmes. Mach dir keine Sorgen, das schaffst du mit links.«

Irritiert starrte ich auf meine linke Pfote. Hatte ich etwas falsch verstanden? Womöglich war mir etwas entgangen? Wir hatten doch geprobt, und da hatte ich nichts Besonderes mit links gemacht. Mein Magen grummelte, und mir war plötzlich gar nicht mehr nach Frühstück zumute.

»Frag doch einfach nachher noch mal Guinness. Mach dir nicht so viel Stress. Krieg ich dein Frühstück?« Benas Appetit war wie immer riesig, und ich schob ihr wortlos meinen Napf hin. Im Gegensatz zu meinem Frauchen wollte ich nur, dass dieser Tag endlich vorüber wäre.

Wie angekündigt, wurden wir von Emma nach dem Frühstück gründlich gebürstet, und bei mir polierte sie sogar meine schwarzen

Krallen, bis sie glänzten. Nelly und Bena Hula würden während der Zeremonie zu Hause bleiben, keine von beiden schien darüber besonders traurig zu sein. Das Bürsten ließen sie sich jedoch nicht entgehen.

»Ihr Genießerinnen«, lachte Emma über die genüsslich moppernden Mopsdamen, die sich gegenseitig immer wieder auf die Seite drängten, um noch einen Bürstenstrich mehr zu erhaschen. »Aber so ganz ohne Verpflichtungen geht's für euch heute auch nicht ab. Aufs Gruppenbild kommt ihr auf jeden Fall auch mit drauf. Und wenn ich sie erwische, werde ich mir auch die Katzen schnappen.«

Als Reaktion auf ihre Ankündigung schlug die Katzenklappe heftig zu. Alle drei Stubentiger zogen es offensichtlich vor, den Tag trotz der Kälte in der Scheune zu verbringen, denn es war keine Spur mehr von ihnen zu entdecken.

Gelassen zuckte Emma mit den Schultern. »Die kommen schon wieder, und dann krieg ich sie. Spätestens, wenn ich die Dosen vom Futter aufmache.« Sie lehnte sich zurück und betrachtete ihr Werk. »Nur noch ein bisschen Fellglanzspray, dann seid ihr fertig«, nickte sie zufrieden. Mit der Ermahnung, uns jetzt nicht mehr im Schnee zu wälzen, zog sie sich auf ihr Zimmer zurück, um sich selbst hübsch zu machen.

Ich setzte mich ans Fenster und warf einen Blick nach draußen. Mittlerweile war die Sonne über einer makellosen weißen Schneedecke aufgegangen, und alles funkelte wie mit Millionen Diamanten geschmückt. Ein perfekter Tag für eine Hochzeit. Bena sprang neben mich. »Sogar die Natur trägt zur Feier des Tages ein Brautkleid. Wie schön das aussieht!«

»Nicht so schön wie Frauchen.«

Die Tür hatte sich geöffnet, und mir blieb das Maul offen stehen. Noch nie hatte ich unser Frauchen in so einem Kleid gesehen. Es lag eng an und betonte ihre schlanke Figur. Das Oberteil glitzerte im Sonnenlicht, der Rock, der nach unten hin weiter wurde und zu einer eleganten Schleppe auslief, bestand aus vielen Lagen feinster Spitze. Die blonde Mähne war zu glänzenden Korkenzieherlocken gebändigt worden, und diese umrahmten das dezent geschminkte, strahlende Gesicht. Ihre blauen Augen leuchteten mit dem Himmel um die Wette. In diesem Moment vergaß ich mein Lampenfieber und meine Trauer. Mir wurde warm ums Herz, ich hatte Marlene noch nie so glücklich gesehen. Mein Glück saß neben mir, ich hatte Bena in letzter Zeit zu oft allein gelassen, und ich nahm mir vor, mich ab morgen besser um sie zu kümmern. Heute würde ich die Mopsehre gemeinsam mit meinem Sohn bei der Hochzeit vertreten. Ich holte tief Luft. Ja, ich war bereit. Marlene beugte sich über uns, und ein Hauch von einem zarten Parfüm wehte mir um die Nase, und ich musste mich sehr zusammenreißen, um nicht an ihr hochzuspringen. Etwas in mir sagte mir, dass ich das bei diesem Kleid nicht durfte. »So, mein Schatz, es geht los. Du darfst im Schlitten mitfahren. Es ist angespannt und alles bereit.«

Wie eine Königin aus einem Märchen schritt sie die alte Eichentreppe hinunter, und ich folgte ihr in angemessenem Abstand, um ihr ja nicht auf die Schleppe zu treten. Miro stand in einem schmucken Anzug an der Haustür, und sein Gesicht leuchtete auf, als er seine Marlene sah. »Du bist wunderschön«, war alles, was er herausbrachte.

Direkt vor der Haustür stand der Hochzeitsschlitten. Cooper und Collino glänzten um die Wette und stampften voller Tatendrang mit den Hufen. Holger saß auf dem Kutschbock und hob grüßend die Hand. Miro überreichte Marlene einen Strauß mit roten Rosen und legte ihr dann fürsorglich ein weißes Cape um die Schultern und half ihr in den Schlitten. Etwas unschlüssig stand ich auf unserem Hof und war nicht sicher, ob ich mit hineindurfte oder hinterherlaufen sollte. Irgendwie wollte ich die Zweisamkeit meiner Besitzer nicht stören. Holger löste mein Problem, indem er neben sich auf den Kutschbock klopfte. »Na komm schon! Wir haben ein Stück Weg vor uns. Jetzt geht es zum Standesamt und danach zur Kirche.« Erleichtert sprang ich neben Holger, und er schnalzte leise mit der Zunge. Sofort trabten die beiden Pferde los, und der Schlitten glitt beinahe mühelos über den frischen Schnee. Kleine Glöckchen schmückten das Geschirr der beiden und klingelten vergnügt im Takt. Es war einfach wundervoll. Viel zu schnell erreichten wir das Rathaus.

Die nächste Dreiviertelstunde verbrachte ich damit, Füßen auszuweichen und möglichst nicht im Weg herumzustehen. Jackie und Johannes waren ein ebenso hübsches Paar wie Marlene und Miro. Auch sie strahlten vor Glück. Die große Zahl aller unserer Freunde und die Familien sprengten den Rahmen des kleinen Saales, in dem die Trauungen durchgeführt wurden. Deshalb durften nur die beiden Brautpaare, die Eltern und die Trauzeugen mit hinein. Der Rest vergnügte sich draußen bei heißem Punsch und verschiedenen, lecker duftenden Häppchen, die Beate vom *Bären* herumreichte. Ich gesellte mich zu Cooper und Collino. »Ihr seht toll aus, Jungs, und ihr macht eure Sache großartig.«

»Danke! Holger hat uns stundenlang auf Hochglanz poliert. Und den Schlitten für Marlene und Miro zu ziehen, ist uns eine Ehre. Wir verdanken ihr so viel.« Cooper senkte seinen riesigen Kopf und blies mir seinen warmen Atem über den Rücken.

Marlene hatte es damals dank meiner Intervention, nicht übers Herz gebracht, die Pferdefreunde zu trennen und kurzerhand beide gekauft. Seither gehörten die zwei zu unserer stetig wachsenden Familie und hatten das Versprechen, das ich ihnen damals abgenommen hatte, Frauchen immer zu beschützen, nie gebrochen. Collino hob plötzlich aufmerksam den Kopf und spitzte die Ohren. »Es ist so weit. Sie kommen. Hopp, Holmes, auf den Kutschbock mit dir.« Die beiden Pferde nahmen Haltung an, und ich sprang wieder neben Holger auf den Bock. Unter dem Jubel der Gäste stiegen nun beide frischvermählten, glückstrahlenden Paare in den Schlitten, und los ging's wieder im flotten Trab zur Kirche.

Der kalte, frische Wind wehte mir um die Nase, und meine Augen tränten, doch um keinen Preis der Welt hätte ich an einem anderen Ort sein wollen. Die Hufe schienen kaum den Boden zu berühren, und der Schnee stob in glitzernden Wolken um die Pferdebeine. Beinahe lautlos glitten wir dahin, nur die Glöckchen klingelten im Takt. Mein Herz wurde leicht, und ich fühlte mich während dieser Schlittenfahrt einfach nur glücklich. Viel zu schnell war die kurze Fahrt vorüber, und wir fuhren auf den großen Platz vor der Kirche vor. Die großen Glocken im Turm machten einen ohrenbetäubenden Lärm, und ich legte die Ohren an, um den Schmerz, den sie verursachten, etwas zu dämpfen. Augenblicklich fiel ich auf den Boden der Tatsachen zurück, und ich wurde nervös.

Emma kam auf mich zu und hatte den freudestrahlenden Guinness dabei. Lampenfieber kannte er offensichtlich nicht, denn er hüpfte ungeduldig auf der Stelle und konnte es kaum erwarten, dass es losgehen würde. Wir betraten die bis auf den letzten Platz besetzte Kirche als Letztes, und Emma setzte sich auf den für sie reservierten Platz ganz hinten. Nun waren nur noch die beiden Brautpaare draußen. »Eigentlich muss ja die Familie nach ganz vorne, aber ich bleibe lieber bei euch. Ich schicke euch im richtigen Moment los, den Rest habt ihr ja geübt. Wird schon schiefgehen.«

Erschrocken wandte ich mich an meinen Sohn. »Es wird schon schiefgehen? Wie meint sie das?« Doch Guinness konnte nicht mehr antworten, denn mit lautem Brausen ertönten die ersten Töne der Orgel.

Damit begann eine sehr lange und hochkomplizierte Zeremonie, bei der sich die Menschen abwechselnd hinsetzen und hinstellen mussten, laut sangen, leise murmelten oder stumm blieben. Anscheinend gab der Pfarrer vorne die entsprechenden Kommandos. »Ein bisschen wie in der Hundeschule, da müssen auch immer alle machen, was der Trainer sagt«, wisperte Guinness mir zu.

Ich nickte nur und wartete ergeben auf mein Zeichen. Da fiel mir plötzlich noch etwas ein. »Wir müssen mit dem linken Fuß zuerst loslaufen und ein bisschen schief gehen. Das ist wohl wichtig.«

»Wo ist links, und meinst du links vorne oder links hinten? Und wie gehe ich schief?« Guinness war verwirrt.

Doch nun blieb keine Zeit mehr zu antworten, denn Emma schob uns die Körbchen ins Maul und führte uns zu dem langen Gang in der Mitte. Mein Sohn schien nun auch etwas nervös zu sein und schaute auf seine Vorderbeine. Ich hob meine linke Pfote, um ihm zu zeigen, welche ich meinte, doch mein Sohn achtete nicht auf mich, denn genau in diesem Moment gab Emma das Kommando. »Jetzt los, ihr zwei. Und nicht rennen!«

Guinness, immer noch bemüht, herauszufinden, welche Pfote er zuerst nehmen sollte, brachte seine Beine durcheinander und strauchelte. Auf dem glatten Boden rutschten ihm seine Vorderbeine auseinander, und er kippte nach vorne. Nur das Körbchen verhinderte, dass er auf seine Schnauze fiel. Einige aus der Gemeinde kicherten, und ich musste etwas unternehmen, um meinem Erstgeborenen die Blamage zu ersparen. So schob ich nun auch die Beine auseinander und stützte mich mit dem Körbchen auf.

»Schaut nur, die beiden verbeugen sich, wie niedlich!«, erklang eine Stimme aus der Bank vor uns. Edeltraut, unsere liebe Nachbarin, rettete damit die Situation, denn nun nickten alle anerkennend und bewunderten unsere Gelehrigkeit.

Emma verbeugte sich nun ebenfalls und zog uns so beide geschickt wieder auf alle viere. »Ihr seid echt solche Komiker«, grinste sie. »Nun aber los!« Guinness schaute jetzt endlich zu mir herüber, ich hob erneut die linke Pfote. Er nickte mir dankbar zu und tat es mir gleich.

Würdevoll und in gemessenem Schritt trugen wir nun unsere kostbare Fracht mit stolz erhobenen Köpfen zu unseren Besitzern nach vorne. Dabei achteten wir sorgfältig darauf, etwas schief zu gehen und nicht schnurgerade nach vorne zu laufen. Je näher wir kamen, umso deutlicher sah ich, dass mein Frauchen um Fassung rang. Ihre Wangen waren gerötet, und ihre Augen blitzten vor unterdrücktem Lachen. Ihr konnten wir natürlich nichts vormachen.

Miro und Johannes nahmen uns dann die Körbchen ab, und wir durften zu Emma nach hinten zurücklaufen. Ich war erleichtert, es hätte noch schlimmer kommen können. Der Rest der Zeremonie war schnell vorbei, die Orgel dröhnte wieder, und unsere beiden Paare verließen zuerst die Kirche, der Rest folgte ihnen langsam.

Wir hatten uns nicht blamiert, der Tag war gerettet – so dachte ich zumindest.

Ich hatte nicht mit den Kollegen von Waterson gerechnet.

Da wir ganz hinten saßen, ließen wir höflich erst alle anderen passieren und verließen die Kirche als Letzte. Als wir ins Freie traten, blieb ich wie erstarrt stehen. Vor der Tür standen mindestens zwanzig Polizisten in Uniform Spalier, und zu ihren Füßen saß jeweils ein Polizei-Schäferhund. Ich hatte bisher keine guten Erfahrungen mit ihnen gemacht. Sie hielten sich für etwas Besseres und schauten auf uns Möpse herab. Um aus der Kirche zu kommen, mussten wir zwischen ihnen hindurch, da gab es keinen Weg daran vorbei. Leider schauten alle Hundeführer den Brautpaaren hinterher, und keiner achtete auf uns.

Schon hatte der erste Schäferhund mich entdeckt. »Na, wen haben wir denn da? Den Möchtegern-Polizeihund, der sich nur die Rosinen aus dem Teig pickt und den Ruhm einheimst.« Das Gesicht kam mir bekannt vor. Ausgerechnet dieser Schäferhund hatte sich einmal vor meinen Augen furchtbar blamiert, als ich das erste Mal auf dem Revier in Reutlingen war. Offensichtlich hatte er diese Schmach bisher noch nicht verwunden.

Ich versuchte, die Beleidigung zu ignorieren. Ich hatte in letzter Zeit genug Erfolg bei der Arbeit als Detektiv gehabt und konnte so über diesen Äußerungen stehen. Zudem war mir auch bewusst, dass meine Niedlichkeit mehr Türen aufstieß als die imponierende Größe eines Schäferhundes. Daher der Neid. Guinness konnte sich leider nicht beherrschen und knurrte böse.

»Lasst meinen Papa in Ruhe!«, grollte er.

Ein höhnisches Grinsen war die Folge. »Och, kann der arme, krummbeinige Mops sich nicht selbst verteidigen? Braucht er denn schon einen Beschützer?«

»Hör auf, Guinness, mit denen kann man nicht reden. Lass uns weitergehen.«

»Ihr geht erst, wenn ich es erlaube!«

So langsam ging mir dieser Köter echt auf die Nerven. Trotzdem ging ich weiter, und Guinness folgte mir, immer noch leise grollend. Bevor der Polizist, der am anderen Ende der Leine hing, reagieren konnte, schnappte dieser Fiesling nach mir und erwischte mich am Hintern. Erschrocken und vor Schmerz aufquiekend sprang ich vorwärts und ausgerechnet gegen den Bauch des nächsten Polizeihundes. Der daraufhin erschrocken nach mir in die Luft schnappte. Was nun folgte, kann ich beim besten Willen nicht genau beschreiben. Ich denke, das Wort Chaos trifft es wohl am besten.

Die völlig überrumpelten Hundeführer brüllten Kommandos, zogen und zerrten ihre wild bellenden Hunde zurück, doch einige verhedderten sich dabei in ihren Leinen. Nicht alle konnten sich dabei auf den Beinen halten, und so purzelten manche übereinander in den Schnee.

»Bloß weg hier«, jaulte Guinness, und ich rannte, so schnell ich konnte, hinter ihm her, außer Reichweite der schnappenden Kiefer der wild gewordenen Meute. Außer Atem blieben wir nach einigen Minuten hechelnd stehen. Wir waren den Weg zum Kirchberg hinaufgesprintet und konnten nun nach unten auf die Gesellschaft schauen. »Bist du in Ordnung, Paps?«

Ich nickte. Mein Fell am Hintern war ein wenig gerupft, aber ich hatte keine Wunde davongetragen. »Denen haben wir's aber gezeigt«, grinste ich. Inzwischen hatten alle Polizisten der Hundestaffel ihre Tiere wieder im Griff, und der Verursacher des Trubels lag flach auf dem Boden und musste einen Hagel von Vorwürfen über sich ergehen lassen. »Ich glaube, wir können wieder zu den anderen, aber wir halten mal ein bisschen Abstand zu den Schäferhunden.«

Gemächlich trabten wir den Berg wieder hinunter und wurden von Tommi Gerlach in Empfang genommen. »Marlene hat mich geschickt, nach euch zu sehen. Sie kann nicht weg, weil alle ihr gratulieren wollen. Na kommt, ich bringe euch zur Kutsche.« Ich blieb verblüfft stehen und schaute zu ihm auf. »Ja, ich weiß alles über dich. Mein Vater redet zwar nicht viel, aber er hat erzählt, dass du viel mehr verstehst als ein gewöhnlicher Hund.«

Das war es aber nicht, was mich zögern ließ. Meine Nase trog nicht. Tommi war an dem Fußballtor gewesen, an dem Brunsle den Tod gefunden hatte. Daran gab es keinen Zweifel.

-13-

Wie betäubt folgte ich Tommi und Guinness den Weg wieder zur Hochzeitsgesellschaft zurück. Unser Auftritt hatte für reichlich Gelächter gesorgt, nachdem klar wurde, dass niemand ernsthaft verletzt worden war. Der Polizist, dem der unverschämte Schäferhund gehörte, war vor Verlegenheit rot im Gesicht und musste den Spott der Kollegen ertragen.

»So, da sind die beiden Helden wieder, die eine gesamte Hundestaffel in Aufruhr gebracht haben.« Gerlach legte seinem Sohn die Hand auf die Schulter. »Danke fürs Zurückbringen!«

»Gern geschehen.« Tommi nickte uns noch einmal freundlich zu, dann tauchte er wieder im Gewimmel der Gratulanten unter.

Ich schüttelte mich, um wieder klar denken zu können. Ich mochte Tommi, doch ein guter Detektiv lässt sich auf keinen Fall von persönlichen Sympathien beeinflussen. Klar war, dass meine Nase sich nicht irrte. Er war in jener Nacht dort gewesen. Das hieß für mich aber auch, dass Gerlach bei diesem Fall befangen war. Ich brauchte Waterson für die Ermittlungen. Der hatte aber gerade ganz andere Dinge im Kopf, da hieß es für mich erst einmal Geduld haben und auf eigene Faust ermitteln. Ich mischte mich möglichst unauffällig unter die Gäste und suchte nach weiteren Geruchsübereinstimmungen. Doch Tommi blieb vorerst der Einzige. Nach einer Weile war ich mir sicher: Keiner der anwesenden Knieslinger hatte die Todesnacht auf dem Sportplatz verbracht. Das erleichterte mich auf der einen Seite, doch auf der anderen erschwerte es natürlich auch meine Recherchen.

Ich zog mich unter den Pferdeschlitten zurück und dachte nach. Ich hatte nur einen sehr dünnen Faden, aber den wollte ich auf keinen Fall aus dem Auge verlieren. Es gab drei Optionen: Tommi war vor dem Tod von Brunsle dort, er war dabei, oder er war hinterher dazugekommen. Was trieb der junge Mann nachts auf dem Sportplatz? Noch dazu in einer kalten Winternacht? Da ich ihn nicht einfach fragen konnte, verließ ich meinen Rückzugsort und wollte ihn suchen. Doch ich hatte keine Zeit mehr, ihn zu finden, denn Holger griff nach mir und hob mich ohne viel Federlesens auf den Kutschbock.

»Da bist du ja. Jetzt fahren wir die vier noch zur Festhalle, dann darfst du endlich nach Hause. Ich bringe die Pferde zurück, da setze ich dich und Guinness ab.«

Damit war ich allerdings gar nicht einverstanden. Ich dachte gar nicht daran, jetzt meine Arbeit zu unterbrechen. Eine bessere Gelegenheit, die Spuren zu verfolgen, würde sich mir nicht mehr bieten. Während der Fahrt zur Festhalle überlegte ich fieberhaft, wie ich weiter vorgehen sollte. Mir kam der merkwürdige Blick von Tommis Mannschaftskamerad Arno wieder in den Sinn. Wenn ich Glück hatte, würde er ebenfalls in der Festhalle sein. Hanna und Falk hatten zwar die Bewirtung übernommen, aber für diese Riesenfeier noch zusätzliches Personal dazugeholt. Da beim alljährlichen Sportvereinsfest auch immer die Jungs vom Fußballverein die Getränke servierten, war ich guter Dinge, dass ich ihn dort bei der Arbeit finden könnte – ihn und die anderen Teamkameraden. Dazu musste ich allerdings in die Festhalle hinein und nicht von Holger ins Haus gesperrt werden.

Ich schreckte aus meinen Gedanken hoch, als Holger mit einem lauten »Brrrr!« das Gespann zum Stehen brachte. Wir hatten die Festhalle erreicht, und ich sprang vom Kutschbock, bevor Holger mich zu fassen bekam. Schnell rannte ich zwischen den Beinen der Gäste hindurch und machte mich auf die Suche nach Emma. Sie würde mich nicht wegschicken, da war ich mir sicher. Ich hörte Holger nach mir rufen, doch er musste ja bei den Pferden bleiben. Endlich entdeckte ich Emma. Sie stand etwas abseits und beobachtete den Trubel.

»Wieder mal auf Abwegen, Holmes? Du solltest doch mit Holger nach Hause. Mama möchte euch eigentlich nicht hier haben, weil die Musik so laut ist. Wo steckt denn Guinness?«

Oje, den hatte ich völlig vergessen. Das letzte Mal hatte ich ihn in der Kutsche neben Jackie gesehen. Er würde schon zurechtkommen. Emma war wohl zu demselben Schluss gekommen und steuerte nun auf den Eingang zu. »Komm, wir schauen mal, ob wir etwas zu essen finden. Du hast ja heute Morgen nichts gefressen.«

Prompt fing mein Magen an zu knurren. Stimmt, ich war zu nervös gewesen, und jetzt meldete sich der Hunger. Leerer Bauch ermittelt nicht gern, dachte ich mir und trabte hinter Emma zur Küche. Hanna, deren hübscher, runder Babybauch mittlerweile nicht mehr zu übersehen war, stand wie ein Fels in der Brandung inmitten des wuselnden Heeres von Bedienungen und Küchenhelfern und gab letzte Anweisungen.

»Wir haben hier einen Notfall. Ein fast verhungerter Mops verlangt nach Rettung«, begrüßte Emma ihre große Schwester.

Hanna drehte sich zu uns um. »Nanu, du solltest doch gar nicht hier sein. Egal, ich habe da was für dich, aber nicht Mama verraten.«

Schnell zerdrückte sie ein paar Kartoffeln und Mohrrüben und gab dann eine dunkle, herrlich duftende Soße darüber. Ein Festmahl, wenn auch etwas zu heiß für meinen gewaltigen Appetit. Nachdem ich die Schüssel leer geputzt hatte, war ich endlich bereit für meinen Einsatz.

Schon bei früheren Fällen waren die Informationen vom Stammtisch im *Bären* hilfreich für die Ermittlungen gewesen. Vorsichtig schlüpfte ich unter die erste lange Tischreihe. Die Tischtücher waren so lang, dass ich unbemerkt darunter herumlaufen konnte, ideale Voraussetzungen für meinen Lausch- und Schnupperangriff. Dachte ich zumindest, denn ich war nicht mit den Ritualen einer Hochzeit vertraut. Ständig klimperte jemand mit irgendetwas gegen ein Glas, und dann waren alle plötzlich ganz still. Es folgte eine Rede, dann Applaus, eine kurze Pause, und es ging wieder von vorne los.

Nachdem die Reden alle vorbei waren, wurde das Essen aufgetragen. Zwar schnappte ich ein paar Gesprächsfetzen auf, doch Brunsle gehörte nicht zu den Themen. Offensichtlich waren die Kleider der Bräute, die Predigt in der Kirche, die Dekoration und das gute Essen wichtiger. Es war zum Verrücktwerden. Aber ich gab die Hoffnung nicht auf. Konzentriert schlich ich mich von Tischreihe zu Tischreihe vor, bis ich plötzlich vor meinem Ebenbild stand. »Guinness, was machst du denn hier?«

»Dasselbe wie du, Paps. Ich habe gesehen, dass du Holger entwischt bist, und bin hinterher. Allerdings habe ich dich dann aus den Augen verloren. Ich dachte mir, wenn ich dich schon nicht finden kann, belausche ich mal die Gespräche und versuche was herauszufinden.«

Mein Herz schlug vor Stolz ein bisschen schneller. Er würde eines Tages in meine Fußstapfen treten.

Das fühlt sich gut an, nicht wahr, mein Junge? Ich bin auch stolz auf dich, solange du dich wie ein richtiger Mops verhältst!

Immerhin zuckte ich nicht mehr ganz so heftig zusammen, wenn ich plötzlich die Stimme meines Vaters hörte. Langsam schien ich mich daran zu gewöhnen. Offensichtlich war ich auf dem besten Wege, Marquez wieder milde zu stimmen. Ich fühlte mich tatsächlich ein wenig erleichtert, obgleich ist wusste, dass ich mir die Stimme nur einbildete.

Guinness legte den Kopf ein wenig schräg. »Alles okay?«

Ich nickte und kehrte gedanklich zu meinen, oder besser gesagt: zu unseren Ermittlungen zurück. »Hast du etwas herausgefunden?«

»Nein, nur blabla.«

Ich dachte nach. Guinness hatte recht, so kamen wir nicht weiter. Noch während ich überlegte, scharrten ein paar Füße neben mir.

»Ich geh mal kurz eine rauchen«, ertönte eine Stimme von oben. Das brachte mich auf eine Idee.

»Hinter der Festhalle ist eine Raucherecke. Lass uns da mal ein wenig herumhorchen.«

Guinness schlängelte sich hinter mir her durch die Tisch-, Stuhl- und Menschenbeine. Die Schwingtüren nach draußen ließen sich leicht für uns öffnen, und wir drückten uns so leise wie möglich hindurch. Der scheußliche Geruch von verbranntem Tabak wies uns den Weg. Es dämmerte schon ein wenig, und niemand achtete auf uns. So konnten wir uns unbemerkt den Qualmern nähern. Und wir kamen genau richtig. Da standen ein paar Grüppchen, die ihrem Laster frönten.

Die drei Fußballer, die gerade ein Päuschen beim Bedienen einlegten, standen ein bisschen abseits. Ich kannte nur Arno, der mich neulich so komisch angeschaut hatte, mit Namen. Die anderen waren mir zwar schon einmal begegnet, aber wie sie hießen wusste ich nicht.

»Hoffentlich ist der mit der Hundeallergie nicht dabei, sonst fliegen wir gleich auf«, wisperte ich meinem Sohn zu. Doch wir hatten Glück, Bertie war nirgends zu sehen. Trotzdem hielten wir vorsichtshalber großen Abstand.

»Das Spiel ist auf nächste Woche verlegt worden, wegen dem Brunsle.« Wir kamen genau richtig, das Thema der Unterhaltung stimmte. »Das passt eigentlich ganz gut. Dann haben wir morgen keinen Stress und können heute noch ordentlich mitfeiern.«

Arno knuffte den Sprecher in die Seite. »Es schadet auch nicht, wenn du noch 'ne Woche länger trainierst. Du hast schon ein wenig Winterspeck angesetzt, Chili.«

»Haha, sehr komisch.« Tatsächlich war der junge Mann extrem dünn, von Speck keine Spur. Seinen Spitznamen verdankte er wohl seiner schlanken Gestalt und den feuerroten Haaren, die er steil nach oben gestylt hatte. »Bei dem Schnee ist das Training kein Zuckerschlecken und das Spielen auch nicht. Der Wetterbericht sagt Tauwetter voraus; wenn es gut läuft, spielen wir nächsten Samstag auf Grün.«

»Wenn es nicht wieder den Schiri erwischt«, brummte ein etwas stämmiger, kleiner Spieler namens Karl, den aber alle Charly nannten. »Dann wird es nix mehr mit der Herbstmeisterschaft für uns.«

»Warum sollte denn der Schiri sterben?« Chili zuckte mit den Schultern. »So oft passiert das nun auch wieder nicht.« Gut, dass wir uns vorsorglich auf Distanz gehalten hatten, denn nun trat auch Bertie mit der Hundeallergie zu der kleinen Gruppe und mischte sich sofort ein.

»Hast du es denn nicht gehört? Vom Team Brunsle ist nur noch der

Gunter Koch übrig. Der Grubenau ist auch tot. Und Koch wird bei unserem Spiel Linienrichter sein. Und der hat Streit mit Tommi gehabt.« Bertie schaute die anderen beiden verschwörerisch an.

Arno lachte ein wenig unbehaglich. »Jetzt hör aber auf, so einen Quatsch zu erzählen, Bertie. Wenn das jemand hört. Ausgerechnet der Tommi soll die beiden in den Selbstmord getrieben haben? Das glaubst du doch selbst nicht!«

Bertie wiegte seinen runden Kopf hin und her. »Der Streit war schon heftig. Erst im Sommer mit dem Grubenau wegen des Abseits – was keins war. Und zack! 'ne Woche später ist er hin. Und vorletzte Woche das Theater wegen des Handelfmeters für die Gegner – der keiner war – und zack – Brunsle hin. Und der Koch hat letzte Woche den falschen Einwurf nicht gesehen, der zum Gegentor geführt hat. Tommi ist ausgeflippt, und ich sag euch, der Koch hat keine hohe Lebenserwartung mehr.« Bertie rieb sich Arme und streckte dann ein wenig stöhnend den Rücken durch.

»Du redest so einen Scheiß. Wie soll das denn gehen? Der Tommi macht 'ne kleine Wachspuppe von jedem Schiri und pikst bei einer Fehlentscheidung eine Nadel durch, damit die sich umbringen?« Chili war empört.

»Ich fasse ja nur die Tatsachen zusammen«, verteidigte Bertie seinen Standpunkt.

»Soviel ich weiß, ist noch nicht raus, ob es beim Brunsle Selbstmord war«, mischte sich Arno wieder ein. »Du meinst doch nicht, dass Tommi ...«

»Was ist mit mir?« Tommi war von den anderen unbemerkt hinzugekommen.

Schuldbewusst zuckten die drei zusammen. Bertie fasste sich zuerst. »Nichts; nur, dass ich meinte, dass du uns bestimmt gleich wieder reinholst.«

»Allerdings. Ihr müsst wieder ran, und die Raucherei solltet ihr sowieso sein lassen. Das ist nichts für Sportler, und wenn wir aufsteigen, werden wir härtere Gegner bekommen. Da braucht ihr bessere Kondition. Und jetzt los, die anderen wollen auch mal eine Pause. Wo steckt denn nur Steffen? Ich habe ihn den ganzen Abend noch nicht gesehen. So ein Drückeberger. Na egal. Auf geht's!«

Ohne Widerworte drückten die vier ihre Zigaretten im Schnee aus und entsorgten sie unter dem strengen Blick ihres Kapitäns im Aschenbecher.

Jetzt oder nie, ich musste näher heran. Ich bedeutete Guinness, etwas zurückzubleiben. Ich brauchte die Gerüche der vier jungen Männer, um sie abgleichen zu können. Bertie und der kleine, stämmige Charly übersahen mich komplett. Beide waren tief in Gedanken versunken und bemerkten nicht, wie ich an ihren Beinen schnupperte. Allerdings nieste Bertie sofort einmal kräftig. Ich zog mich schnell zurück, aber zu spät. Chili beugte sich zu mir herunter und kraulte mich freundlich hinter den Ohren.

»Schon wieder dieser Hund!« Arno hatte mich ebenfalls entdeckt und starrte mich feindselig an.

Tommi drehte sich um. »Natürlich, du Schlaukopf. Er gehört doch der Braut. Also lass ihn in Ruhe.«

»Hauptsache, er bleibt mir vom Leib, sonst garantiere ich für nichts. Braut hin oder her.«

Arno blieb ein harter Brocken, ich kam einfach nicht an ihn heran. Vorsichtshalber brachte ich mich hinter Tommi in Sicherheit. Doch ich hatte nicht mit Guinness gerechnet. Wie ein Geschoss kam er auf Arno zugerannt und versuchte vor ihm zu bremsen. Natürlich kam er auf dem glatten Schnee ins Rutschen und prallte mit voller Wucht gegen Arnos Beine. Dieser kam ebenfalls aus dem Gleichgewicht und musste sich an Tommi festhalten, um nicht zu stürzen. Eine bessere Gelegenheit würde ich nicht bekommen. Schnell drückte ich meine Nase an Arnos Hosenbein, dann machte ich mich gemeinsam mit Guinness so schnell wie möglich aus dem Staub.

Wir sausten schnell wieder in die Festhalle zurück und versteckten uns erneut unter einem der Tische.

»Also, das war große Klasse, Junge. Eine großartige Idee. Ich hätte nicht gedacht, dass du so geistesgegenwärtig bist.«

Guinness schaute mich mit großen Augen völlig verständnislos an. »Was meinst du, Paps?«

»Na, dein geniales Ablenkungsmanöver, damit ich an Arno rankonnte.«

Zu meiner Verblüffung begann mein Sohn wie verrückt zu lachen. »Ich habe von einem der Kinder einen Schneeball auf den Hintern gekriegt, da bin ich erschrocken«, japste er, als er wieder reden konnte. »War keine Absicht, dass ich den Typ beinahe umgerannt habe.«

-14-

»Ihr scheint euch ja prächtig zu amüsieren.« Holger hob die Tischdecke an und schaute vorwurfsvoll auf uns herunter. »Also wirklich! Einfach so abzuhauen, wo ich doch für euch verantwortlich bin.«

Schlagartig hörten wir auf zu lachen. Verflixt, das musste der Stress gewesen sein. Vor lauter Gelächter hatte ich nicht aufgepasst und somit Holger nicht rechtzeitig bemerkt. Bevor wir uns versahen, hatte er uns mit festem Griff am Geschirr gepackt und zog uns unter dem Tisch hervor. Ein wenig schuldbewusst ließen wir uns widerstandslos anleinen und aus dem Saal führen. Keinen Moment zu früh, denn kaum dass wir an der Tür waren, setzte ein ohrenbetäubender Lärm ein.

»Autsch, das tut ja weh!« Guinness legte entsetzt die Ohren an, und ich tat es ihm schmerzerfüllt nach. Holger blickte ein wenig schadenfroh auf uns herab. »Tja, so eine Live-Band ist nichts für empfindliche Hundeohren, aber das wolltet ihr ja nicht glauben. Kommt, wir laufen heim. Dann seid ihr hoffentlich endlich einmal müde und stellt keinen Unsinn mehr an.«

Froh, dieser Folter zu entkommen trabten wir brav neben Holger durch den eiskalten und sternenklaren Winterabend. Der Schnee knirschte unter unseren Pfoten, und unser Atem machte kleine Wölkchen in der eisigen Luft.

»Jetzt spann mich nicht länger auf die Folter. Hast du etwas herausgefunden?« Guinness sah mich erwartungsvoll an.

»Allerdings. Es scheint nachts ziemlich lebhaft auf dem Knieslinger Fußballplatz zugegangen zu sein. Außer Tommi waren auch noch Bertie und Arno dort. Von Chili habe ich keine Spur gefunden. Aber es waren viel mehr Personen dort, es fehlen mir noch acht Spuren.«

»Das wird ja immer rätselhafter. Was mag da bloß passiert sein. Hast du eine Idee, Paps?«

Ich schüttelte ein wenig ratlos den Kopf. »Wir müssen Geduld haben. Mal sehen, was Schulmann herausfinden konnte. Ohne Waterson kann ich sowieso nicht weitermachen. Schulmann wird mir seine Ergebnisse kaum freiwillig erzählen, und Gerlach ist befangen, auch wenn er das bisher noch nicht weiß.«

Wir bogen in unsere Straße ein und schnauften ein wenig bei dem steilen Anstieg. Ein grauer Schatten huschte an uns vorbei. »Ihr solltet mehr Sport treiben.«

»Hallo, Maurice!«, begrüßte ich meinen Freund, ohne auf seinen Spott einzugehen. »Kommst du mit rein?«

»Ja, ich denke, mir wird es heute Nacht draußen zu kalt. Die anderen sind auch schon drin.«

Holger öffnete unsere Haustür und ließ uns alle in die Wärme des Hauses. »Ich leg noch Holz im Ofen nach, dann bin ich wieder weg. Ihr kommt ja zurecht.«

Ein paar Minuten nachdem er gegangen war, berief ich eine Vollversammlung auf dem Sofa ein.

»Ich brauche eure Hilfe, vor allem die der Katzen.« Drei grüne Augenpaare richteten sich aufmerksam auf mich. »Ich brauche Zeugen, sonst kann ich die Abläufe auf dem Sportplatz nicht rekonstruieren. Bitte fragt bei den anderen Katzen herum, ob irgendjemand etwas bemerkt hat, jede Kleinigkeit kann helfen. Bisher weiß ich nur, dass Brunsle den Boden bis kurz vor dem Tor nicht berührt hat. Er muss dorthin getragen worden sein. Warum und in welchem Zustand? War er bei Bewusstsein? Hat er sich gewehrt? Die Autopsie wird das sicher auch ergeben, aber ich weiß nicht, wann ich die Ergebnisse kriege. Helft ihr mir?«

Marlon legte zackig eine Pfote an den Kopf und ahmte einen militärischen Gruß nach. »Sehr wohl, mein General.«

Maurice beäugte seinen Freund ein bisschen ärgerlich. »Du lässt es wieder einmal am nötigen Ernst fehlen.« Dann wandte er sich mir zu. »Natürlich werden wir dir helfen. Morgen früh fangen wir an.«

Nun hob Murpsel, die kleinste der Katzen die Pfote. »Es tut mir leid, Holmes, aber ich kann nicht durch den hohen Schnee. Gibt es etwas anderes, was ich für dich tun kann? Ich möchte so gerne mitmachen und helfen.«

Sie hatte recht, sie war zu winzig und entfernte sich auch im Sommer nie vom Haus. Als Herbstkatze, die viel zu früh von ihrer Mutter verstoßen worden war, hatte sie nie eine normale Katzengröße erreicht, da sie die ersten Wochen ihres Lebens unterernährt war. Frauchen hatte sie damals halb verhungert und erfroren bei uns aufgenommen. Die beiden Kater waren annähernd doppelt so groß wie sie. Traurig sah sie mich an.

»Du kannst hier einfach die Stellung halten und die eingehenden Berichte an mich weiterleiten. Das ist eine sehr wichtige Aufgabe, würdest du das übernehmen?« Eigentlich hatte ich diesen Posten Bena Hula geben wollen, doch auch Murpsel würde ihre Sache gut machen.

Sofort leuchteten ihre Augen wieder vergnügt auf. »Ja klar. Mit dem größten Vergnügen.«

Ich gähnte herzhaft. »Ich denke, für heute war's das. Wir hatten einen langen Tag.« Neben mir ertönte ein leises Schnarchen. Guinness war bereits eingeschlafen. Ich kuschelte mich zwischen Nelly und Bena und schlief auf der Stelle ein.

-15-

Irgendwann in der Nacht wurde ich wach, als unsere Familie heimkam. Guinness schlief tief und fest. Als Wachhund taugte er heute Nacht nicht, Nelly und Bena dagegen hoben ebenfalls die Köpfe, als unsere Haustür aufging und die Menschen kichernd die Treppe hochpolterten. Jackie klemmte sich unseren schlaftrunkenen Sohn Guinness unter den Arm und winkte uns kurz fröhlich zu. Sogar Josefine krähte vergnügt, doch bald kehrte Ruhe ein. Obwohl ich einen aufregenden und anstrengenden Tag hinter mir hatte, konnte ich nicht wieder einschlafen.

Bena musterte mich mit ihren ungewöhnlich schönen Augen. »Einen merkwürdigen Fall hast du da«, flüsterte sie leise, um die mittlerweile wieder friedlich schnarchende Nelly nicht zu wecken. »Er lässt dir keine Ruhe, nicht wahr? Komm, lenke dich ab und erzähl mir von der Hochzeit.« Als ich ihr von unseren Abenteuern berichtete, konnte sie sich vor unterdrücktem Lachen kaum halten. »Was gäbe ich darum, dabei gewesen zu sein.«

Ich drückte mich enger an ihren warmen Körper. »Ich habe dich vermisst«, murmelte ich, den Kopf in ihr Fell gedrückt, und seufzte tief.

»Was macht dir solche Sorgen, Holmes? Ich kenne dich. Irgendetwas stimmt doch nicht?«

»Was, wenn der Fall als Selbstmord eingestuft wird, weil ich es nicht mitteilen kann, dass Brunsle getragen worden ist? Ich bin der Einzige, der diesen Umstand kennt. Diesen Teil können die Menschen nicht wissen. Was, wenn Tommi, Gerlachs Sohn, mit drinhängt?«

Bena rückte ein wenig von mir ab, um mir ins Gesicht schauen zu können. »Schulmann und der Gerichtsmediziner sind Profis. Sie werden etwas finden. Und falls Tommi was damit zu tun hat, muss er auch zur Rechenschaft gezogen werden. Das liegt nicht in deiner Verantwortung.«

Ich nickte, und Bena schloss beruhigt die Augen. Trotzdem lag mir die ganze Geschichte wie ein Stein im Magen. Waterson fehlte mir einfach als menschliche Unterstützung. Konnte ich mich auf Gerlach verlassen, wenn dieser merkte, dass sein Sohn beim Tod des Schiedsrichters die Finger mit im Spiel gehabt hatte? Ich erinnerte mich an das ungewöhnlich aufbrausende Verhalten von Gerlach, als es um Fußball ging. In diesem Sport steckten viel mehr Emotionen drin, als es für einen Außenstehenden wie mich auf den ersten Blick zu erkennen war. Wie wichtig war Fußball wirklich? War es nur ein Spiel oder vielmehr ein Ventil für unterdrückte Leidenschaft und Aggressionen? Wie fließend waren die Grenzen zwischen dem kämpferischen Spiel und Gewalt am Spielfeldrand? Ließen die Zuschauer ihren Frust über ein verlorenes Spiel oder eine Fehlentscheidung auf dem Platz, wenn sie gingen, oder nahmen sie die Wut mit nach Hause? So viele Fragen schwirrten mir im Kopf herum. Ein Satz, den ich irgendwo einmal aufgeschnappt hatte, kam mir in den Sinn: »Elf Freunde müsst ihr sein, um zu gewinnen.« Elf Freunde, elf Spuren. Elf Freunde, um einen Mord zu begehen? Mein Gefühl sagte mir, dass ich mehr über das Phänomen Fußball und das, was sich unter seiner Oberfläche verbarg, erfahren musste, um der Lösung näher zu kommen.

Schließlich kam ich auch wieder zur Ruhe und konnte endlich wieder einschlafen. Heute konnte ich ohnehin nichts mehr ausrichten. Meine Hoffnungen ruhten nun auf den schmalen Schultern der aufmerksamen Jäger der Nacht: der Katzen.

-16-

Viel zu früh wurde ich am nächsten Morgen von Murpsel geweckt. »Holmes, wach auf! Ich habe Neuigkeiten.«

Ich gähnte herzhaft und streckte mich erst einmal gründlich. »Guten Morgen! Was gibt's?«

Draußen dämmerte es gerade erst, eigentlich zu früh für einen Mops, um aufzustehen.

»Maurice und Marlon sind jetzt aufgebrochen. Sie werden nun mit den Befragungen beginnen«, berichtete sie aufgeregt.

»Ach, Murpsel, das ist doch völlig ...«, begann Nelly ein wenig ungehalten.

Doch ich beendete schnell den Satz für sie, um die Gefühle der kleinen schwarzen Katze nicht zu verletzen. »Das ist völlig ... wichtig. Danke! Bitte melde sofort, wenn die ersten Ergebnisse eintreffen.« Ich rollte mich wieder zusammen, um noch ein wenig weiterzuschlafen, doch Murpsel zappelte immer noch aufgeregt vor mir herum. Ich öffnete träge ein Auge. »Noch etwas?«

»Aber ja, das Wichtigste kommt ja erst noch. Es hat heute Nacht gebrannt. Das Vereinsheim vom FC Knieslingen ist nur noch ein Häuflein Asche.«

Ich sprang auf und war mit einem Schlag hellwach. »Woher weißt du das?«

»Ich gehe zwar nicht raus, aber ich empfange hin und wieder Besuch«, erwiderte sie ein wenig geziert. Dann gewann aber doch die Aufregung über die Neuigkeiten wieder die Oberhand. »Jedenfalls hat der

Robbi, also der Kater von der Edeltraut, das gerade erzählt, als er mich besucht hat. Und ...«

Doch weiter kam sie nicht. Wie der Blitz sprang ich vom Sofa und durch die Katzenklappe nach draußen. Marlene wusste von der Stelle unter dem Zaun, durch die ich die Möglichkeit hatte, nach draußen zu kommen, aber sie hatte sie noch nicht wieder mit einem Stein versperrt. Sie hatte auf mein Bedürfnis Rücksicht genommen, nach dem Tod meines Vaters allein durch die Gegend zu streunen, das wurde mir erst jetzt klar. Kurz durchströmte mich ein warmes Gefühl der Dankbarkeit, dann konzentrierte ich mich auf mein Ziel. Ein paar Meter musste ich mich durch den hohen Schnee kämpfen, bis ich die geräumte Straße erreicht hatte. Dieser folgte ich weiter bergauf, bis zum Ortsrand. Als sie sich gabelte, hielt ich mich links, und nach ein paar Minuten konnte ich den Rauch bereits riechen. Als ich den Schauplatz erreichte, konnte ich nicht fassen, was ich sah. Murpsel hatte nicht übertrieben. Es war wirklich nur noch ein qualmender Berg Asche von dem Stolz des Knieslinger Fußballclubs übrig.

Müde und mit grauen Gesichtern räumten die Mitglieder der Freiwilligen Feuerwehr ihre Löschausrüstung zusammen. An der Straße standen mehrere Polizeiautos. Suchend schaute ich mich um. Ein wenig abseits befanden sich einige Vereinsmitglieder, darunter auch Tommi, Chili, Steffen und Arno. Alle starrten sie fassungslos auf die Überreste. Vorsichtig, um nicht gleich entdeckt und fortgejagt zu werden, näherte ich mich den jungen Männern von hinten. Bertie mit der Hundeallergie war erfreulicherweise nicht zu sehen, sein Niesen hätte mich gleich verraten.

»Da waren alle Pokale drin, einfach alle.« Chili schüttelte traurig den Kopf.

»Besser die Pokale als wir.« Tommi legte seinem Kameraden tröstend die Hand auf die Schulter.

»Du hast recht, wenn wir nicht auf der Hochzeit gearbeitet hätten, hätten wir alle da dringesessen, wie jeden Samstag.« Chili wurde noch blasser, als er sowieso schon war.

»Und vermutlich hättet ihr es nicht mehr geschafft, alle rechtzeitig rauszukommen. Tut mir leid, Jungs, aber das war mit einiger Sicherheit Brandstiftung. Da liegen eine Menge verschmorter Benzinkanister herum.« Der Kommandant der Feuerwehr war zu der Gruppe getreten und schüttelte den Kopf. »Selbst wenn wir mit unserem Löschzug direkt vor der Hütte gestanden hätten, wären wir absolut machtlos gewesen. Das Holzhäuschen hat gebrannt wie Zunder. Da kann euch jemand echt nicht leiden. Gut, dass es leer war.«

»Der oder die Brandstifter muss ja gesehen haben, dass niemand drin war, oder? Wir können hier von reiner Brandstiftung und nicht von einem Mordanschlag ausgehen.« Einer der Polizisten in Uniform hatte sich nun auch zu der Gruppe gesellt und schaute fragend in die Runde. Es dauerte einen Moment, bis ich ihn erkannte, wir hatten uns schon eine Weile nicht mehr gesehen. Es war der Bruder von Beate vom *Bären*, Joseph Schmieder.

Tommi taumelte ein wenig. »Nein, das konnte der Täter nicht sehen. Im Winter machen wir immer die Fensterläden fest zu, damit es schneller warm wird. Die Dinger schließen so dicht, dass kein Lichtstrahl nach außen dringt.«

»Ja, aber ihr lauft nicht her. Es waren doch sicher keine Autos hier auf dem Parkplatz.« Der Beamte schien noch nicht überzeugt.

Der Kapitän atmete einmal tief ein und aus, um seine Fassung wiederzuerlangen. Dann drehte er sich zu Schmieder um und schaute ihm fest in die Augen. »Doch, es standen einige Autos hier. Wir haben uns hier getroffen, um uns noch kurz wegen der Hochzeit zu besprechen. Wer welche Tische übernimmt und wer wie lange arbeitet und so. Dann sind wir mit zwei Autos heruntergefahren, weil an der Halle nicht so viele Parkplätze sind. Die Autos der anderen stehen immer noch hier.« Er deutete auf den kleinen Platz etwas abseits. »Wir wollten sie nach der Arbeit holen, aber da war es schon abgebrannt. Heimgefahren ist da keiner mehr von uns. Und um Ihre Frage zu beantworten: Es sah von außen eher so aus, als ob da jemand drin wäre. Sogar der Ofen hat noch gebrannt, als wir gegangen sind, und man konnte den Rauch aus dem

Schornstein aufsteigen sehen.« Er senkte den Kopf. »Es sah so hübsch aus, wie der Rauch in den Himmel stieg. Ich habe mich extra noch einmal umgedreht, da habe ich nicht geahnt, dass ich unser Vereinsheim zum letzten Mal sehe.«

Er drehte sich um, um seine Tränen vor den anderen zu verbergen, und leider entdeckte er mich dabei. »Wie kommst du denn hierher?« Alle fuhren herum, und ich wedelte einfach einmal freundlich zur Begrüßung, das konnte nicht schaden.

»Der treibt sich immer dort herum, wo etwas los ist. Jetzt verschwinde aber, hier gibt's für dich nichts zu sehen, du fetter Köter.« Arno kam drohend ein paar Schritte auf mich zu. Wir würden sicher keine Freunde werden, so viel stand fest.

An dieser Stelle möchte ich betonen, dass ich keineswegs fett bin, Möpse sehen einfach von Natur aus etwas füllig aus.

»Jetzt lass doch den Hund in Ruhe. Wir haben ja wohl ganz andere Sorgen.« Tommi hielt Arno am Arm zurück.

»Das waren sicher die aus Gutthau! Die denken, wir haben ihren Schiri auf dem Gewissen, und nun wollten sie sich rächen. Die wollten uns alle umbringen«, zischte Bertie, der plötzlich hinter uns aufgetaucht war.

Sofort war ich vergessen, und Arno fuhr mit geballten Fäusten herum. »Du hast recht! Lass uns denen mal zeigen ...«

»Nichts werdet ihr denen zeigen.« Streng baute sich Schmieder vor Arno auf. »Das ist bisher ein völlig haltloser Verdacht. Ihr solltet vorsichtig mit solchen Äußerungen sein. Selbstjustiz wird hart bestraft, und ich werde euch im Auge behalten. Wir werden alles tun, um herauszufinden, was hier passiert ist und wer das war. Aber ihr haltet euch da raus. Ist das klar?«

Arno wich dem strengen Blick aus und scharrte mit den Füßen auf dem Boden. »Ja, ja, geht klar.«

In Berties Gesicht blitzte kurz etwas auf. Er sah einen Moment lang aus wie Marlon, wenn er eine Schüssel Sahne geschleckt hatte. Ein ziemlich merkwürdiger Zeitpunkt, um jetzt so zufrieden zu wirken, fand ich.

»Wann ist das Feuer denn ausgebrochen?« Tommi hatte sich wieder gefasst und wandte sich an den Feuerwehrmann.

»Das kann ich nicht genau sagen. Gerufen wurden wir nach Mitternacht, aber da war es schon fast abgebrannt. Das Vereinsheim steht einfach zu weit außerhalb, um gleich bemerkt zu werden, wenn es brennt. Irgendjemand hat dann doch den Lichtschein bemerkt und uns gerufen. Kurz danach seid ihr alle gekommen, den Rest wisst ihr. Wir sind jetzt hier fertig. Der Gutachter wird sich die Brandstelle noch einmal anschauen, der Rest ist jetzt Sache der Polizei.« Er nickte allen noch einmal zu und stapfte zurück zu seinen Kollegen.

Schmieder wischte sich müde mit der Hand übers Gesicht. »Das war eine schlimme Nacht für euch. Geht jetzt nach Hause und schlaft euch aus. Wir werden dann noch von jedem eine Aussage aufnehmen, aber das eilt nicht. Und keine Alleingänge! Verstanden?«

Die Fußballer nickten ein wenig zögerlich und machten sich dann tatsächlich auf den Weg zu ihren Autos. Tommi drehte sich noch einmal zu mir um. »Komm, Holmes, ich bring dich nach Hause.«

Dankbar folgte ich ihm. Auch mir steckte die kurze Nacht in den Knochen, und ich hatte eine Menge Stoff zum Nachdenken. Zwei Todesfälle, ein abgebranntes Vereinsheim und eine alte Fehde zwischen zwei Dörfern, die zu eskalieren drohte ... und alles drehte sich irgendwie um Fußball. Ich hatte das ungute Gefühl, dass wir bisher noch ganz am Anfang standen.

Kurz bevor ich ins Auto sprang, drehte der Wind, und ich bekam eine Bö aus Richtung der Brandstelle in die Nase. Ich erstarrte. Da war nicht nur Rauch, es roch nach verbranntem Fleisch, nach Mensch. Erschrocken legte ich die Ohren an und begann klagend zu jaulen. Alle Gesichter wandten sich mir zu. Doch niemand verstand mich, und so zuckten sie schließlich mit den Schultern und achteten nicht mehr auf mich. Tommi ließ mich auf der Beifahrerseite einsteigen und hielt wenige Minuten später an unserem Haus und klingelte. Schlaftrunken öffnete Marlene und rieb sich verwundert die Augen.

»Was machst du denn hier mit Holmes? Komm erst einmal rein, ich mach uns Kaffee.« Ohne auf eine Antwort zu warten, drehte sie sich um und stieg die Treppe rauf. »Setz dich, Tommi! Du siehst fürchterlich aus und riechst ziemlich streng nach Feuer. Was ist passiert?«

Tommi setzte sich an unseren Esstisch und stützte müde den Kopf auf seine Hände. »Jemand hat heute Nacht unser Vereinsheim abgefackelt.«

Bestürzt legte Marlene eine Hand auf die Schulter des jungen Mannes. »Ist jemand verletzt worden?«

Ich kläffte einmal, doch Tommi schüttelte den Kopf. »Nein, dank eurer Hochzeit nicht. Ansonsten hätte sich Knieslingen eine neue A-Mannschaft besorgen müssen. Wir hatten Glück, normalerweise sitzen wir samstagabends zusammen, meist die halbe Nacht. Wir wären alle verbrannt.«

Frauchen stellte ihm eine Tasse mit dampfendem Kaffee hin und ließ sich neben ihn auf die Eckbank fallen. Es rumpelte auf der Treppe, und Miro kam ebenfalls in die Küche.

»Nanu? Kaum verheiratet, und schon finde ich dich am frühen Morgen mit einem jungen Kerl in der Küche«, begrüßte er uns vergnügt, doch schnell merkte er, dass etwas nicht stimmte. »Was ist los?« Marlene berichtete ihm kurz, was sie wusste, Tommi starrte mittlerweile nur noch stumm auf den Tisch.

Marlene strich mir über den Kopf. »Keine Ahnung, wie du es schon wieder geschafft hast, vor uns davon Wind zu kriegen.«

Wie aufs Stichwort kam Murpsel in die Küche gesprungen. »Maurice war eben da. Ich denke, er hat eine Spur …«

Ich ließ die Menschen mit ihrem Kaffee allein und folgte Murpsel ins Wohnzimmer, wo immer noch Bena und Nelly gemütlich schlummerten.

»Also, was hat er erfahren?« Ich sprang ebenfalls aufs Sofa und ließ mich bequem nieder.

»Das wirst du nicht glauben. Offensichtlich hat in der fraglichen Nacht auf dem Fußballplatz so etwas wie ein Mondschein-Training stattgefunden. Mehrere Katzen haben eine Menge Leute auf dem Platz bemerkt, und die haben gespielt. Ohne Flutlicht«

»Wie soll das denn gehen? Da sehen Menschen doch kaum etwas.«

»Das musst du schon selbst herausfinden. Aber alle Katzen haben dasselbe berichtet. Es waren Fußballer auf dem Platz, aber es war gespenstisch ruhig. Man hat nur das Geräusch vom Ball gehört, den sie sich zugespielt haben. Keine Rufe, nichts.«

Wieder kam mir dieser Satz in den Sinn: Elf Freunde müsst ihr sein ...

Übten die jungen Spieler, sich blind zu vertrauen? Zu spüren, wo sich der andere befand, und einstudierte Spielzüge nur über das Gehör auszuführen? Eine interessante Idee, aber gleichzeitig wurde der Fall damit schon wieder verzwickter. Es waren elf Spieler auf dem Platz gewesen, doch mindestens einer oder zwei, hatten Brunsle zu dem Tor gebracht.

Es half nichts, ich brauchte Waterson. Ohne ihn würde ich nur immer verwirrter werden. Ich brauchte Fakten und vorher eine Mütze Schlaf. Doch dann kam mir ein Gedanke, der mir den Schlaf raubte. Wer war denn eigentlich der Trainer der ersten Mannschaft? Bisher hatte immer nur Tommi die Verantwortung für alles übernommen. Ich seufzte und sprang wieder von meinem gemütlichen Sofa und lief ergeben in die Küche zurück. Tommi saß mittlerweile vor einem reich gedeckten Tisch. Marlene stand trotz ihrer Müdigkeit am Herd, in der Pfanne brutzelten Eier und Speck. Miro hatte Josefine auf dem Schoß und fütterte sie mit ihrem Frühstücksbrei.

Ich hatte zwar ebenfalls Schwierigkeiten, meine Augen offen zu halten, setzte mich aber trotzdem auf Tommis Füße. Er erschien mir heute Morgen der Bedürftigste für warme Füße zu sein. Schließlich hatte er die halbe Nacht draußen gestanden. Wie ich gehofft hatte, drehte sich das Gespräch um Fußball. Tommi kaute mit vollen Backen, seinem Appetit waren die Ereignisse der Nacht offensichtlich nicht abträglich gewesen. Er sprach daher etwas undeutlich. »Ich weiß gar nicht, wie wir das jetzt alles wegstecken. Das Spiel am Sonntag gegen Reublein ist so wichtig, vor allem für die Moral. Der Herbstmeister steigt fast immer am Ende der Saison auf. «

Miro sah kurz auf. »Euer Trainer wird euch schon wieder aufbauen. Wo steckt Jochen eigentlich?«

Jochen Schretz, jetzt fiel mir der Name wieder ein. Ein gut aussehender, sportlicher Mann in mittlerem Alter, der nervös am Spielfeldrand auf und ab gelaufen war, als wir beim letzten Spiel zugeschaut hatten. Sein Ehrgeiz, seine Mannschaft nach vorne zu bringen, war legendär. Seine Spieler redeten ihn immer nur mit »Trainer Schretz« an. Bisher war er überhaupt noch nicht in Erscheinung getreten. Als Trainer hätte er doch informiert werden müssen, als das Vereinsheim brannte. Tommi rieb sich die roten Augen. »Keine Ahnung. Wir konnten ihn nicht erreichen. Handy war aus.«

Bevor jemand etwas erwidern konnte, klingelte es. Miro wollte aufstehen, doch Marlene drückte ihn auf seinen Platz zurück. »Ich geh schon.«

Ein paar Augenblicke später stand Gerlach bei uns in der Küche. Er sah aus, als ob er ein Gespenst gesehen hätte. »Tommi, ich habe dein Auto vor der Tür gesehen. Ich habe schreckliche Neuigkeiten: Trainer Schretz ist tot!«

-17-

Ziemlich unsanft purzelte ich von Tommis Füßen, als dieser aufsprang. »Nein! Das glaub ich nicht!«

Damit hatte ich die traurige Gewissheit, dass meine Nase mich nicht getrogen hatte.

Gerlach legte ihm seine Hand beschwichtigend auf die Schulter. »Es tut mir so leid, Junge. Wir haben seine Leiche im Keller des Vereinsheims gefunden. Der Keller war noch relativ intakt. Seine Leiche ist unversehrt, er ist vermutlich an Rauchgasvergiftung gestorben. Man erkennt sein Gesicht noch. «

Tommi schüttelte immer noch den Kopf. »Das darf doch alles nicht wahr sein.« Dann kam ihm ein Gedanke. »Aber sein Auto stand nicht auf dem Parkplatz. Das hätte ich doch gesehen. Vielleicht war es doch jemand anders. Der Brandstifter vielleicht?« Er dachte kurz nach. »Er ist doch spontan zum Skifahren in die Schweiz gefahren, weil das Spiel verschoben wurde, und wollte erst zum nächsten Training wieder da sein. Er kann es also gar nicht sein!«

»Es gibt keinen Zweifel, leider. Wir wissen noch nicht, wie er dorthin gekommen ist, aber das ist jetzt auch erst einmal nicht von Belang. Nun ist es nicht mehr Brandstiftung, sondern Mord. Ich werde Waterson anfordern. Wir werden nicht eher aufgeben, bis wir den Verantwortlichen hinter Gittern haben. Du gehst jetzt erst einmal nach Hause und schläfst dich aus, Tommi.«

Atemlos hatte ich dem Bericht zugehört. Schon wieder eine Leiche, doch dieses Mal sah es nicht nach Selbstmord aus. Tommi stand wie ferngesteuert auf und ging grußlos die Treppe hinunter, stieg in sein Auto und fuhr davon. Gerlach nickte uns ebenfalls wortlos zu und verließ uns.

Marlene nahm Miro die kleine Josy ab. »Also, den Beginn unserer Flitterwochen hatte ich mir anders vorgestellt«, seufzte sie. Miro nahm seine Frau und sein Kind in den Arm. »Das Leben nimmt auf solche Dinge keine Rücksicht, Liebling. Wir sind ja immerhin dieses Mal nicht persönlich betroffen. Wir werden unsere Flitterwochen machen, genau wie wir es geplant haben. Sobald du fertig bist, fahren wir los.«

Mir stockte der Atem. Ich wollte jetzt nicht verreisen, ich war doch mitten in einem hochkomplexen Fall!

Marlene küsste Miro und lächelte ihn ein wenig zaghaft an. »Ein wenig komisch ist es schon, dass wir nur zu zweit reisen, ohne Kinder, ohne Hunde.«

Erleichterung durchfloss mich wie ein warmer Strom. Für gewöhnlich verreiste ich gerne, aber dieses Mal war ich doch froh, hierbleiben zu können.

Wenig später kamen Anne und Dragomir, Miros Eltern, und übernahmen Josefine voller Vorfreude auf die gemeinsame Zeit mit ihrem Enkel. Offensichtlich waren sämtliche Vorbereitungen ohne mein Wissen getroffen worden, das hatte ich nun von meiner Trotz- und Trauerphase. Allerdings hätten mir meine Mutter oder Bena was sagen können.

»Du wolltest nichts wissen, wir haben es versucht, jetzt brauchst du dich nicht darüber zu beschweren«, rügte mich Nelly, als ich ihnen Vorwürfe deswegen machte. Bena war etwas freundlicher. »Die beiden Brautpaare haben gelost, und Miro und Marlene verreisen zuerst. Wenn die beiden zurück sind, übernehmen wir dann Guinness und Mara, und Jackie und Waterson können sich ein paar schöne Tage zu zweit machen. Anne und Dragomir unterstützen alle, indem sie die zwei Kleinen so viel wie möglich übernehmen. Die Pferde und Hühner versorgen immer die, die hierbleiben. Wir brauchen nicht umzuziehen, denn Emma ist ja auch noch da, sie wird sich um uns kümmern. Du siehst, alles ist geregelt.« Dann lächelte sie mich auf ihre unnachahmliche Weise an. »Ich schätze, du hast ein paar Tage sturmfrei für deine Ermittlungen und Waterson auch.«

Mir fiel ein Stein vom Herzen. Endlich bekam ich die Zeit, die ich brauchte, um den Fall in Angriff nehmen zu können. Und endlich würde ich mit Waterson zusammenarbeiten. Schon wieder klingelte es an der Haustür, und Nelly kläffte. »Das ist Waterson«, bellte sie mir zu, doch ich war schon auf dem Weg nach unten zur Tür, um meinen Freund zu begrüßen.

Waterson hatte wie üblich die Tür selbst geöffnet und stand bereits im Treppenhaus. Ich sprang freudig an seinen Hosenbeinen hoch.

Der junge Kommissar beugte sich zu mir herunter und kraulte mich zwischen den Ohren. »Na, Kumpel? Bereit?«

Ich schaute in sein Gesicht. Auch er sah müde aus, doch in seinen Augen schimmerte bereits das Jagdfieber. Nicht jeder wäre bereit, am Morgen nach seiner Hochzeit zu arbeiten, doch es gab nichts, was ihn davon hätte abhalten können, wenn jemand in seinem Revier mordete.

Marlene beugte sich von oben über das Treppengeländer. »Was sagt denn Jackie dazu, dass du dich gleich wieder in die Arbeit stürzt?«

Waterson lächelte verliebt. »Sie hat mir einen Kaffee ans Bett gebracht und mich dann rausgeworfen. Gerlach hat sie angerufen. Sie ist die beste Frau der Welt. Ähm, mit dir zusammen, meine ich natürlich.«

Marlene lachte und stellte ihren Koffer ab. »Bring mir den doch bitte schnell in den Wagen, dann kannst du Holmes mitnehmen. Ich schätze, er wird sich ebenfalls nicht bremsen lassen.«

Die Verabschiedung fiel kurz und herzlich aus, dann saß ich endlich neben Waterson im Polizeiauto. Er schaute kurz zu mir rüber, als er den Motor startete. Ich hockte auf der Rückbank, ordentlich mit meinem Geschirr angegurtet, und zappelte ungeduldig.

»Gut, dass du wieder da bist. Das Leben ist ohne dich nicht dasselbe. Hier kurz der Stand der Dinge: Fangen wir mit Brunsle an. Schulmann hat das Tor untersucht und versucht, sich selbst daran zu erhängen. Mit etwas Geschick geht das, man muss allerdings dazu ins Netz treten.« Er machte eine kurze Pause, um vorsichtig den Marktplatz zu überqueren, dann fuhr er fort. »Tja, und dabei hätte Brunsle Spuren hinterlassen müssen. Hat er aber nicht.« Wieder unterbrach er sich, als wir in den Verkehr an der Hauptstraße einfädelten. »Gerlach hat mir erzählt, dass du von Beginn an Zweifel an der Selbstmordtheorie hattest, und du hast recht behalten. Wir haben nun also bereits zwei Morde.«

Nachdenklich legte ich den Kopf zur Seite. Zwei oder drei? Brunsle und Schretz oder auch ein geschickter Mord an Grubenau? Und schwebte der Linienrichter Koch ebenfalls in Gefahr? Dann fiel mir auf, dass ich keine Ahnung hatte, wo wir eigentlich hinfuhren. Ich sprang an der Seitenscheibe hoch, um zu sehen, wo wir waren. Gerade hielten wir vor Gerlachs Haus, und unser Kollege stieg auf der Beifahrerseite ein. »Kannst du überhaupt fahren? Wie sieht's mit deinem Restalkohol aus?«, brummte er zur Begrüßung.

Waterson lachte. »Ich freu mich auch, dich zu sehen. Ich habe gestern nur ein Glas Sekt getrunken. Ich wollte nüchtern bleiben, für du weißt schon was.«

Täuschte ich mich, oder wurde Gerlach rot? Und was war denn bitte »du weiß schon was«? Ich schüttelte verwundert den Kopf. Menschen! Warum sagten sie nicht einfach, was sie meinten. Gerlach langte mittlerweile nach hinten und schüttelte mir die Vorderpfote. »Willkommen an Bord, Kollege! Wie in alten Zeiten.«

Ich wedelte ihn freundlich an. Dann begann ich zu kläffen. Ich verlangte zu wissen, wo wir denn nun eigentlich hinfuhren. Waterson hielt sich lachend die Ohren zu. »Schon gut, schon gut. Ich erzähl dir alles. Wir fahren zuerst zu den Witwen von Brunsle und Schretz. Eine Kollegin hat vorhin Frau Schretz über den Tod ihres Mannes informiert. Dann zu Koch, dem letzten verbliebenen Mann aus dem Schiedsrichterteam um Brunsle. Eventuell vernehmen wir dann noch Frau Grubenau. Oder wir versuchen es zumindest, sie ist immer noch in der Klinik.« Waterson startete erneut den Motor und fuhr Richtung Gutthau.

Gerlach ergriff das Wort: »Ich habe Waterson von dem Selbstmord erzählt, und wir wollen einfach auf Nummer sicher gehen. Vielleicht haben wir doch etwas übersehen, damals. Ich würde mir das ewig nachtragen.«

Waterson schaute kurz auf seinen Beifahrer. »Niemand macht dir und den Kollegen einen Vorwurf. Nichts hat auf ein Fremdeinwirken hingewiesen.«

Gerlach drehte den Kopf nach rechts und betrachtete die Winterlandschaft, ohne zu antworten.

Ich konnte spüren, dass der Zweifel an ihm nagte. Dieser Fall ging ihm näher als andere. Den Rest der Fahrt legten wir schweigend zurück.

Es dauerte nicht lange, dann erreichten wir das Haus der Familie Brunsle in Gutthau. Es war ein kleines Häuschen mit einem hübschen Gartenzaun aus Holzlatten. Alles wirkte bescheiden, aber ordentlich. Die Rollläden waren nur halb aufgezogen und gaben dem Haus ein verschlafenes Aussehen. Als die Beamten klingelten, geschah erst einmal gar nichts.

»Hast du uns nicht angemeldet?« Fragend hob Waterson die Augenbrauen und drehte sich zu Gerlach um.

Der zuckte mit den Schultern. »Doch, klar. Weiß auch nicht, warum sie nicht öffnet. Klingel hat noch mal.«

Waterson drückte noch einmal auf den Knopf und klingelte mehrere Male hintereinander. Ich drückte meine Schnauze an den Türspalt und schnüffelte. Es roch ziemlich merkwürdig, sodass ich nicht sagen konnte, ob jemand zu Hause war. Daher hielt ich nun mein Ohr an die Tür und lauschte. Da war ein Geräusch, Schritte, langsam, schlurfend. Ich trat ein paar Schritte zurück, und Waterson hörte mit der Klingelei auf.

»Kommt jemand?«

Ich kläffte einmal zustimmend. Tatsächlich öffnete sich die Tür ein Stück, und ein Schwall stinkender Luft traf mich wie ein Schlag. Ich wich erschrocken weiter zurück. Ein gerötetes Auge erschien am Türspalt. Waterson blieb tapfer an der Tür stehen.

»Frau Brunsle? Mein Name ist Waterson, Kripo Reutlingen. Mein Kollege Kommissar Gerlach hat uns angemeldet. Dürfen wir eintreten?«

Also Mut hatte der Mann, ich wollte nicht unbedingt in diese Geruchshölle, doch natürlich folgte ich ihm in das Haus, als Frau Brunsle endlich die Tür öffnete. Sie sah fürchterlich aus. Sie stank nach Schweiß, und die Haare hingen ihr fettig ins Gesicht. Eigentlich war sie eine stattliche Frau Mitte vierzig, mit dunklen Haaren und hellen Augen. Das Gesicht war vor Trauer grau und die Augen verschwollen und rot vom vielen Weinen. Bis vor wenigen Tagen war sie vermutlich eine ordentliche schwäbische Hausfrau gewesen, die sich liebevoll um Haus und Mann gekümmert hat.

Ich schaute mich um und sah meine Vermutung bestätigt. Das Haus war in einem sehr guten Zustand, nur eine leichte Staubschicht bedeckte die sonst glänzenden Flächen der Möbel. Sie führte uns ins Wohnzimmer, und hier entdeckte ich die Ursache des strengen Geruchs. In einer Ecke hing ein Holzkreuz, darunter stand auf einem kleinen Wandbord eine Frauenfigur mit einem Baby auf dem Arm. Es erinnerte mich an den Altar in der Kirche von Knieslingen, nur in klein. In einer kleinen Schale qualmten ein paar gelbe Klumpen vor sich hin.

»Ich hoffe, der Weihrauch stört Sie nicht. Er benebelt den Kopf ein wenig, das brauche ich im Moment. Ich ertrage es nicht, dass ich meinen Theo ...« Wieder quollen Tränen aus ihren glasigen Augen, und außer dem Rauchgeruch nahm ich noch den typischen Alkoholdunst an ihr wahr.

»Wir möchten Ihnen unser aufrichtiges Beileid aussprechen. Dürfen wir uns setzen, Frau Brunsle? Wir haben ein paar Fragen«, ergriff Waterson das Wort.

»Natürlich, Bitte.« Sie deutete auf das Sofa und ließ sich in einem kleinen Sessel gegenüber nieder. Dann fiel ihr Blick auf mich. »Ist das Ihrer?«

»Nein, er gehört Freunden von mir, aber er begleitet uns hin und wieder bei unserer Arbeit. Ich hoffe, er stört Sie nicht.«

Aber sie hatte mich schon wieder vergessen. »Warum ermittelt die Polizei? Ist das bei Selbstmord üblich?«

Mein Freund wechselte mit Gerlach einen kurzen Blick, und dieser schüttelte leicht den Kopf. Er hatte es ihr am Telefon nicht gesagt. »Wir haben neue Erkenntnisse, und die deuten darauf hin, dass Ihr Mann Opfer eines Verbrechens geworden ist.«

Wir zuckten alle zusammen, als Frau Brunsle mit einem gewaltigen Satz aufsprang. »Ich hab's gewusst, ich hab's gleich gewusst! Er hätte mich nie einfach so im Stich gelassen.« Sie ließ sich wieder auf den Sessel fallen, wo sie wie ein Luftballon mit Loch langsam in sich zusammensank. Sie verbarg ihr Gesicht in den Händen, und in den nächsten Minuten war nur ihr Schluchzen zu hören.

Waterson räusperte sich. »Frau Brunsle, gibt es jemanden, der sich um Sie kümmern kann?«

Doch sie ging nicht auf seine Frage ein und hob den Kopf. Mit leeren Augen starrte sie zwischen den Kommissaren durch auf einen Punkt an der Wand. Dann fanden ihre Augen mich, und mir stellten sich die Haare auf.

»Wer macht so etwas?«, flüsterte sie voller Entsetzen. »Er hat niemandem etwas getan. Er war ein guter Mann. Er hat seine ganze Freizeit dem Fußball gewidmet, und er war ein guter Schiedsrichter. Seit sich der Michael im Sommer umgebracht hat, hat er sich um dessen Frau gekümmert und sie immer wieder in der Klinik besucht.«

Dann kam ihr plötzlich ein naheliegender Gedanke, und sie richtete endlich ihre Aufmerksamkeit auf die beiden Kommissare. »Der Michael hat sich auch nicht selbst umgebracht, das haben wir nie geglaubt. Er war ein so lebensfroher Mensch und war mit seiner Frau glücklich verheiratet. Er hatte keinen Grund.«

Gerlach hob abwehrend die Hand. »Wir ermitteln im Fall von Herrn Grubenau noch, daher kann ich Ihnen nichts darüber sagen. Nun aber zu Ihrem Mann. Hatte er Feinde?«

Frau Brunsle dachte kurz nach. »Bei seinen Kollegen im Autohaus war er sehr beliebt, aber einen Feind muss er wohl gehabt haben, sonst würde er ja noch leben.«

»Hat er sich in letzter Zeit anders benommen als früher?«, wollte Waterson wissen.

Wieder ließ sich Frau Brunsle Zeit mit der Antwort. »Er hat viel mehr Zeit am Computer verbracht. Aber ich dachte, es macht ihm einfach nur Spaß, denn wir haben das Ding noch nicht so lange.«

»Dürfen wir den Computer mitnehmen und untersuchen? Vielleicht finden wir einen Hinweis darauf, mit was sich Ihr Mann in letzter Zeit beschäftigt hat.«

Frau Brunsle nickte. »Nehmen Sie das Ding nur mit, ich brauche es nicht«

»Vielen Dank! Können Sie sich vorstellen, dass seine Tätigkeit als Schiedsrichter etwas mit dem Tod Ihres Mannes zu tun hat? Gab es da Anfeindungen? Drohungen?«, hakte Waterson nach.

Sie nickte. »Ein Schiedsrichter ist immer der unbeliebteste Mann auf dem Platz. Fußball ist ein Ventil für all den Stress, den wir jeden Tag ertragen müssen, hat er immer gesagt. Er hat es nie persönlich genommen, wenn er ausgepfiffen oder beschimpft wurde. Dafür hatte er Verständnis, auch wenn ich es schrecklich fand. Ihn hat es nicht gestört, ich glaube, ich habe mehr darunter gelitten als er. Aber warum sollte ihn dafür jemand umbringen? Warum musste er sterben?«

Gerlach erhob sich. »Genau das versuchen wir herauszufinden. Wo finde ich den Computer?«

Sie deutete mit der Hand auf den Flur. »Die letzte Tür rechts, in seinem Arbeitszimmer. Entschuldigen Sie, wenn ich nicht mitgehe. Ich kann es einfach noch nicht betreten.«

Nachdem er die Tür leise hinter sich geschlossen hatte, wandte sie sich an meinen Freund. »Ich weiß, es klingt merkwürdig, aber es erleichtert mich, dass er sich nicht selbst das Leben genommen hat. Ich habe mir unentwegt Vorwürfe gemacht, habe mir das Hirn zermartert, warum ich es nicht gemerkt habe, wie verzweifelt er war. Nun bin ich froh, dass ich nicht schuld bin, sondern ein anderer.«

Waterson blickte sie aufmerksam an. Tatsächlich schien sie etwas ruhiger zu sein als vorhin. »Es wäre in keinem Fall Ihre Schuld, Frau Brunsle. Aber die Beweise zeigen eindeutig, dass es kein Selbstmord war. Was hatte Ihr Mann am Donnerstagabend vor, als er starb?«

»Er wollte zum Stammtisch, wie immer. Es ist oft spät geworden, ich habe fest geschlafen und erst am nächsten Morgen bemerkt, dass er nicht heimgekommen ist, und da kamen auch schon Ihre Kollegen und haben mir die Nachricht überbracht. Am Abend war noch alles in Ordnung, und am nächsten Morgen liegt das ganze Leben in Scherben.«

»Wirkte er irgendwie besorgt oder angespannt, als er ging?«

»Ich kann es nicht sicher sagen. Womöglich bilde ich mir das jetzt nur ein, aber er wirkte ein bisschen abwesend, als ob er mit seinen Gedanken woanders gewesen wäre. Er gab mir wie üblich einen Kuss und sagte mir, dass ich nicht auf ihn warten solle. Das waren seine letzten Worte.« Sie begann wieder zu weinen.

Es klopfte leise an der Tür, und Gerlach steckte den Kopf ins Wohnzimmer. »Der Computer ist im Auto.«

Waterson nickte und stand auf. »Frau Brunsle, wir werden alles tun, um die Wahrheit herauszufinden, aber wir stehen noch ganz am Anfang. Bitte melden Sie sich, falls ihnen noch irgendetwas einfällt, oft sind es die Kleinigkeiten, die uns voranbringen.« Er legte seine Visitenkarte vor sie auf den Tisch. »Wir finden selbst hinaus, bemühen Sie sich nicht. Sie hören wieder von uns.«

Frau Brunsle war erneut in ihre traurigen Gedanken versunken und bemerkte kaum, dass wir das Haus verließen.

»Hat sie denn keine Kinder oder Verwandten, Freunde – irgendjemand, der sich um sie kümmern kann?« Waterson drehte sich noch einmal zur Haustür um, bevor er ins Auto stieg.

»Soviel ich weiß, hat sie einen Sohn, etwa im Alter von meinem Jungen. Er lebt in der Nähe von New York. Er ist wohl auf dem Weg hierher. Er wird ihr hoffentlich eine Stütze sein.«

Ich wollte noch nicht sofort ins Auto springen. Mein Fell stank immer noch nach diesem Weihrauch. Ich wälzte mich ausgiebig im Schnee, um den penetranten Geruch loszuwerden. »Ich glaube, es ist ganz gut, dass wir protestantisch geheiratet haben. In einer katholischen Kirche hätte er vermutlich die Ringe nicht nach vorne getragen, sondern hätte sein Heil in der Flucht gesucht. Ich mag den Geruch, er hat so etwas Reinigendes an sich. Aber die Geschmäcker sind ja verschieden. Jetzt ist es aber genug, Holmes.« Waterson klatschte in die Hände, und ich schüttelte erst einmal den Schnee aus meinem Fell, bevor ich auf die Rückbank sprang.

Mein Freund sah in den Rückspiegel und wendete dann, um nach Knieslingen zurückzufahren. Frau Schretz erwartete uns.

-18-

Die Familie Schretz besaß ein prächtiges Anwesen, etwas außerhalb vom Dorf. Die lange Zufahrt war ordentlich geräumt, und die großen Büsche, die den Weg säumten, trugen schwarze Bänder als Zeichen der Trauer um den Hausherrn. Das Haupthaus wurde von niedrigen Stallungen und einer Reithalle flankiert. Hier war Geld zu Hause. Das sah man sofort. Eine junge Frau in einem schwarzen Kleid öffnete uns die Tür, kaum dass Waterson den Finger auf den Klingelknopf gelegt hatte. »Wenn Sie mir bitte folgen möchten. Frau Schretz ist in ihrem Arbeitszimmer.«

Sie klopfte kurz an eine schwere, dunkle Tür und öffnete dann, ohne auf eine Antwort zu warten. Vermutlich hätte Frau Schretz auch »Herein!« brüllen können, wir hätten es nicht gehört. Die Tür war von innen mit dickem Leder bespannt, ein flauschiger Teppich bedeckte den Boden. Es war mollig warm, im offenen Kamin brannte ein behagliches Feuer. Frau Schretz war eine schlanke, sehr elegante Frau um die fünfzig. Sie erhob sich und kam uns entgegen. »Wie kann ich Ihnen helfen?«

Waterson und Gerlach schauten sich kurz verblüfft an, Waterson fand seine Fassung als Erster wieder. »Frau Schretz, mein Name ist Waterson, das ist mein Kollege Gerlach, Kripo Reutlingen. Wir möchten Ihnen unser aufrichtiges ...«

Doch Frau Schretz fiel ihm ins Wort. »Lassen wir das doch. Sie sehen mich nicht in Trauer aufgelöst. Wir waren schon lange kein Paar mehr. Ich hoffe, er hat nicht zu sehr leiden müssen. Aber das ist auch alles, was ich an Emotionen aufbringen kann. Er war ein Schmarotzer und

Versager, dazu noch diese Leidenschaft für Fußball ... Nein, ich werde ihn nicht vermissen.«

Gerlach räusperte sich. »Wir müssen Sie bitten, uns nach Reutlingen zu begleiten, um den Leichnam Ihres Mannes zu identifizieren.«

»Natürlich, ich hole nur meinen Mantel.«

Sie eilte aus dem Zimmer und ließ uns völlig perplex zurück. »Sie tut ja gerade so, als ob wir sie zu einer Spritztour eingeladen hätten.« Gerlach runzelte die Brauen.

Wir hörten sie rasch zurückkehren, und schon saßen wir wieder im Auto, nur dass dieses Mal Gerlach fuhr und Waterson bei mir hinten saß. Frau Schretz hatte auf dem Beifahrersitz Platz genommen und schaute wortlos aus dem Seitenfenster. Würde sie auch die Fassung bewahren, wenn sie die Überreste ihres Mannes auf dem kalten Metalltisch vor sich sah? Zügig kamen wir voran, und nach weniger als einer halben Stunde parkten wir vor der Gerichtsmedizin. Ich stand auf und wartete, dass Waterson mich abschnallte, doch er beugte sich nur kurz zu mir herüber. »Du musst im Auto warten, da dürfen keine Tiere mit rein. Ich erzähl dir nachher alles ganz genau.« Er strich mir kurz über das Fell auf meinem Kopf und ließ mich dann allein im Auto sitzen. Ich tat das, was jeder vernünftige Hund an meiner Stelle tun würde. Ich rollte mich zusammen und machte ein Nickerchen.

Nicht lange, und die Türen vom Auto öffneten sich wieder, und die drei setzten sich ebenso schweigsam wie auf der Hinfahrt auf ihre Plätze. Gerlach lenkte den Wagen auf die Hauptstraße und fuhr Richtung Alb zurück. Erst als wir das Haus der Familie Schretz wieder erreichten, ergriff Waterson das Wort. »Ich weiß, dass es kein günstiger Zeitpunkt ist, aber wir würden Ihnen gerne ein paar Fragen stellen.«

»Natürlich.« Die Stimme von Frau Schretz klang genauso ruhig und gelassen wie vorher. »Ich stehe Ihnen zur Verfügung. Folgen Sie mir bitte!« Elegant stieg sie aus dem Wagen und ging auf ihr Haus zu, drehte sich aber kurz vor der Haustür noch einmal um. »Warum haben Sie eigentlich einen Mops dabei?«

»Ich hoffe, er stört Sie nicht«, antwortete Waterson. »Er ist unser Team-Maskottchen«

»Ach, so eine Art Glücksbringer? Nun, wie Sie meinen.«

Mir sollte es recht sein, es hat durchaus Vorteile, unterschätzt zu werden. Ich trabte also hinter den anderen her, und wir betraten wieder das Arbeitszimmer. Waterson und Gerlach wurde ein Platz auf einem kleinen Sofa zugewiesen, Frau Schretz setzte sich hinter ihren Schreibtisch. »Also, nachdem ich zweifelsfrei bestätigen kann, dass das Opfer mein Mann ist, was kann ich jetzt noch für Sie tun?«

Diese Frau war kalt wie ein Fisch. Das hatte ich bisher auch noch nicht erlebt, und Waterson und Gerlach machte diese Haltung anscheinend ebenfalls misstrauisch. »Können Sie sich erklären, warum Ihr Mann im Vereinsheim war, obwohl er seinen Spielern gesagt hat, er sei in der Schweiz zum Skifahren?«

»Nein, ich war ebenfalls der Meinung, dass er noch beim Skifahren ist. Aber ich habe mich auch nicht darum gekümmert. Er hatte einen eigenen Trakt mit einer separaten Eingangstür. Er konnte kommen und gehen, ohne dass es jemand bemerkte. Als ich vorhin in seinem Schlafzimmer war, habe ich gesehen, dass seine Sachen wieder da sind. Er muss gestern spätabends zurückgekommen sein. Da habe ich bereits geschlafen.«

»Können Sie sich vorstellen, was er dort getan hat?« Waterson beugte sich vor.

»Nein, ich habe keine Ahnung.« Sie zuckte mit den Schultern.

Mir kam die ganze Situation merkwürdig vor. Eine Frau, die dermaßen desinteressiert war an dem Mann, dem sie einmal das Jawort gegeben hatte, hatte ich noch nie erlebt. Auch Gerlach wollte es nun genauer wissen. »Wie würden Sie Ihr Verhältnis zu Ihrem Mann beschreiben?«

Nun zeigte sie das erste Mal einen Anflug von Emotionen. Ein wenig unruhig fuhr sie sich mit der Hand über die Stirn. »Es erschien mir wie eine gute Idee. Ich stamme aus einer vermögenden Familie. Mein Großvater hat eine Firma für Sport- und Freizeitbekleidung gegründet, und wir konnten uns durch die Label ›Made in Germany‹ und ›Faire Produktion‹ tatsächlich gegen die Konkurrenz, die in Asien fertigt, durchsetzen. Jochen hat damals in der Bundesliga gekickt, wir waren der Sponsor dieser Mannschaft. So habe ich ihn kennengelernt. Er wurde unser Aushängeschild. Ein gut aussehender, erfolgreicher Mann. Eine strahlende Persönlichkeit, Everybody's Darling auf jeder Party. Meine Familie hielt ihn für eine passende Partie, und ich hatte nichts gegen diese Verbindung. Doch kaum hatten wir geheiratet, verletzte er sich schwer am Knie. Das vorzeitige Karriereende. Er verwandelte sich in einen motivationslosen Schmarotzer, der nur noch vor dem Fernseher herumhing. Doch meine Familie war gegen die Scheidung. Unser Firmenimage ist sauber, menschenfreundlich. Es hätte so ausgesehen, als ob ich ihn im Stich lassen würde, ihn fallen lassen würde, weil er nicht mehr spielen kann. Wir haben uns arrangiert und im Laufe der Jahre einfach an diesen Zustand gewöhnt. Natürlich hätte ich mich inzwischen skandalfrei von ihm trennen können, aber es gab auch keine Notwendigkeit dafür. Wir haben uns so gut wie nie gesehen. Ich habe meine Pferde und er seinen Dorfkickerverein. Das war das Einzige, was er in den letzten Jahren zustande bekommen hat. Den Trainerschein und seine Jungs nach vorne bringen. Das hat ihn aus seinem Sessel geholt. Ab und zu ist er zum Skifahren in die Schweiz zu unserem Chalet gereist, wobei er nicht wirklich gut fahren konnte. Sein Knie ist für leichte Abfahrten gut genug, aber ich glaube, er reiste wegen des Après-Skis dorthin. Das ist alles, was ich Ihnen dazu sagen kann.«

Na, das war ja einiges an Informationen, aber nichts wirklich Wichtiges. Hier war augenscheinlich nichts zu holen. Meine beiden Begleiter schienen es ähnlich zu sehen. Sie verständigten sich mit einem Blick und erhoben sich dann. »Vielen Dank, Frau Schretz! Wir würden uns nun nur noch gerne die Räumlichkeiten Ihres Mannes anschauen.« Waterson winkte mir zu, und ich folgte den anderen. Frau Schretz führte uns durch einen langen Gang und öffnete dann eine Durchgangstüre. Dort blieb sie stehen. »Hier ist sein Trakt. Lassen Sie sich ruhig Zeit. Wenn Sie fertig sind, können Sie einfach durch die Tür dort hinten auf den Parkplatz gelangen. Ich verabschiede mich hier von Ihnen.«

Sie grüßte kurz und ging ein paar Schritte, bevor sie sich noch einmal umdrehte. »Etwas interessiert mich nun doch: War er durch Zufall im falschen Moment am falschen Ort, oder galt das Feuer ihm?«

»Genau das versuchen wir im Moment herauszufinden. Aber ich kann Ihnen versichern, dass wir alle Möglichkeiten in Betracht ziehen. Wir stehen noch ganz am Anfang der Ermittlungen. Wir werden Sie auf dem Laufenden halten.« Waterson zog sich aalglatt mit diesen Plattitüden aus der Affäre. Die Beamten hatten einfach keine Ahnung, was passiert war und warum.

Als die Tür hinter ihr ins Schloss fiel, beugte sich mein Kumpel zu mir herunter. »Sorry wegen des Maskottchens. Aber ich wollte ihr nicht zu viel verraten.«

Ich wedelte ihn kurz an, um zu zeigen, dass ich nicht böse war. Gerlach öffnete die erste Tür, und wir betraten das Schlafzimmer. Im Gegensatz zum restlichen Haus, herrschten hier Unordnung und Chaos. Mitten im Zimmer standen einige Koffer, alle offen und durchwühlt, überall lagen Kleidungsstücke verteilt.

»Von Ordnung schien er nicht viel zu halten«, brummte Gerlach, als er sich kopfschüttelnd umsah. »Meinst du, er hat hier selbst so gewütet, oder war hier jemand Fremdes auf der Suche nach etwas?«

»Schauen wir uns doch mal die Haustür an, ob da Einbruchsspuren sind.«

Waterson und Gerlach gingen den Flur entlang und streiften dabei weiße Latexhandschuhe über. Ich blieb im Zimmer zurück und schaute mich um. Eigentlich war es ein behaglicher Raum, auch wenn man deutlich sah, dass keine weibliche Hand im Spiel war. Es gab keinerlei Dekorationsgegenstände, keine Blumen, Zimmerpflanzen oder kleine Deckchen. Die Farben waren gedeckt: grau, braun und beige, vermittelten den Eindruck von einem stilsicheren, maskulinen Geschmack. Die Unordnung stand im krassen Gegensatz dazu. Während meine Kollegen nach sichtbaren Spuren Ausschau hielten, machte ich mich auf die Suche nach den unsichtbaren. Ich begann systematisch den Boden und die umherliegenden Kleidungsstücke abzuschnüffeln. Irgendetwas müsste doch zu finden sein. Tatsächlich musste ich nicht lange suchen. Erschrocken ließ ich mich auf mein Hinterteil fallen. Was hatte Tommi Gerlach in den Sachen seines Trainers gesucht?

-19-

Kurze Zeit später saßen wir wieder bei Frau Schretz im Arbeitszimmer. Ihre ruhige Fassade hatte durch die Nachricht, dass in ihr Haus eingebrochen worden war, weitere Risse bekommen. Rote Flecken zeigten sich auf ihren Wangen, und ihre Hände flatterten unruhig auf der Schreibtischplatte hin und her. »Ich habe wirklich keine Ahnung, was fehlen könnte. Ich war heute Morgen, nachdem ich von seinem Tod erfahren habe, kurz drüben, aber natürlich bin ich durch den Flur dorthin gegangen.«

»Waren da seine Koffer bereits durchwühlt?«, wollte Gerlach wissen. Er hatte die Befragung übernommen, und Waterson und ich saßen stumm daneben. Waterson machte sich in einem kleinen Block Notizen. Ich war immer noch innerlich völlig erstarrt und versuchte zu begreifen, was ich soeben herausgefunden hatte.

»Nein, alles stand einfach in der Mitte des Schlafzimmers. Die Koffer waren zu. Es sah aus, als ob er sie kurz abgestellt hätte und dann gleich wieder gegangen wäre.«

»Wie spät war es ungefähr, als Sie im Schlafzimmer waren?«

»Lassen Sie mich nachdenken. Die Beamtin, die mich über seinen Tod informiert hat, war so gegen neun Uhr hier. Ich habe ihr gesagt, dass es ein Irrtum sein müsse, weil mein Mann erst morgen wiederkommen wolle, und dann habe ich in sein Zimmer geschaut, um mich zu vergewissern, dass er noch fort ist. Als ich die Koffer dort gesehen habe, wusste ich, dass es kein Irrtum war. Ihre Kollegin war mit mir im Zimmer, sie hat gesehen, dass alles ordentlich war. Sie hat mich dann gebeten, auf Sie beide zu warten, um ihn zu identifizieren.«

Etwas hilflos hob sie die Hände. »Ich war die ganze Zeit hier, ich nehme an, der Einbrecher kam, während wir unterwegs in die Gerichtsmedizin waren.«

Waterson und Gerlach wechselten einen Blick. Gleich nachdem sie das eingeschlagene Badezimmerfenster entdeckt hatten, hatten wir die Untersuchung eingestellt und warteten nun mal wieder auf die Spurensicherung, während wir Frau Schretz erneut befragten.

Mir schwirrte der Kopf. Was hatte Tommi denn nur gesucht? Statt der Lösung des Falls näher zu kommen, machte ihn jede neue Spur nur noch komplizierter. Nachdenklich betrachtete ich Gerlach. Wie würde er es aufnehmen, wenn er erfuhr, dass sein Sohn da tief mit drinsteckte? Es klingelte, und die Kollegen in den weißen Anzügen übernahmen vorerst den Tatort. Frau Schretz zog sich in den Stall zu ihren Pferden zurück, Gerlach begleitete die anderen zur Wohnung von Herrn Schretz. Ich starrte immer noch gedankenverloren auf den Fußboden des Arbeitszimmers.

»Einen Euro für deine Gedanken!«

Ich zuckte zusammen als Waterson mich ansprach. Wenn ich ihm nur sagen könnte, was ich wusste, wäre es ihm wohl mehr wert. Aber im Laufe der Jahre hatten wir uns so gut aufeinander eingespielt, dass er spürte, dass mir etwas auf dem Herzen lag. Er winkte Richtung Tür. »Auf ein Wort, Holmes. Gehen wir ein paar Schritte.«

Ich folgte ihm in die kalte, klare Winterluft, und für einen kurzen Moment vergaß ich meine Sorgen und tobte voller Lebensfreude durch den glitzernden Schnee. Waterson beobachtete mich lächelnd, die Hände tief in den Taschen vergraben. Als ich hechelnd wieder zu ihm trabte, ging er vor mir in die Hocke. »So, ich denke, dass musste jetzt einfach mal sein. Du musst hin und wieder auch mal an dich denken. Wenn der Kopf frei ist, sieht man die Dinge manchmal aus einer völlig neuen Perspektive. Wir fassen nun einmal zusammen, was wir wissen.« Er richtete sich wieder auf, und wir gingen gemächlich nebeneinander die lange Auffahrt hinauf. »Es gibt drei Todesfälle. Einen vermeintlichen Selbstmord, einen als Selbstmord getarnten Mord und eine Leiche nach einer Brandstiftung. Ein Toter, der dort eigentlich nicht hätte sein sollen, da er sich zu dem Zeitpunkt angeblich in der Schweiz aufhalten sollte. Dazu kommt ein Einbruch, genau in dem Zeitraum, in dem wir die Witwe aus dem Haus holen. Ein durchwühltes Zimmer, bei dem niemand sagen kann, ob etwas fehlt oder nicht. Wir werden nachher noch die Haushaltshilfe befragen, vielleicht kann sie uns da weiterhelfen. Dann noch die Frage, wo das Auto von Schretz steht, warum stand es nicht am Vereinsheim. Ist er hingelaufen? Hat ihn jemand mitgenommen? Womöglich der Brandstifter? Und dann noch die große Frage nach dem Zusammenhang, dem Motiv für dieses ganze Wirrwarr.«

Zumindest die Frage nach dem Zusammenhang konnte ich ihm beantworten. Ich steckte meine Schnauze in den Schnee und schob ein Stückchen zusammen. Es entstanden lauter kleine Brocken, und einen davon begann ich mit der Nase hin und her zu schieben, bis ich schließlich einen kleinen, runden Schneeball geformt hatte. Waterson stand fasziniert daneben und beobachtete mein Treiben. Als ich mit dem Ergebnis meiner Bemühungen halbwegs zufrieden war, schubste ich den Ball vor Watersons Füße. Der schaute erst auf den Schneeball, dann auf mich, dann begann er lauthals zu lachen. »Oh, du bist wirklich einmalig. Du weißt natürlich, dass uns das auch schon aufgefallen ist? Es hängt alles mit Fußball zusammen, aber was steckt dahinter?«

Ich kläffte einmal. Selbstverständlich wusste ich das. Aber ich wollte, dass er weiterfragte. Ab und zu brauchten Menschen einen kleinen Anstupser, damit sie in die richtige Richtung gingen. Wieder gab ich dem kleinen Ball einen Stoß. Er rollte ein Stückchen, und endlich nahm Waterson meine Aufforderung an. »Möge das Spiel beginnen«, grinste er und trat vorsichtig gegen den Ball. Als er vor meinen Vorderpfoten zum Stillstand kam, schüttelte ich den Kopf, nahm die Kugel ins Maul und rannte davon.

»Hey, das ist unfair!«, rief er mir hinterher. Dann hielt er inne und schlug sich mit der flachen Hand auf die Stirn. »Mensch, du bist wirklich ein Genie. Du meinst, hier wird ein unfaires Spiel gespielt?«

Ehrlich gesagt, war bei mir für einen Moment der Spieltrieb übermächtig geworden, und ich hatte mich kurz nicht beherrschen können. Ich wollte eigentlich auf etwas ganz anderes hinaus, doch Waterson hatte recht. Bei diesem Sport ging es ständig um Fairness, genauer gesagt, fühlte sich eigentlich immer jemand unfair behandelt. Berties Worte hatten sich bei mir eingebrannt. Immer wieder hatte Tommi mit den Schiedsrichtern gestritten, immer wieder fühlte er sich ausgerechnet von den Hütern des Fairplays unfair behandelt.

Hilflos schaute ich zu meinem Freund auf. Mein Instinkt sagte mir, dass Tommi kein Mörder war, meine Nase hatte ihn aber des Einbruchs überführt.

»Aber was meinst du nur damit?« Waterson kratzte sich am Kopf. Ihm fehlte dieses Puzzleteil, auch wenn es nicht die endgültige Lösung brachte, so war es doch immerhin eine Spur. Tommi war eine Schlüsselfigur, da gab es keinen Zweifel. Ich musste unbedingt mehr über Gerlachs Sohn herausfinden. Doch zuerst einmal musste ich mir dringend überlegen, wie ich Waterson vermitteln konnte, wer der Einbrecher war. Ich stieß ihn zart mit der Schnauze gegen sein Bein. Er konzentrierte sich auf mich. »Ich soll dich etwas fragen.« Er überlegte einen Moment. »Weißt du etwas über den Einbruch? Du hast in den Sachen herumgeschnüffelt, während Gerlach und ich kurz draußen waren?«

Wieder nickte ich. Jetzt lief es gut.

»Du weißt, wer es war?« Jetzt schaute er mich mit großen Augen an. Ich stimmte erneut zu. So eine Mops-Mensch-Unterhaltung gestaltet sich hin und wieder reichlich schwierig und langwierig, da mussten beide Seiten geduldig sein. Ich legte den Schneeball wieder vor seine Füße. Waterson überlegte kurz »Ein Fußballer? Du meinst ein Fußballer hat eingebrochen.«

Kläff!

»Und du kennst ihn, also kann es keiner aus einer gegnerischen Mannschaft sein. Einer seiner eigenen Schützlinge?«

Kläff!

»Das wird ja immer bizarrer, Holmes. Warum sollte nur ein Spieler, kurz nachdem der Trainer gestorben ist, in sein Haus einbrechen. Was kann er nur gesucht haben? Kennst du seinen Namen?«

Kläff!

»Du kennst nicht alle Spieler beim Namen, oder?«

Ich schüttelte den Kopf und sah Waterson auffordernd an.

»Na, mal sehen ... Ich kriege sie bestimmt alle im Kopf zusammen.« Er nahm seine Finger zu Hilfe und begann die Namen aufzuzählen. Stumm schaute ich zu ihm auf. Als nur noch ein Name übrig war, zögerte er. Dann schüttelte er den Kopf. »Nein, Holmes. Nicht Tommi. Das ist völlig ausgeschlossen. Dieses Mal irrst du dich.«

Langsam schüttelte ich den Kopf und sah Waterson fest in die Augen, der mich immer noch ungläubig anstarrte. »Du meinst, er war es? Du bist sicher?«

Ich nickte und senkte dabei den Blick. Es half alles nichts. Es gab keinen Zweifel.

-20-

Manchmal sind die Dinge nicht so, wie sie aussehen, mein Sohn.

Immer noch zuckte ich leicht zusammen, wenn ich Marquez' Stimme in meinem Kopf hörte.

Denk nur daran, wie böse du auf Waterson warst, obwohl er nur gemacht hat, was Frauchen ihm gesagt hat. Du weißt schon, wegen meines ... Abgangs.

Offensichtlich mochte er das Wort Tod nicht, was ich ein bisschen merkwürdig fand, doch es blieb mir keine Zeit, weiter darüber nachzudenken, denn er fuhr schon fort.

Für dich sah es nach Verrat aus, in Wahrheit war es gut gemeint.

Du meinst, Tommi hatte gute Absichten, als er das Zimmer durchsucht hat? Obwohl es nach außen hin so aussieht, als ob er etwas Schlechtes getan hätte?

Das ist mein Junge! Du bist auf der richtigen Spur. Betrachte es zumindest als Möglichkeit, und lege dich nicht sofort fest.

»Holmes? Wo steckst du?«

Waterson rief mich zu sich. Nach unserem Gespräch im Garten des Anwesens waren wir ohne ein weiteres Wort ins Haus zurückgekehrt. Waterson schloss sich Gerlach an, und ich legte mich in das Wohnzimmer von Herrn Schretz in eine Ecke, um nicht im Weg zu sein. Offensichtlich war ich ein wenig eingenickt und hatte wieder von meinem Vater geträumt. Das schien mir zur Gewohnheit geworden zu sein. Ich rappelte mich auf und lief zu meinem Freund ins Schlafzimmer. Gerlach stand mit den Kollegen vorne an der Eingangstür und konnte uns nicht hören. »Holmes, ich möchte, dass du es noch einmal nachprüfst. Bitte nicht böse sein, aber ich kenne Tommi schon ewig, und wenn einer ein feiner Kerl ist, dann er. Ich weiß, dass du nicht leichtfertig solche Verdächtigungen aussprichst, aber dieses eine Mal würde ich dich um einen Kontrollgang bitten.«

Ich nickte zustimmend. Ich verstand ihn gut, auch ich würde es an seiner Stelle so machen.

Wieder senkte ich meine Nase in die Koffer und glitt in die Welt der Gerüche. Der Duft von Schretz war natürlich am stärksten, doch auch der von Tommi war frisch und präsent. Bei Gerüchen ist es wie mit Fingerabdrücken: Nicht mal bei Zwillingen sind sie gleich. Jeder hat seine eigene, einmalige Duftmarke. Kurz kamen mir die Worte meines Vaters in den Sinn. Sollte ich doch so tun, als hätte ich mich geirrt? Sollte ich zuerst herauszufinden versuchen, warum er hier eingebrochen war? Ich schaute zu Waterson, der mich mit einer Mischung aus Hoffen und Bangen beobachtete. Nein, ich musste meinem Freund vertrauen und mich darauf verlassen, dass er die richtigen Schlüsse ziehen würde. Meine Aufgabe bestand darin, die Fakten zu sammeln, nicht, sie zu verdrehen oder zu verheimlichen. Das verbot meine Detektivehre. Also straffte ich meine Schultern und kehrte mit aufrechtem Kopf zu meinem Freund zurück. Er schaute mich nur an und nickte dann. »Ich verstehe, du hast dich nicht geirrt.« Er ließ kurz den Kopf hängen. »Wir werden der Sache nachgehen, aber diskret.«

Ich nickte, er würde das schon richtig machen, und er hatte genug Verstand und Feingefühl, um es Gerlach schonend beizubringen. Zu dem Zeitpunkt, den er als richtig empfinden würde.

Und das war wohl nicht jetzt. Gerlach rief uns von der Tür. »Die Kollegen von der Streife haben das Auto gefunden. Wir fahren hin, ist nicht weit.«

Wir folgten Gerlach zum Wagen, als ein winziger Gegenstand direkt vor unserem Auto meine Aufmerksamkeit erregte. Er war beinahe unsichtbar, da er im Schnee steckte und bis auf einen klitzekleinen Hundekopf, der darauf abgebildet war, ebenfalls weiß war. Es war die Verpackung für eine Tablette. Ich bellte, um meine Kollegen zu rufen. Waterson war zuerst da. »Nanu, was hast du denn da?« Vorsichtig hob er das Ding mit Hilfe eines Taschentuchs aus dem Schnee und beäugte es eingehend. »Gerlach, hast du hier irgendwo einen Hund der Familie gesehen?«

»Nein, aber das lässt sich ja herausfinden. Warum?«

»Das hier ist ein Medikament für Hunde. Findest du das nicht auch seltsam?«

»Komisch, dass die Spurensicherung das nicht gefunden hat.«

»Wir sollten einen Einbruch untersuchen. Da fangen wir nicht draußen an. Der Hund war einfach nur schneller.« Schulmann war hinzugetreten und klang ein bisschen beleidigt. Er beäugte neugierig den Blister und vergaß gleich wieder, dass er kurz gekränkt gewesen war. »Das Medikament kenne ich nicht. Da müssten wir einen Tiermediziner fragen.« Er klopfte Waterson kameradschaftlich auf die Schulter. »Du hast ja eine Fachkraft in der Familie.«

Jackie hatte vor ihrer Mutterschaft als Tierarzthelferin in einer großen Tierklinik hier in der Nähe gearbeitet und kannte sich daher aus.

Vorsichtig steckte Waterson das Plastikteil in eine Tüte und übergab es Schulmann, aber nicht ohne vorher den Namen des Medikaments in sein Notizbüchlein geschrieben zu haben. »Ich frage Jackie nachher danach. Nun durchsuchen wir noch das Auto und vernehmen anschließend noch Susanne Furner, die Haushälterin, dann sind wir hier fürs Erste fertig. Sie müsste bald hier sein, sie wohnt nicht hier, sie beginnt aber gleich mit der Arbeit.«

Wir stiegen ins Auto und erreichten nach wenigen Minuten den verlassenen BMW von Herrn Schretz. Er stand komplett vereist auf einem kleinen Wanderparkplatz an der Straße zum Hotel Hohenknieslingen kurz hinter dem Ortsrand.

Gerlach kratzte sich am Kopf. »Was wollte er denn hier? Das Vereinsheim liegt in genau entgegengesetzter Richtung. Es sei denn ...«

»Es sei denn, er hat sich hier mit jemand getroffen. Und sie sind von hier aus gemeinsam zum Vereinsheim gefahren«, ergänzte Waterson den Satz.

»Das wäre eine Möglichkeit, wir müssen hoffen, dass ein paar Spuren im Wagen zu finden sind. Hast du den Schlüssel?« Waterson streckte Gerlach seine Hand entgegen und nahm den Ersatzschlüssel entgegen, den sie sich bei Frau Schretz geholt hatten. Dann runzelte er verwundert die Stirn. »Der Wagen ist gar nicht abgeschlossen, nur zugefroren.«

Nach einigem Gerüttel konnte Waterson die zugefrorene Tür öffnen, und wir konnten das Innere in Augenschein nehmen. »Die Spurensicherung wird sich den Wagen nachher vornehmen, sie schleppen ihn ins Labor. Aber du kannst kurz eine erste Bestandsaufnahme machen, Holmes. Spring rein, Schulmann weiß Bescheid und wird die Hundehaare ignorieren.«

Er dachte einfach an alles, und ich sprang auf den hellbeigen Ledersitz und begann herumzuschnüffeln. Natürlich war auf dem Fahrersitz der Geruch von Schretz, den legte ich mental erst einmal auf die Seite. Wichtiger war natürlich, ob ich eine weitere Spur isolieren konnte.

Irgendwie war ich nicht verwundert, dass es wieder einmal Tommis Geruch war, der mir entgegenschlug.

-21-

»Also, das passt jetzt eigentlich gar nicht. Ich muss das Essen auf den Tisch bringen.«

»Vielen Dank, dass sie sich kurz für uns Zeit nehmen, Frau Furner. Sie haben sicher viel zu tun. Und ich darf sagen: Es duftet wirklich ganz ausgezeichnet.« Gerlach konnte sehr galant sein und zauberte der eben noch so abweisenden Haushälterin ein Lächeln ins Gesicht.

Sie trocknete sich mit ihrer Schürze die Hände ab und bedeutete uns, an einem kleinen Tisch in der Küche Platz zu nehmen. Sie war gerade mit den Vorbereitungen für das Abendessen beschäftigt, und mehrere köstlich duftenden Töpfe standen auf dem großen Herd.

»Ja, das stimmt, ich koche nicht nur für Frau Schretz, sondern auch noch für die Pferdepfleger und Trainer. Je nachdem, ob Herr Schretz ...« Hier stockte sie und tupfte sich die Augen. »Der arme Mann, er war zwar ein wenig faul, aber immer freundlich. Und er hat nur für den Fußball gelebt. Den lieben langen Tag hat er vor dem Fernseher gesessen und sich Spiele auf der ganzen Welt angeschaut, am PC Trainingspläne entwickelt und seine Jungs von der Mannschaft mit allen Mitteln unterstützt.«

Immerhin trauerte wenigstens Frau Furner ein wenig um den Hausherrn.

»Nach seinem Tod ist in seine Wohnung eingebrochen worden. Wir haben Sie vorhin gebeten, nachzuschauen, ob etwas fehlt. Vermissen Sie etwas?« Waterson setzte sich bequem hin, und ich ließ mich auf seine Füße nieder. Dann zog er seinen Notizblock aus der Tasche und blickte Frau Furner erwartungsvoll an.

»Es fehlt nichts von der Einrichtung oder den persönlichen Wertsachen.«

Ich horchte auf. Doch nicht nur mir war die etwas umständliche Formulierung aufgefallen. Auch Waterson zog die Augenbrauen hoch und hakte noch einmal nach. »Aber etwas anderes fehlt?«

»Er hatte einen schwarzen Aktenkoffer, den er fast nie aus den Augen ließ. Dieses Ding durfte nie jemand außer ihm anfassen. Vermutlich hat er ihn mitgenommen, in der Wohnung war er jedenfalls nicht.«

»Im Auto war er auch nicht. Gibt es einen Safe, in dem er ihn aufbewahrt?« Gerlach wechselte einen Blick mit seinem Freund und Kollegen.

Frau Furner schüttelte den Kopf. »Nicht, dass ich wüsste, und ich weiß hier im Haus alles. Aber ich muss jetzt wirklich weiterarbeiten.«

Wir alle drei hatten das Gefühl, endlich ein loses Ende erhascht zu haben. Schretz hatte etwas zu verbergen.

Die beiden bedankten sich und überließen Frau Furner wieder ihren duftenden Kochtöpfen. In der Tür drehte sich Waterson aber noch einmal um. »Eine letzte Frage noch, Frau Furner. Gibt es einen Hund hier?«

»Nein.« Sie schüttelte energisch den Kopf. »Das wäre auch schlecht möglich gewesen. Wenn Herr Schretz noch leben würde, hätte ihr kleiner Freund das Haus nicht betreten dürfen. Er hatte panische Angst vor Hunden, egal welcher Größe.«

Das wurde ja immer interessanter. Eine Tablettenverpackung mit einem Hundekopf darauf vor einem Haus, in dem keine Hunde geduldet wurden, und ein verschwundener schwarzer Aktenkoffer ...

Wir verließen nachdenklich die Küche und gingen zu unserem Wagen zurück.

»Ich denke, wir sind hier erst einmal fertig«, meinte Waterson. »Ich weiß ja nicht, wie es dir geht, aber mir knurrt der Magen. Lass uns eine Kleinigkeit essen gehen, dann besprechen wir, wie wir weiter vorgehen.«

Gerlach nickte, manövrierte das Auto geschickt um die Einsatzfahrzeuge der Spurensicherung herum und bog dann Richtung Knieslingen Ortsmitte ab. Ich freute mich, denn auch ich war mittlerweile hungrig wie ein Wolf, und Beate zauberte immer eine Köstlichkeit für mich aus ihrer Küche.

-22-

Nur wenig später saßen wir bei einem verspäteten Mittagessen oder frühem Abendessen im *Bären*. Zufrieden hockte ich unter dem Tisch und kaute auf kleinen Rindfleischstücken mit Karotten herum, die beiden Männer oben verspeisten eine Vesperplatte mit reichlich Wurst und Käse, dazu gab es duftendes Bauernbrot.

»Wird Jackie nicht böse sein, dass du gleich am ersten Tag nach eurer Hochzeit arbeitest?«

Gerlach klang ein bisschen undeutlich, weil er mit vollem Mund sprach.

»Nein, im Gegenteil, sie versteht das. Ich werde nachher noch zwei halbe Hähnchen mitnehmen. Die essen wir dann später zusammen.« Waterson lächelte versonnen. »Aber zurück zu unseren Ermittlungen. Schon eine Idee, wohin uns die Reise führt?«

»Also ehrlich gesagt, kann ich mir noch keinen Reim darauf machen. Wir müssen die Mannschaft befragen, vielleicht weiß jemand etwas über diesen ominösen Koffer.«

»Wie ist eigentlich das Verhältnis zwischen Tommi und Herrn Schretz?«

Ich hörte sofort auf zu kauen, als Waterson diese Frage stellte. Würde er es ihm jetzt schon sagen?

Gerlach schluckte herunter, und schon war seine Aussprache wieder tadellos. »Ich würde sagen, bestens. Es ist wichtig, dass sich Trainer und Kapitän gut verstehen. Wieso fragst du denn ausgerechnet nach Tommi? Wir müssen alle befragen.«

Waterson nickte. »Es ist nur so, dass Holmes Spuren von Tommi im Schlafzimmer von Schretz gefunden hat ...«

Gerlach lachte. »Sehr witzig, als Nächstes willst du mir auch noch weismachen, dass Tommi mit im Auto war.«

Als Waterson nicht antwortete, wurde Gerlach schlagartig ernst. »Das ist völlig ausgeschlossen. Holmes kann sich ja auch mal irren. Wir reden hier von meinem Sohn, Johannes!« Jetzt wurde er wütend, und er griff unter den Tisch und zog mich unsanft neben sich auf die Eckbank. Er packte mich am Nackenfell und schüttelte mich ein bisschen. »Was soll das, Holmes? Spinnst du jetzt?« Gerlach hatte mich ausgerechnet an meiner Narbe erwischt, die ich im Genick hatte, und ich begann vor Schmerzen zu winseln.

»Also, wenn hier jetzt einer spinnt, dann du. Lass sofort Holmes los! Er kriegt ja Angst vor dir, und du tust ihm weh!« Waterson klang ziemlich empört.

Gerlach ließ von mir ab, und ich purzelte ziemlich unbeholfen unter den Tisch zurück. Das lief ja nicht so gut. Ich kroch unter dem Tisch hervor und außer Reichweite von Gerlach. Die Männer hatten aufgehört zu essen und funkelten sich wütend an. Wenn sich die beiden stritten, würde uns das weit zurückwerfen. Ich begann wie verrückt zu bellen und holte mit diesem Lärm Beate aus der Küche.

»Was ist denn hier los? Was starrt ihr euch denn an wie zwei Kampfhähne?«

»Holmes hat sich geirrt und will es nicht zugeben. Waterson glaubt ihm einfach mehr als dem gesunden Menschenverstand«, grollte Gerlach.

»Und du willst nicht wahrhaben, dass Tommi darin verstrickt sein könnte!«, gab Waterson zurück. »Du schließt es von vorneherein aus! Wie oft hat Holmes sich denn in der Vergangenheit geirrt? Noch nie!«

Gerlach hieb mit der Faust so fest auf den Tisch, dass die Teller und Gläser klirrten. »Es gibt für alles ein erstes Mal!«, brüllte er.

Beate stemmte die Hände in die Seiten. »Genau, und wenn du dich jetzt nicht auf der Stelle wieder benimmst, werfe ich das erste Mal einen Polizisten raus!«

Gerlach schnaubte, sagte aber nichts mehr. Beate schaute zwischen den beiden hin und her. »Warum fragt ihr nicht einfach Tommi? Vielleicht hat er eine ganz einfache Erklärung für was auch immer. Seid ihr fertig mit Essen? Die Hähnchen sind so weit, Johannes. Ich habe sie schon eingepackt.«

»Danke dir. Ja, ich glaube, wir sind hier heute fertig. Schreib es bitte an, ich zahle das nächste Mal.« Waterson stand auf und folgte der Wirtin an die Küchentür, wo er die Tüte mit den Hähnchen entgegennahm. Gerlach saß immer noch regungslos am Tisch, als wir den *Bären* verließen.

Mit forschen Schritten stapfte mein Freund neben mir durch den Schnee, doch wir waren noch nicht weit gekommen, als Gerlach unsere Namen rief. Wir blieben stehen, und er holte uns schnell ein. Zuerst beugte er sich zu mir herunter und streckte die Hand nach mir aus. Erschrocken zuckte ich zurück. Traurig schaute er zu mir herunter und ließ die ausgestreckte Hand wieder sinken. »Das habe ich wohl verdient. Es tut mir so leid, Holmes. Ich verspreche dir, dass ich dir nie wieder wehtun werde. Ich schäme mich dafür, denn selbst wenn du einen Fehler machst, ist es völlig daneben gewesen, dich am Kragen zu packen. Das tut man doch nicht mit einem Kollegen. Ich habe mich völlig vergessen und meine Körpergröße ausgenutzt, um dich einzuschüchtern.« Er ließ den Kopf hängen.

Ich musste nicht lange nachdenken. Er war im Laufe der Jahre zu einem Freund geworden. Ganz zu Beginn unserer Bekanntschaft hatte er mich belächelt, aber trotzdem hatte er mir damals eine Chance gegeben. Ich trat einen Schritt vor und drückte meine Schnauze gegen sein Bein. Dieses Mal zuckte ich nicht zurück, als seine Hand mich berühren wollte. Nachdem er mich ausgiebig hinter den Ohren gekrault hatte, wandte er sich seinem langjährigen Kollegen zu. »Beate hat recht. Tommi soll sich selbst dazu äußern. Ich möchte dich aber um einen Gefallen bitten. Bitte vernimm ihn allein – mit Holmes natürlich. Ich möchte und darf nicht dabei sein, aber ich möchte keinen anderen Kollegen dabeihaben. Ich verspreche, ihn mit keiner Silbe vorzuwarnen.«

Waterson streckte ihm seine Hand zur Versöhnung entgegen. »Natürlich, geht klar. Aber für heute machen wir Feierabend. Ich bin ganz schön kaputt und hab viel zu wenig geschlafen. Und du bist auch nicht lange vor mir ins Bett gekommen, ich glaube, eine Mütze Schlaf macht uns weniger reizbar.«

Einträchtig schüttelten sich die Kollegen die Hände und klopften sich nach Männerart auf die Schulter. Dann trennten sie sich, ohne ein weiteres Wort über die Szene zu verlieren. Ich war ganz schön erleichtert, wir waren nur als Team unschlagbar.

-23-

Im Haus herrschte ungewöhnliche Ruhe, als Waterson für mich die Tür öffnete. Ich verabschiedete mich von meinem Freund und sprang dann unsere alte Eichentreppe hinauf. Die Küchentür war nur angelehnt, und ich drückte mich hindurch. Ohne Marlene, die immer in Aktion war, schienen alle in eine Art Winterschlaf verfallen zu sein. Ich legte mich müde und ein wenig erschöpft neben Bena Hula in mein Körbchen. Nur war an Schlaf noch nicht zu denken.

»Du musst mir alles erzählen«, verlangte meine hübsche Frau, und da ich ihr nie etwas abschlagen konnte, fasste ich für sie noch einmal die Ereignisse des Tages zusammen.

Sie legte ihre Stirn in Falten, als ich geendet hatte. »Mal ehrlich, wie soll Tommi es denn geschafft haben, bis nach Mitternacht zu arbeiten, das Vereinsheim anzuzünden, das Auto vom Trainer herunterzufahren, dann wieder zur Brandstelle zurückzulaufen und dann auch noch das Zimmer zu durchsuchen? Als Täter für die Brandstiftung und damit den Mord am Trainer kommt er nicht infrage.«

»Da gebe ich dir absolut recht. Aber er hat etwas damit zu tun; auch wenn Gerlach es sich wünscht, ich habe mich nicht geirrt. Ich bin gespannt auf die Befragung. Waterson holt mich morgen früh ab. Wir haben noch enorm viel Arbeit vor uns. Wir müssen außer Tommi noch die ganze restliche Fußballmannschaft vernehmen, wir wollen zu Herrn Koch und zu Frau Grubenau, dann noch die Auswertung von Brunsles Computer, die Ergebnisse der Spurensicherung vom Einbruch und vom Auto.«

Bena kuschelte sich zärtlich an mich. »Dann ruh dich nun aus. Du musst fit sein, für alles, was da noch kommt.«

Fast sofort fiel ich in einen tiefen, traumlosen Schlaf.

Erst der Knall der Katzenklappe weckte mich am nächsten Morgen. Murpsel stand mit leuchtenden Augen vor mir. Ich gähnte herzhaft und streckte mich dann genüsslich. Es wurde schon langsam hell, und ich fühlte mich frisch und ausgeruht, bereit für den Tag. »Guten Morgen, Murpsel, was gibt's Neues?«

»Alles ruhig, Chef. Keine besonderen Vorkommnisse.«

Ich schüttelte lachend den Kopf. »Du brauchst mich doch nicht Chef zu nennen.«

»Aber ich darf doch, oder? Ich gehöre doch jetzt zu deinem Team.« Ihr sonst steil aufgerichteter, flauschiger Schwanz sank langsam enttäuscht zu Boden.

»Klar gehörst du dazu. Du bist hier die Zentrale.« Und schon war der Schwanz wieder in seiner üblichen Position. Stolz auf ihre wichtige Funktion, trabte sie ins Wohnzimmer, um sich dort auf dem Sofa zufrieden schnurrend zusammenzurollen.

Emma kam ziemlich schlaftrunken in die Küche und füllte unsere Futternäpfe auf. Hungrig verputzten wir alles bis zum letzten Krümelchen, und das keine Sekunde zu früh. Schon klingelte es, und wenige Momente später stand ein energiegeladener Waterson in unserer Küche. Ich begrüßte ihn freudig, während Emma nur wortlos an ihrem Kaffee nippte. Sie brauchte morgens immer etwas länger, um ihre gute Laune zu finden. Vor dem ersten Kaffee ging man ihr lieber aus dem Weg, das wusste auch mein Kumpel und ließ sie in Ruhe.

Stattdessen wandte er sich mir zu. »Wir bringen zuerst den unangenehmen Teil hinter uns. Tommi ist laut Gerlach heute bei der Arbeit, wir werden ihn dort besuchen. Dann treffen wir Gerlach und fahren zu dem Linienrichter Gunter Koch. Auf geht's!«

Ich hüpfte hinter meinem Freund die Treppe runter und sprang ins Auto. Wir mussten nicht weit fahren, Tommi arbeitete in einer Autowerkstatt im Nachbarort Vorderlingen.

Als wir auf den Hof rollten, kam er uns entgegen, wobei er sich die ölverschmierten Hände an einem schmutzigen Tuch abwischte. »Ist was am Auto?«, begrüßte er uns. Er sah schrecklich aus. Seine Augen waren gerötet und sein Gesicht bleich. Seine Hände zitterten ein wenig nervös.

»Nein, wir möchten uns kurz mit dir unterhalten. Können wir uns kurz ins Büro setzen?«

»Ja, ich denke schon, ich sag nur rasch dem Chef Bescheid.« Er sprach kurz mit einem großen dunkelhaarigen Mechaniker, augenscheinlich dem Chef, denn als dieser nickte, winkte uns Tommi, ihm zu folgen.

Das kleine Büro war warm und sehr ordentlich. Tommi setzte sich auf die Schreibtischkante, und Waterson blieb deshalb stehen, obwohl es zwei Stühle gab. Er wollte nicht zu dem Befragten aufschauen. »Tommi, möchtest du uns etwas zu den Ereignissen mitteilen?«

»Nein. Ich weiß nichts Neues.« Tommi machte ein verschlossenes Gesicht.

»Was hast du bei Schretz gesucht?« Waterson machte keine Umschweife und griff Tommi frontal an. »Keine Ausflüchte, du bist gestern dort eingebrochen, und es gibt Beweise, dass du da warst.« Jetzt bluffte er, denn davon hätte er mir auf dem Weg hierher sicher berichtet. Und meine Nase war vor Gericht sicher kein zugelassenes Beweismittel.

Kurz überzog ein hektisches Rot Tommis bleiches Gesicht, dann schüttelte er den Kopf. »Ich habe ihn mal besucht, ist aber schon ein paar Tage her. Warum sollte ich bei ihm einbrechen?« Er fühlte sich sichtlich unbehaglich, rutschte auf dem Schreibtisch hin und her und wich Watersons durchdringendem Blick aus.

»Du hast den schwarzen Aktenkoffer gesucht. Deswegen bist du dort gewesen. Wo ist der Koffer jetzt?«

Tommi sprang auf und starrte Waterson direkt in die Augen. »Ich weiß nicht, wo dieses Ding ist. Ist das alles? Ich muss zurück zur Arbeit.«

»Nein, das ist noch nicht alles. Was hast du im Auto von Herrn Schretz zu suchen gehabt?«

»Ich bin Automechaniker, ich habe den BMW gewartet, das ist mein Job.«

Inzwischen stand Tommi dicht vor Waterson und atmete schwer. Ich konnte seine Angst riechen, aber er gab nicht nach. Waterson legte ihm leicht die Hand auf die Schulter. »Tommi, du steckst in irgendetwas drin, das wissen wir beide. Ich kann dir nur helfen, wenn du mir vertraust und endlich sagst, was du weißt.«

Doch Tommi schüttelte nur den Kopf. »Ich kann nicht.«

»Okay, deine Entscheidung. Du weißt, wie du mich erreichen kannst, wenn dir doch noch etwas einfällt.« Waterson nahm die Hand wieder herunter und trat einen Schritt zur Seite. Ohne ein weiteres Wort stürmte Tommi zur Tür hinaus. Wir folgten ihm nachdenklich.

Erst im Auto ergriff Waterson das Wort. »Ein schlauer Kerl ist das. Er hat jede meiner Fragen so beantwortet, dass er den Sachverhalt erklärt hat. Selbst wenn wir davon ausgehen, dass er der Einbrecher war und das Auto nach dem Tod von Schretz gefahren hat, hat er nicht gelogen. Er ist perfekt ausgewichen. Nur bei einer Frage ist er präzise geworden. Er weiß nicht, wo der Aktenkoffer ist, und das habe ich ihm geglaubt. Was meinst du?«

Ich kläffte zustimmend. Nur diese Aussage hatte er voller Überzeugung ausgesprochen.

»Okay, Holmes. Hier meine Theorie: Tommi hat auf unserer Hochzeit gearbeitet, ist danach zu dem bereits brennenden Vereinsheim gefahren, dann hat er dich heimgebracht. Der Kollege Schmieder hat mir erzählt, dass du bei der Brandstelle aufgetaucht bist, und er hat dich mit Tommi fortgehen sehen.«

Wieder kläffte ich einmal.

»Bei euch hat er dann erfahren, dass sein Trainer tot ist, und ab dem Moment betreten wir das Reich der Spekulationen. Ich vermute, er hat sich sofort auf die Suche nach dem Koffer gemacht. Da die Autotür zugefroren war, schätze ich mal, dass er dort zuerst nachgeschaut hat. Woher er wusste, wo das Auto steht, weiß ich auch nicht, aber das ist auch im Moment nicht wichtig. Als er dort den Koffer nicht gefunden hat, ist er zu Schretz nach Hause gefahren und hat sich Zugang zu dessen Wohnung verschafft. Dort hat er ihn aber auch nicht gefunden, und nun hat er Angst. Wovor? Dass jemand anders den Koffer vor ihm findet?«

Er dachte einen Moment nach, dann schaute er auf seine Uhr. »Es wird Zeit, Gerlach abzuholen. Wir sind gegen zehn Uhr bei Koch angemeldet.«

-24-

Auch Gerlach war bleich. Man sah ihm an, dass ihm dieser Fall so richtig an die Nieren ging. Noch schweigsamer als sonst stieg er auf der Beifahrerseite ein und schwieg erst einmal für ein paar Minuten. Dann drehte er sich zu Waterson um. »Und?«

Waterson entschied sich für die gleiche Taktik wie Gerlach Junior. »Er konnte alle Fragen beantworten.«

Gerlach atmete einmal tief ein und aus. »Ist er denn jetzt entlastet?«

»Nein, er hat uns zwar nicht richtig angelogen, aber die Wahrheit hat er auch nicht gesagt. Er ist geschickt ausgewichen. Leider kann ich es nicht beweisen. Holmes' Aussage gilt vor Gericht nicht als Beweis. Aber ich habe, obwohl er wegen des Einbruchs und des Autos meiner Ansicht nach gelogen hat, den Eindruck, dass er wirklich keine Ahnung hat, wo dieser Aktenkoffer ist. Für den Brand hat er ja ohnehin ein Alibi und vor allem kein Motiv.«

»Soll ich ihn dann noch einmal in die Mangel nehmen?«

Ich bewunderte Gerlach für seine Selbstbeherrschung. Er versuchte nun wieder ganz der Profi zu sein.

»Ich würde lieber warten. Lass ihn mürbe werden, es geht ihm nicht gut mit seinem Wissen. Vielleicht kommt er von selbst auf dich zu. Wir haben noch eine Menge anderer Zeugen zu befragen. Lass ihn schmoren, das wäre meine Empfehlung.«

Gerlach nickte und schaute kurz aus dem Seitenfenster, dann lächelte er seinem Kollegen zu. »Das klingt nach einem guten Plan. Ich habe ihn dazu erzogen, nicht zu lügen, und das hat wohl immerhin funktioniert. Und ein helles Köpfchen war er schon immer.«

Waterson grinste. »Das klingt ja beinahe so, als ob du auch noch stolz darauf wärst, dass er mir entwischt ist.«

»Ich verweigere die Aussage«, gab Gerlach zurück. »Da vorne musst du links abbiegen, dann die nächste rechts.«

Wir hatten Gutthau erreicht und bogen in die Straße ein, in der Herr Koch lebte. Es war ein relativ neues Wohngebiet, eines, in dem alle Grundstücke gleich groß waren und die Häuser sich wie ein Ei dem anderen glichen. Vielleicht lebten die Bewohner ihre Individualität in ihren Gärten aus, nur sahen diese durch den Schnee ebenfalls alle gleich aus. Immerhin waren die Hausnummern gut leserlich angebracht, und wir hielten vor der Nummer 19. Herr Koch hatte uns wohl erwartet, denn noch bevor Waterson mit dem Finger die Klingel berührt hatte, wurde die Tür bereits aufgerissen.

Herr Koch sah aus, als ob man das Wort *dürr* speziell für ihn erfunden hätte. Er schien nur aus Haut und Knochen zu bestehen. Das ließ seine Gliedmaßen unnatürlich lang aussehen, obwohl er nicht besonders groß war. Seine grauen Haare standen wirr vom Kopf ab, und er trug eine übergroße Brille mit dunklem Rand. Er erinnerte mich an ein Bild von Rumpelstilzchen, das ich einmal in einem Kinderbuch von Emma gesehen hatte. Seine dünnen, langen Finger glichen Spinnenbeinen, da sie auch noch ungewöhnlich haarig waren.

Er winkte uns ins Haus. »Kommen Sie rein, und lassen Sie die Kälte draußen. Wen haben wir denn da?« Seine Spinnenfinger näherten sich meinem Kopf, und ich musste eine Menge Selbstbeherrschung aufbieten, um nicht rückwärtszulaufen. Sie waren eiskalt, mich überlief eine Gänsehaut, als ich seine Hand auf meinem Kopf spürte. Dann richtete er sich wieder auf, und wir folgten ihm ins Haus.

Wir gingen in ein überheiztes Wohnzimmer, das vermutlich vor vierzig Jahren einmal modern gewesen war. Dunkle Möbel und ein verschlissener, gemusterter Teppich, dazu ein armselig wirkender Gummibaum schufen eine eher trostlose Atmosphäre. Nachdem die beiden

Kommissare auf einem dunkelbraunen Cordsofa Platz genommen hatten, setzte sich Herr Koch gegenüber in einen passenden Sessel, nur um gleich wieder aufzuspringen. »Einen Moment, ich bin sofort wieder bei Ihnen.«

Tatsächlich kam er wenige Augenblicke später mit einem Tablett zurück, auf dem er Kaffee und eine Auswahl an süßen Plunderteilen sowie ein kleines Sträußchen Blumen arrangiert hatte. Trotz seiner Gastfreundschaft achtete ich darauf, möglichst außerhalb der Reichweite seiner Hände zu bleiben, und setzte mich auf Watersons Füße. Nachdem sich alle bedient hatten, eröffnete mein Freund das Gespräch.

»Wir untersuchen den Tod von ihren Schiedsrichter-Kollegen Herrn Grubenau und Herrn Brunsle.« Weiter kam er nicht.

»Ja, wir müssen in unserem Metier viel ertragen. Diese ständigen Beschimpfungen, diese ewigen Anfeindungen, das muss man schon abkönnen. Wenn wir unseren Job gut machen, ist es selbstverständlich und wird nicht erwähnt, aber jeder kleine Fehler kann Morddrohungen nach sich ziehen.«

Gerlach beugte sich interessiert vor. »Sie haben Morddrohungen erhalten? Können Sie uns mehr dazu sagen?«

»Na, das passiert im Prinzip nach jedem Spiel. Aber warum fragen Sie? Meine Kollegen haben dem Druck nicht mehr standgehalten und sich selbst umgebracht.«

»Bei Herrn Grubenau überprüfen wir das noch einmal. Herr Brunsle ist definitiv ermordet worden«, stellte Gerlach klar.

Kochs Augen huschten flink zwischen uns hin und her, dann schüttelte er langsam den Kopf. »Wer sollte denn so etwas tun? Beide waren anständige Männer. Meine Güte!« Erschrocken riss er die Augen auf. »Denken Sie, dass ich auch in Gefahr bin?«

»Haben Sie denn das Gefühl, dass jemand Sie ernsthaft bedroht? Haben Sie in letzter Zeit derartige Drohungen erhalten?«, fragte Gerlach erneut.

Koch schüttelte wieder den Kopf. »Nein. Wie gesagt, nicht mehr als üblich, und die auf dem Spielfeld ausgestoßenen Drohungen nehme ich nicht ernst. Außerdem beende ich nach dem nächsten Spiel meine Schiedsrichterkarriere. Ich möchte in kein neues Team mehr, und ohne Michael und Theo ist es nicht mehr dasselbe.«

»Können Sie sich vorstellen, was jemand für ein Motiv haben könnte, Ihre Kollegen zu töten?«

»Ich verstehe das alles nicht. Ich dachte, die beiden hätten sich selbst ... Ich fürchte, ich kann Ihnen da nicht weiterhelfen.« Hilflos hob er beide Hände und ließ sie dann kraftlos wieder auf die Lehne des Sessels fallen.

»In der Nacht von Samstag auf Sonntag ist das Knieslinger Vereinsheim abgebrannt. Ich nehme an, Sie haben davon gehört?« Nun übernahm Waterson die Befragung.

»Selbstverständlich. Solche Neuigkeiten verbreiten sich ja wie ein Lauffeuer.« Er kicherte meckernd über seinen eigenen geschmacklosen Scherz.

Waterson räusperte sich unangenehm berührt. »Sie haben auch gehört, dass der Trainer der Knieslinger Mannschaft dabei ums Leben gekommen ist?«

Koch schnappte nach Luft und öffnete ein paarmal den Mund, ohne einen Ton herauszubringen. Dazu schossen seine Augen wieder mit diesem unsteten, hektischen Blick, der so gar nicht zu seinen Äußerungen passte, im Zimmer umher. Dann endlich fand er seine Stimme wieder. »So eine Tragödie! Ich kannte ihn nur flüchtig. Eine nähere Bekanntschaft zwischen den Trainern und den Schiedsrichtern ist nicht so gern gesehen. Der arme Mann. Dabei hätte er doch eigentlich in der Schweiz sein sollen.«

»Wenn Sie sich nur flüchtig kannten, woher wussten Sie dann, dass Herr Schretz in der Schweiz sein sollte?« Waterson war hellhörig geworden.

Auf Kochs Wangen bildeten sich hässliche rote Flecken. »Keine Ahnung«, stammelte er. »Das muss ich wohl irgendwo aufgeschnappt haben.«

»Wo waren Sie denn in der fraglichen Nacht?« So einfach ließ sich Waterson nicht abspeisen.

Doch Koch hatte sich wieder gefangen. »Ich war hier.« Scheinbar entspannt lehnte er sich zurück.

»Kann das jemand bezeugen?«

»Nein, ich lebe hier allein. Aber warum sollte ich das Vereinsheim anzünden? Was für ein absurder Gedanke!«

»Nun, irgendjemand hat es angezündet, und wir werden herausfinden, wer es war.« Waterson stand auf und ging zum Fenster. »Sie haben einen großen Garten, da gibt es im Sommer sicher viel Arbeit.« W

Watersons plötzlicher Themawechsel schien Koch gleichermaßen zu erleichtern wie zu irritieren. »Das ist mein Hobby. Ich liebe Blumen und habe sogar hinten ein eigenes kleines Gewächshaus.« Er deutete stolz auf den kleinen Blumenstrauß auf dem Tablett. »Die sind von mir selbst gezüchtet.«

»Hübsch. Wir überlegen, für unsere Tochter hinter dem Haus zum Spielen ein Rasenstück anzulegen. Haben Sie auch ein Stück Rasen oder nur Beete? Unter dem Schnee kann man das gar nicht erkennen.«

Worauf wollte mein Freund nur hinaus? Ich konnte mir keinen Reim darauf machen. Doch Koch stieg sofort darauf ein.

»Ja, um das Gewächshaus herum pflege ich einen strapazierfähigen englischen Rasen. Ich experimentiere mit einigen neuen Kreuzungen herum, für Fußballfelder, verstehen Sie?«

»Was für einen Mäher empfehlen Sie denn? Elektro- oder Benzinmäher?«

Langsam begannen Kochs Augen zu glänzen. »Auf keinen Fall Elektromäher. Von der Leistung her sind die viel zu schwach, und selbst die guten bleiben hinter einem Benzinmäher zurück. Und dann ständig dieses Kabel ... Kann ich nicht empfehlen, außer Sie haben ein winziges Stück, dann kann man das machen.«

»Sie haben sicher einen besonders guten. Könnten Sie mir den einmal zeigen?«

»Sicher, folgen sie mir!«

Verwundert zog Gerlach die Augenbrauen hoch, doch er folgte den beiden Männern kommentarlos durch eine Seitentür, die direkt in die Garage führte.

Dort zog Koch eine Plane von einem auf Hochglanz polierten Rasenmäher und deutete mit stolzgeschwellter Brust auf die Maschine. Doch Waterson interessierte sich nicht für den Hightech-Mäher sondern sah sich suchend um. »Die nächste Tankstelle ist über zwölf Kilometer weit entfernt, das ist doch sicher lästig. Da braucht man doch bestimmt ein paar Kanister, aber ich sehe keine.«

Koch war sofort wieder auf der Hut. »Im Winter benötige ich keine. Die alten waren kaputt, und ich werde mir im Frühjahr neue zulegen. Was soll diese Frage?«

Aber Waterson zuckte nur mit den Schultern. »Hat mich nur interessiert. Ich glaube, wir sind hier erst einmal fertig. Vielen Dank, Herr Koch! Bitte geben Sie uns sofort Bescheid, wenn Sie etwas Ungewöhnliches bemerken oder sich bedroht fühlen.«

Wir verabschiedeten uns und kehrten wieder zum Auto zurück. »Respekt, das war ein schlauer Schachzug, Kollege. Koch ist ein merkwürdiger Typ, und irgendetwas stimmt nicht mit ihm. Ich denke, wir behalten ihn mal im Auge. Das Problem ist, dass er mir verdächtig erscheint, aber ich sehe wirklich kein Motiv. Aber das heißt ja noch nichts. Mein Bauchgefühl sagt mir, dass wir bei ihm noch ein bisschen graben müssen.« Gerlach hatte die Witterung wie ein alter Bluthund aufgenommen.

Wieder einmal wünschte ich mir, ich könnte sprechen, denn Koch könnte durchaus ein Motiv haben. War es vielleicht Rache für den Tod seiner Kollegen? Wenn ja, dann wusste er mehr darüber, als er uns verraten hatte. Es war sicher nicht nur Bertie aufgefallen, dass die Schiedsrichter unmittelbar nach einem Streit mit dem Knieslinger Mannschaftskapitän umgekommen waren. Doch es gab bestimmt oft Streit zwischen Schiedsrichter und Spielern. Nein, da musste noch mehr dahinterstecken, denn dass Herr Koch etwas wusste, war unübersehbar.

-25-

Gerlach schaute auf seine Uhr. »Wenn wir uns beeilen, schaffen wir es noch pünktlich in die Klinik zu Frau Grubenau. Wir sind um halb eins angemeldet. Hoffentlich bringt uns das irgendwie weiter. Wenn sie immer noch nicht spricht, ist die Fahrt vielleicht umsonst. Aber einen Versuch ist es wert.«

Waterson nickte und deutete mit dem Daumen auf mich. »Wir haben ja unsere Geheimwaffe dabei. Wenn Holmes seinen Charme spielen lässt, kann er vielleicht zu ihr durchdringen. Das wäre ja nicht das erste Mal. Was meinst du zum Verhalten von Herrn Koch?«

»Der hat eine Leiche im Keller, da bin ich mir sicher«, stellte Gerlach fest.

Waterson schüttelte ein wenig amüsiert den Kopf. »Heute ist wohl der Tag der Wortspiele. Aber im Ernst, mein Bauch sagt mir ganz klar, dass er irgendwie mit diesem Fall zu tun hat. Doch ein fehlender Benzinkanister ist noch kein Beweis. Wir brauchen mehr. Hoffen wir mal auf die Spurensicherung. Schulmann meldet sich, sobald er was hat. Ich glaube, da vorne ist es schon.«

Wir rollten auf den Hof eines großen, nüchternen Gebäudes mit der Form und dem Charme einer Schuhschachtel. An den Fenstern waren Gitter angebracht, es wirkte eher wie ein Gefängnis, nicht wie ein Ort, an dem Menschen wieder gesund werden konnten. Am Eingang war ein Glaskasten, an dem wir aufgehalten wurden. Nachdem sich die Kommissare ausgewiesen hatten, deutete der Portier auf mich. »Tiere haben hier keinen Zutritt.«

»Er ist ein Polizeihund und hat daher Sonderrechte. Außerdem habe ich es bereits mit dem behandelnden Arzt von Frau Grubenau abgesprochen. Er darf mit. Herr Doktor Markert erwartet uns – mit Mops«, stellte Waterson klar.

Der Mann hinter der Glasscheibe beäugte mich noch einmal misstrauisch, drückte aber dann doch auf den Türsummer, und wir konnten eintreten. »Das Sprechzimmer ist die dritte Tür rechts. Bitte warten Sie dort!«

Wir machten uns auf den Weg zu dem angewiesenen Zimmer und sahen uns erstaunt um. So abstoßend die Klinik von außen war, so behaglich war es hier drinnen. Dicke cremefarbige Teppiche bedeckten den Boden, geschmackvolle Bilder schmückten die Wände, und unter dem Fenster am Ende des Gangs stand ein großer Strauß frischer Blumen auf einem eleganten Tischchen. Auch das Zimmer von Dr. Markert erinnerte eher an ein Wohnzimmer auf einem Landsitz als an ein Sprechzimmer. Wohlig seufzend ließ sich Gerlach auf das hellgrüne Sofa fallen und strich mit den Fingern über den samtigen Stoff. Ich setzte mich auf seine Füße, und Waterson schaute sich die Gemälde einiger Pferde an der Wand näher an.

»So ein schönes Innenleben hätte ich diesem hässlichen Kasten gar nicht zugetraut«, meinte er gerade, als sich Schritte näherten.

»Man sollte nie ein Buch nach seinem Umschlag beurteilen.« Ein junger Mann in Jeans und legerem Pullover betrat das Zimmer und streckte meinen Kollegen freundlich die Hand entgegen. »Mein Name ist Markert. Darf ich Ihnen etwas zu trinken anbieten?«

»Ein Kaffee wäre wunderbar.« Waterson schüttelte die dargebotene Hand, und auch Gerlach, der aufgesprungen war, nickte dankbar. Dann drehte sich der Arzt zu mir um. »Ein Schälchen Wasser für dich?«

Ich kläffte einmal. Endlich dachte einmal jemand an mich. »Kommt sofort.« Er drückte auf einen Knopf an seinem Schreibtisch und gab seiner Sekretärin die entsprechende Bitte durch.

»Bitte machen Sie es sich doch bequem. Sie möchten mit Frau Grubenau sprechen? Darf ich fragen, warum?«

Waterson nickte. »Es geht um den Tod ihres Mannes. Wir untersuchen den Fall erneut, da wir mittlerweile Zweifel haben, ob er sich wirklich selbst getötet hat. Allerdings ist es nur eine vage Vermutung, die sich auf einen anderen Todesfall gründet, der nach einem ähnlichen Muster geschah. Beide Opfer waren befreundet und Schiedsrichter im selben Team. Auch hier sah es zuerst nach Selbstmord aus.« Waterson schilderte kurz die Umstände von Brunsles Tod, und Markert hörte sehr aufmerksam zu. Als er gerade geendet hatte, klopfte es, und eine junge Frau brachte den Kaffee, ein paar Kekse und eine kleine Schale Wasser für mich. Wir bedienten uns, dann ergriff Markert wieder das Wort.

»Sie wissen, dass ich Ihnen eigentlich nichts über den Zustand von Frau Grubenau sagen darf. Ich verrate allerdings nicht zu viel, wenn ich sage, dass sie zutiefst traumatisiert ist und, seitdem sie die Leiche ihres Mannes gefunden hat, kein Wort mehr gesagt hat. Sie können es sich ungefähr so vorstellen: Sie hat sich in eine Dose gesetzt und diese fest verschlossen. So kann ihr der Schmerz über den Verlust nichts mehr anhaben. Doch gleichzeitig dringt auch nichts anderes mehr in diese Dose vor, das ist der Preis, den sie dafür bezahlt. Sie isst, sie trinkt, sie wäscht sich, zieht sich an und aus. Aber alles nur aus Routine. Unsere Aufgabe besteht darin, den passenden Dosenöffner zu finden und sie behutsam aus ihrem selbst geschaffenen Gefängnis zu befreien. Aus diesem Grund habe ich auch diesem Treffen zugestimmt. Niemand kann vorhersagen, was der Dosenöffner sein kann. Vielleicht haben Sie ihn in der Tasche. Kommen Sie, ich bringe Sie zu ihr.«

Wir folgten dem jungen Arzt durch mehrere Gänge und Türen, die er mit einer Chipkarte und einer Zahlenkombination öffnete. Auch hier wurde auf eine angenehme Atmosphäre Wert gelegt. Gerlach fragte Markert danach. »Ist das nicht ungewöhnlich für eine Klinik? Ich hatte eine andere Vorstellung davon, mehr so steril und ungemütlich.«

Der Doktor lächelte. »Wir sind ja auch kein Kreiskrankenhaus. Unsere Patienten sollen sich hier wohlfühlen; auch wenn sie sich meist nicht dazu äußern, so sind wir doch davon überzeugt, dass es ihnen guttut. Bitte hier entlang.« Er klopfte an eine der vielen Türen und trat dann ein. Frau Grubenau saß auf einem Lehnstuhl und starrte aus dem Fenster. Sie reagierte nicht, als wir eintraten. Herr Markert stellte uns trotzdem vor und zog sich dann ein wenig zurück. »Ich bleibe dabei, wenn es Ihnen recht ist.«

Waterson nickte. »Selbstverständlich. Frau Grubenau, wir untersuchen erneut den Tod Ihres Mannes. Es sind uns Zweifel an der Selbstmordtheorie gekommen. Wir versuchen herauszufinden, ob es jemand gab, der ein Motiv hatte, ihren Mann zu töten.«

Tatsächlich drehte sich Frau Grubenau zu uns um. Ihre Augen waren von einem sehr hellen, wässrigen Blau, sie bildeten einen schönen Kontrast zu ihren dunkelbraunen Haaren. Sie war immer noch eine attraktive Frau, ich schätzte sie auf Ende vierzig. Einige silberne Strähnen an den Schläfen waren die einzigen Spuren des Alters. Ihre Haut war makellos, auch ohne Make-up. Ich war völlig von diesem schönen und zugleich doch so leblosen Gesicht fasziniert und trat wie hypnotisiert näher. Langsam erfassten ihre Augen mich, und ich sah einen kleinen Funken Leben darin. Vorsichtig schob ich meinen Kopf unter ihre herabhängende Hand und setzte mich so hin, dass ihre schlaffe Hand auf meinem Kopf liegen blieb.

Waterson versuchte es erneut. »Ich weiß, dass wir viel von Ihnen verlangen, aber wir müssen mehr über Ihren Mann erfahren, um den Fall neu aufrollen zu können. Hat sich Ihr Mann in der Zeit vor seinem Tod bedroht gefühlt, oder hat er sich anders verhalten als sonst?«

Ich hörte, wie Markert mit einem zischenden Geräusch die Luft einsog, als sich Frau Grubenaus Kopf ganz langsam auf und ab bewegte. Sie beantwortete die Frage mit einem Ja. Waterson und Gerlach wechselten einen Blick. »Können Sie uns sagen, worum es dabei ging?«

Ich spürte, wie sich ihre Finger auf meinem Kopf bewegten. Dann sagte sie ein einziges Wort, langsam und deutlich: »Koffer.«

Ihre Hand rutschte von meinem Kopf, ihr Blick verlor die Klarheit, und sie verschwand wieder in ihrem sicheren Rückzugsort.

Schon wieder der Koffer, ich würde meinen Futternapf darauf verwetten, dass sie von dem ominösen schwarzen Aktenkoffer sprach. Schretz' Aktenkoffer.

Auch die anderen spürten, dass dies alles war, was Frau Grubenau an diesem Tag zu leisten vermochte. Markert winkte uns aus dem Zimmer, schloss leise die Tür und lehnte sich dann mit dem Rücken gegen die Wand.

»Unfassbar. Sie hat tatsächlich etwas gesagt! Sehen Sie? Das war es, was ich gemeint habe. Der Zugang. Sie kann es nicht ertragen, dass sich ihr Mann umgebracht hat, ohne dass sie vorher etwas gemerkt hat. Das ist häufig bei Hinterbliebenen der Fall. Schuldgefühle, nicht rechtzeitig bemerkt zu haben, in welcher seelischen Verzweiflung sich der andere befindet. Doch dass ihr Mann eventuell ermordet wurde, ändert die Situation für sie völlig. Nun gibt es womöglich einen Schuldigen.«

Er begleitete uns durch die vielen Türen und Gänge wieder zu der Portiersloge. »Ich denke, es wäre wirklich hilfreich, wenn Sie wieder vorbeikommen und sie noch einmal befragen könnten. Und bringen Sie den kleinen Kerl da mit. Er hat ein unglaubliches Gespür für Nähe. Ich habe gesehen, dass Frau Grubenau ihn gestreichelt hat, wenn auch nur kurz. Falls er mal von der Polizeiarbeit genug hat, kann er gerne hier einen Job als Therapiehund bekommen.«

Er schüttelte uns noch einmal die Hand beziehungsweise die Pfote, und wir gingen nachdenklich zum Auto zurück.

Gerlach setzte sich wieder hinters Steuer. »*Bären?*«

Waterson nickte, und wir machten uns wieder auf den Weg zurück nach Knieslingen.

-26-

Kurz vor dem Ortsschild klingelte das Diensthandy, und Gerlach stellte das Gespräch auf Lautsprecher. »Georg Schulmann hier. Ich habe die Ergebnisse der Gerichtsmedizin und von der Spurensicherung vorliegen. Könnt ihr vorbeikommen? Dann besprechen wir alles.«

»Okay, wir kommen sofort, wir haben gerade Zeit«, antwortete Gerlach und wendete das Auto auf einem kleinen Wanderparkplatz. Dieser Fall war nicht nur verwirrend, er war auch mit richtig viel Fahrerei verbunden. Ich gebe zu, ich war kurz ein wenig enttäuscht, nicht in den *Bären* zu können. Doch die Neugierde siegte über mein Hungergefühl, und ich war gespannt, was für neue Spuren Schulmann für uns hatte. Etwa eine halbe Stunde später eilten wir durch die kahlen Gänge des Reutlinger Polizeipräsidiums auf Schulmanns Büro zu.

»Ah, da seid ihr ja. Und mit Verstärkung, hallo, Holmes«, begrüßte er uns geschäftig, als wir den Raum betraten. In Schulmanns Büro sah es immer so aus, als ob gerade ein Wirbelsturm durchgezogen wäre, doch es war nur seine spezielle Art der Ordnung. Er musste nie nach etwas suchen, und auch jetzt zog er aus einem wackeligen Papierstapel eine Akte heraus und bedeutete uns, Platz zu nehmen. Ich wedelte ihn kurz an, dann setzte ich mich auf Watersons Füße und hob aufmerksam die Ohren.

»Also, wo fange ich an. Vielleicht zuerst das Offensichtliche: Das Vereinsheim wurde vorsätzlich in Brand gesetzt. Als Brandbeschleuniger wurde Benzin eingesetzt, die Kanister sind allerdings so verschmort, dass ich darauf rein gar nichts mehr finden konnte. Es hat gebrannt wie ein Strohfeuer: schnell und heiß. Schretz hatte keine Chance. Das Feuer hat in kürzester Zeit den gesamten Sauerstoff aus dem Keller gesaugt. Die Todesursache war Ersticken, doch er hat davor einen kräftigen Schlag auf den Hinterkopf bekommen. Er war gnädigerweise ohnmächtig, als er starb, und hat es nicht gespürt. Außer ihm gab es keine Opfer und auch keine Verletzten. Die Tatwaffe war von der Form her vermutlich einer der Pokale, aber die sind allesamt geschmolzen.«

Ich schubste etwas ungeduldig Waterson mit der Schnauze an. »Jaja, ich frag ja schon.« Er wandte sich an Schulmann. »Hast du einen Aktenkoffer gefunden? Schwarz.«

Doch der Chef der Spurensicherung schüttelte den Kopf. »Im Keller nicht, und oben ... das dauert noch. Es ist ein einziger geschmolzener Klumpen von den ganzen Pokalen, den Gläsern und Flaschen. Wir suchen noch. Es ist immer leichter bei so etwas, wenn man weiß, nach was man Ausschau halten muss. Warum sucht ihr diesen Koffer?«, fragte Schulmann neugierig.

»Wenn wir das wüssten.« Waterson hob ein wenig ratlos die Schultern. »Immer wieder kommt er vor, aber wir haben keine Ahnung, warum. Vielleicht ist es eine falsche Spur, vielleicht ist es der Knackpunkt des Falls. Aber das wissen wir erst, wenn wir ihn haben.«

Watersons Handy klingelte, aber nach einem kurzen Blick auf das Display, drückte er den Anrufer weg. »Das ist Jackie, ich ruf sie später zurück«, entschuldigte er sich für die kurze Störung.

»Schon gut, schließlich seid ihr eigentlich in den Flitterwochen. Also fahren wir fort. In dem BMW von Schretz haben wir viele Fingerabdrücke gefunden, aber keine, die uns bekannt sind, außer seinen natürlich. Offensichtlich ist aber zuletzt jemand anders gefahren, derjenige trug aber Handschuhe. Alle Abdrücke darunter sind verwischt, auch am Schalthebel, an der Sonnenblende. Den letzten Fahrer können wir so nicht ermitteln.« Schulmann schüttelte bedauernd den Kopf. »Dann haben wir noch den Computer von Brunsle durchsucht. Seine Frau hatte erfreulicherweise das Passwort, aber es war nichts von Belang drauf.

Nur das übliche Zeug, Fußballzeitpläne, E-Mails mit den anderen Schiris, Bestellungen von Sportartikeln, so was eben. Wir sind aber noch dran, ich habe einen Kollegen darauf angesetzt, alle E-Mails durchzulesen. Vielleicht kommt dabei noch was raus.«

»Wir stecken also ziemlich fest. Der Anschlag, das Auto am falschen Platz, Trainer Schretz zu früh aus dem Winterurlaub, der vermisste Aktenkoffer. Dazu zwei tote Schiedsrichter und ein dritter, der sich merkwürdig verhält. Und das alles vor dem wichtigen Spiel am Samstag.« Gerlach raufte sich die Haare.

»Also manchmal weiß ich nicht, ob du bei diesem Fall die richtigen Prioritäten setzt.« Waterson runzelte missbilligend die Stirn. Doch bevor Gerlach wieder aufbrausen konnte, legte er ihm die Hand auf die Schulter. »Schon gut. Irgendetwas übersehen wir. Georg, wurden eigentlich damals an dem Auto, in dem Grubenau starb, Fingerabdrücke genommen?«

Schulmann begann in dem Aktenberg auf seinem Schreibtisch zu wühlen. »Ah, das ist sie ja.« Er zog eine dünne braune Mappe aus dem Durcheinander und blätterte darin herum. »Es wurde von Beginn an von einem Selbstmord ausgegangen. Da ist das nicht unbedingt üblich. Hier haben wir es ja. Doch, es wurden welche festgestellt: An der Autotür waren die von Grubenau, seiner Frau und wieder welche mit Handschuhen, vermutlich von den Rettungskräften. Es sprach alles für die Selbstmordtheorie. Aber es wurde trotzdem sauber ermittelt.«

»Danke«, murmelte Gerlach. »Was ist eigentlich aus dem Haus von Grubenau geworden? Weiß das jemand?«

Wieder blätterte Georg Schulmann in der Akte. »Es steht seither leer. Es gibt keine Kinder, und die Schwester von Frau Grubenau, Frau Schneider, kümmert sich darum, bis endgültig klar ist, was mit Frau Grubenau wird. Sie hat ausgesagt, dass sie möchte, dass ihre Schwester ein Zuhause vorfindet, wenn sie wieder gesund ist. Die Hoffnung stirbt ja zuletzt.«

»Ich denke, dass es sinnvoll wäre, wenn wir uns dort noch einmal umschauen. Ohne die ›Selbstmord-Brille‹ auf der Nase. Gib mir mal die Nummer von Frau Schneider, ich bitte sie um den Schlüssel.«

Gerlach tippte die angegebene Nummer gleich in sein Handy. Nach dem kurzen Gespräch erhob er sich. »Geht klar, wir können jederzeit vorbeikommen. Hast du noch etwas für uns?«

»Eigentlich habt ihr noch etwas für mich. Hat Jackie etwas über den kleinen Blister mit dem Hund herausgefunden?«

Etwas schuldbewusst starrte Waterson auf sein Handy. »Ähm, ich denke, ich hätte sie vorhin nicht wegdrücken sollen. Ich frag gleich mal nach.«

Er wählte die Nummer seiner frischgebackenen Ehefrau und ließ zuerst einmal die Vorwürfe über den ignorierten Anruf über sich ergehen. Dann setzte er sich plötzlich aufrecht hin. »Das ist ja interessant. Bist du sicher?« Wieder waren ein paar gereizte Töne zu hören, und Waterson wiegelte zerknirscht ab. »Natürlich, ich war nur so überrascht. Du bist die Beste. Wir sehen uns später, ich freu mich auf dich.« Es war ihm offensichtlich gelungen, Jackie wieder milde zu stimmen, denn er lächelte ein wenig verträumt, als er das Gespräch beendete. Dann bemerkte er, dass wir ihn auffordernd anstarrten.

»Und?« Gerlach wurde zurzeit schnell ungeduldig.

»Jackie hat rausgefunden, was das für eine Tablette in der Verpackung war. Es ist tatsächlich ein Medikament für Hunde gegen Inkontinenz.«

Irritiert legte ich den Kopf schräg. Wie ist denn das dort hingekommen?

Doch Waterson fuhr bereits fort. »Das Interessante an diesem Ding ist allerdings nicht die Wirkung, die es bei Hunden hat, sondern die bei Menschen. Es enthält Ephedrin und wird als Dopingmittel im Sport missbraucht. Als leistungssteigerndes Aufputschmittel. Als Nebenwirkung treten bei den Sportlern Gliederschmerzen auf, aber natürlich erst, wenn die Wirkung nachlässt. Und Jackie weiß auch, wo man es am leichtesten beschaffen kann: in der Schweiz!«

Wortlos ließen wir die Information kurz sacken. Schulmann ergriff als Erster das Wort. »Ich schätze, wir müssen bei der Knieslinger Mannschaft ein paar Dopingproben nehmen.«

»Nein! Das ist unmöglich! So etwas würden die Jungs nie tun. Ihr bringt sie jetzt vor dem großen Spiel noch völlig durcheinander. Schlimm genug, dass sie den Tod des Trainers und den Verlust des Vereinsheims wegstecken müssen. Und jetzt stehen sie noch unter Dopingverdacht? Das packen die Jungs doch nervlich nicht.« Gerlach sprang zu unserem Erstaunen auf und rannte aus dem Zimmer, dabei schlug er lautstark die Tür hinter sich zu.

»Also, wenn das jemand hier nicht packt, dann er.« Schulmann war sichtlich irritiert über das ungebührliche Verhalten seines Kollegen.

Waterson zuckte mit den Schultern. »Ich schau mal nach ihm. Wir hören dann voneinander. Danke für die Informationen!«

Er schüttelte ihm noch kurz die Hand, dann machten wir uns auf die Suche nach Gerlach. Ich lief voran und verfolgte seine Spur, doch das war nicht notwendig. Er stand vor der Eingangstür des Präsidiums und wartete auf uns.

Als er uns sah, hob er beschwichtigend die Hände. »Sag nichts. Ich weiß schon. Es ist nur so, als ob jemand mit allen Mitteln verhindern wollte, dass unsere Mannschaft am Wochenende gewinnt.«

»Ludwig, ich will dir nicht zu nahe treten, aber es geht hier um die Kreisliga! Das ist nicht der große Profifußball, bei dem es um Millionen geht.«

»Du verstehst das nicht, Johannes. Hier steckt Herzblut und Leidenschaft drin. Das ist etwas Persönliches, wir kennen unsere Spieler. Das sind nicht irgendwelche unnahbare Stars, die nichts anderes als hochbezahlte Söldner sind. Das sind unsere Jungs!«

»Das mag ja alles sein, aber wir haben trotzdem unsere Arbeit zu tun. Wäre es nicht besser, wenn du den Fall abgibst? Du flippst einfach ein bisschen zu oft aus.«

Gerlach schüttelte den Kopf. »Nein, ich reiße mich ab jetzt zusammen. Du kannst dich auf mich verlassen.«

Waterson musterte seinen langjährigen Freund und Kollegen,

nickte kurz und wandte sich dann ab. Ich konnte den Zweifel in seinem Blick sehen.

-27-

»Ich denke, wir fahren noch kurz zu Frau Schneider und machen dann Feierabend. Ich möchte noch Mara in wachem Zustand sehen und gemeinsam mit meinen Mädels essen. Was meinst du?« Waterson warf Gerlach einen fragenden Blick zu. Dieser nickte und konzentrierte sich auf die Straße. Es hatte mittlerweile angefangen zu regnen, und die weiße Pracht begann sich in Matsch zu verwandeln. Die Fußballer hatten wohl mit ihrer Prognose recht gehabt, dass sie am Samstag auf Grün spielen würden.

Gut für den Fußball, schlecht für die Stimmung, das triste Wetter und dieser verzwickte Fall deprimierten mich, dazu kam das ungewöhnlich launische Verhalten von Gerlach. Ich fragte mich, wie lange es dauern würde, bis er von dem Fall abgezogen wurde. Das täte mir in zweifacher Hinsicht weh. Zum einen war er mein Freund, zum anderen wusste ich nicht, ob sein Ersatz mich ebenso akzeptieren würde.

Das Schweigen zwischen den beiden Männern war nicht das sonst so behagliche und kameradschaftliche, das spürte ich. Beide hingen ihren eigenen unangenehmen Gedanken nach. Als wir das Haus von Frau Schneider in Gutthau erreichten, blieb Gerlach in Gedanken versunken hinter dem Lenkrad sitzen. Waterson wartete geduldig ab, bis sein Freund das Wort ergriff.

»Ich weiß, was du denkst. Ich bin viel zu emotional, sehe die Dinge zu subjektiv und will der Wahrheit nicht ins Auge sehen. Die Wahrheit ist, dass unser Sport eben nicht so sauber ist, wie ich das gerne hätte. Dass es Strömungen abseits des Spielfeldrandes gibt, die ihn verderben.

Ich bin nicht nur zu nah dran, ich bin mittendrin. Und genau deshalb möchte ich nicht aufhören. Ich verfüge über bessere Kontakte als du, und mit mir reden die Jungs eher als mit dir. Ich werde mein Wort halten und nicht mehr ausrasten. Ich bin Profi und Insider zugleich, das werde ich jetzt ausnutzen und meine Augen nicht mehr vor der Realität verschließen.« Nach dieser ungewöhnlich langen Ansprache verstummte Gerlach wieder und starrte weiterhin geradeaus durch die Windschutzscheibe, an der die Regentropfen mittlerweile in breiten Rinnsalen herabliefen.

Waterson legte seinem Freund leicht die Hand auf den Arm. »Das ist ein guter Ansatz. Sprich mit ihnen, aber erwarte nicht zu viel. Wer wird die Mannschaft denn jetzt übernehmen?«

Gerlach räusperte sich ein wenig verlegen. »Das werde ich sein. Ich habe mich als Interimstrainer zur Verfügung gestellt.«

»Da spricht ja nichts dagegen. Ich wünsche dir viel Erfolg. Aber lass uns jetzt mal den Schlüssel bei Frau Schneider holen.« Waterson stieg aus, ließ aber mich hinten im Auto sitzen. »Ich hole dich gleich, Kumpel. Wir sind sofort zurück.« Ich kläffte kurz zustimmend. Bei diesem Wetter machte es mir nichts aus, kurz zu warten. Das gab mir zudem einen Moment der Ruhe, bei dem ich das Gehörte sortieren konnte.

Schretz war in der Schweiz gewesen, dort gab es dieses merkwürdige Hundemedikament. Das Rätsel des Aktenkoffers war wohl gelöst. Darin hatte er die Mittel transportiert, vermutlich lagerte er das Zeug im Keller des Vereinsheims. Er war früher zurück und womöglich tatsächlich nur zufällig im Vereinsheim, als der Brand gelegt wurde? Warum stand aber der BMW an der Hohenknieslingen? Ich dachte einen Schritt weiter. Wusste Tommi davon und hatte dann versucht, die Beweise verschwinden zu lassen? Mussten Brunsle und Grubenau deswegen sterben, weil sie Schretz auf die Schliche gekommen waren? Der Hinweis von Frau Grubenau ließ diese Vermutung durchaus zu. Wie passte aber dann Koch ins Bild? Und vor allem, wie konnte dies alles bewiesen werden? Es wurde Zeit, ungewöhnliche Wege zu beschreiten, und ich wusste auch schon, wie.

Zuerst einmal war jedoch das Haus von Grubenau an der Reihe. Die Beamten kamen bereits wieder aus dem Haus von Frau Schneider zurück, und ich durfte aussteigen. »Es sind nur ein paar Meter, wir lassen das Auto kurz hier stehen«, setzte mich Waterson ins Bild. Ich schüttelte mich, als ich in den Regen hinaussprang, dann trabte ich hinter den anderen her.

-28-

Man merkte dem Haus sofort an, dass es auf jemand wartete. Die Heizung lief, wenn auch auf niedriger Temperatur. Alles war sauber und ordentlich, nur eine dünne Staubschicht auf den Möbeln verriet, dass es im Moment leer stand. Sogar die Zimmerpflanzen wurden weiterhin liebevoll gepflegt, und es roch frisch.

Waterson sah sich um. »Ich denke, wir fangen im Arbeitszimmer an. Frau Schneider hat gesagt, dass sie dort nichts weggeräumt hat, nur Staubwischen tut sie hin und wieder. Hier entlang.« Er ging voraus und öffnete dann eine Tür auf der rechten Seite. Gegen das, was uns auf der anderen Seite erwartete, war das Arbeitszimmer von Schulmann ein Ausbund der Ordnung. Ein heilloses Durcheinander versperrte uns zunächst den Eintritt, Ein Regal war umgeworfen worden und blockierte die Tür. Der Schreibtisch lag mit der Platte nach unten, und sowohl der Bürostuhl als auch sämtliche Bilder waren zerfetzt. Gerlach hatte bereits das Handy gezückt und rief zuerst Schulmann mit seinem Team und anschließend Frau Schneider an.

»Wann waren Sie das letzte Mal hier?«, wollte er wissen. Er bedankte sich für die Auskunft, legte auf und wandte sich dann an seinen Kollegen. »Frau Schneider war am Samstag das letzte Mal hier, und da war alles in bester Ordnung.«

Waterson sah sich suchend um. »Siehst du irgendwo einen Computer?«

Gerlach schob vorsichtig ein paar Papiere auf die Seite und hielt ein Lan-Kabel hoch. »Der fehlt wohl.« Vorsichtig näherte ich mich dem

Chaos. Ich wusste, ich musste nach dem Täter schnüffeln, aber ich fürchtete mich gleichzeitig vor dem Ergebnis. Was, wenn es wieder einmal Tommi war? Irgendwann würden ihm die Ausreden ausgehen, denn hier hatte er nun wirklich nichts zu suchen. Natürlich tat ich trotzdem meine Pflicht und versuchte eine Fährte zu finden. Es dauerte nicht lange, bis ich erleichtert aufatmen konnte. Tommi war nicht hier gewesen, so viel stand fest. Und doch kam mir der Geruch bekannt vor. Ich legte meine Stirn in Falten und dachte nach. »Ein Leckerli für deine Gedanken.« Waterson legte mir seine Hand auf den Kopf. Auch in seinen Augen sah ich die gleiche Befürchtung, die mich geplagt hatte. Ich schüttelte leicht den Kopf und wedelte ihn an. »Da bin ich aber froh«, raunte er mir zu. Dann etwas lauter, damit auch Gerlach ihn hören konnte: »Weißt du, wer hier war?« Wieder so eine Frage, die ich nicht so einfach beantworten konnte, vor allem, wenn ich keine Zeit zum Nachdenken bekam. Also legte ich den Kopf schräg und schaute ihn nur an. Er nickte. »Okay, du meldest dich, wenn dir was einfällt, wir kontrollieren das Haus, ob noch irgendwo herumgewühlt wurde.« Ich kläffte ihn dankbar einmal kurz an und zog mich dann in ein ruhiges Eckchen im Flur zurück.

Während die beiden Kommissare das Haus unter die Lupe nahmen, versuchte ich mir einen Reim auf das Ganze zu machen. Wir hinkten immer einen Schritt hinterher. Jede Spur, die wir aufnahmen, endete in einem Wust von neuen Hinweisen, ohne dass wir dabei der Lösung näher kamen. Und noch etwas anderes nagte an mir: Gerlach war nicht so zuverlässig wie sonst, und Waterson wollte in ein paar Tagen seine Flitterwochen antreten. Was würde dann geschehen? Würde er den Fall abgeben? Dann wäre ich raus aus der Nummer. Ich bemerkte, dass ich abschweifte, und versuchte mich erneut auf den Geruch zu konzentrieren. Doch es wollte mir einfach nicht einfallen, und ich merkte, dass ich leichte Kopfschmerzen bekam.

Was ist los mit dir? Du wirst doch nicht in deinem Alter schon vergesslich? Wie üblich zuckte ich leicht zusammen, wenn die Stimme meines Vaters wie aus dem Nichts sprach.

»Es sind ja immerhin ganz schön viele Spuren, die ich mir in den letzten Tagen merken musste«, verteidigte ich mich ein bisschen beleidigt. »Und wenn ich unter Druck gesetzt werde, schaffe ich es gar nicht.«

Die Stimme kicherte. *Jaja, diese Genies. Immer ein wenig empfindlich. Denk nicht mehr dran, dann wirst du schon noch draufkommen.*

»Wen knurrst du denn an?« Waterson sah sich ein wenig verwundert um, und ich seufzte.

Vielleicht hatte mein Vater recht. Dieses Brüten half mir gerade einfach nicht weiter. Ich sprang auf und schüttelte mich, um den Kopf frei zu bekommen.

Gerlach kam die Treppe vom oberen Stockwerk herunter. »Hier oben ist alles in Ordnung. Alles sieht unberührt aus. Und bei dir?«

Waterson nickte. »Auch hier ist außer dem Arbeitszimmer nichts durcheinander. Ich zeig dir, wo der Einbrecher hereingekommen ist.« Wir folgten meinem Freund noch ein Stockwerk tiefer in den Keller. Dort war an einem der Lichtschächte die Scheibe zertrümmert. Waterson zeigte auf die Scherben. »Das war einfach. Nur das Gitter herausheben, die Scheibe eintreten, und drin ist man. Dass auch fast niemand daran denkt, die Dinger von innen zu sichern.«

»Immerhin wohnen wir ja auf dem Land, da fühlen sich die Menschen immer noch sicher, obwohl es leichtsinnig ist. Und ein gewöhnlicher Einbrecher war das nicht. Der Schmuck von Frau Grubenau und eine exquisite kleine HiFi-Anlage sind unangetastet.« Gerlach zuckte mit den Schultern. »Mal sehen, ob Kollege Schulmann dieses Mal erfolgreicher ist als beim Einbruch bei Schretz.«

Wie aufs Stichwort klingelte es, und wir stiegen die Kellertreppe wieder hinauf, um die Spurensicherung ins Haus zu lassen.

»Euch kann man auch keinen Moment allein lassen«, polterte der Schulmann gut gelaunt, als er die Bescherung im Arbeitszimmer in Augenschein nahm. »Na dann wollen wir mal.«

Seine Mitarbeiter schwärmten aus, und wir standen ein wenig überflüssig im Weg herum.

Wir waren tatsächlich immer einen Schritt hinterher, aber diesen Spieß konnten wir umdrehen. Bei Brunsle war noch nicht eingebrochen worden. Da witterte ich unsere Chance. Wir mussten Frau Brunsle warnen. Und Herrn Koch? Da durchfuhr es mich wie ein Blitz. Koch! Der war hier gewesen. Natürlich konnte er sich da auch wieder herausreden, von wegen, schließlich war er der Kollege und so weiter, doch seine Spur war frisch. Er war hier vor Kurzem drin gewesen, sein Geruch waberte noch in der Luft und hatte sich nicht auf die Gegenstände niedergelassen.

Aufgeregt holte ich Waterson zu mir. Wie sollte ich ihm das denn nur erklären. Koch war zumindest bei diesem Einbruch unser Täter. Ich musste meine Kollegen zu einem Ratespielchen verleiten. Ich begann nervtötend zu kläffen.

»Was soll das, Holmes. Hast du was gefunden?«

»Kläff!«, antwortete ich und hüpfte auf der Stelle.

Nun kam auch Gerlach hinzu. »Er weiß, wer hier drin war. Also probieren wir mal die Kandidaten durch.« Gerlach war wieder ein bisschen blass um die Nase, er fürchtete, dass ich wieder Tommi ins Spiel bringen würde. Trotzdem riss er sich zusammen und fragte nach seinem Sohn als Erstes. Ich schüttelte den Kopf. Erleichtert atmete er einmal tief durch, dann fragte er die gesamte Fußballmannschaft durch. Mir war nach einer Weile schon ganz schwindelig vom vielen Kopfschütteln. Langsam gingen Gerlach die Namen aus, und er kratzte sich etwas ratlos am Kopf. »Er tut doch so, als ob er ihn kennen würde, aber wen kann er nur meinen?« Dann schlug er sich mit der flachen Hand auf die Stirn. »Gott, was bin ich langsam! Es ist Koch, nicht wahr?«

Ich überschlug mich beinahe vor Begeisterung. Es war Koch, und mit diesem Wissen purzelten in meinem Kopf einige Puzzleteile an ihren Platz. Mein Plan, den Täter zu überführen, nahm weiter Gestalt an, denn Koch war nur ein kleiner Teil der Geschichte, da war ich mir sicher. Dazu musste ich aber dringend nach Hause. Waterson und Gerlach berieten sich noch, wie sie mit dieser neuen Erkenntnis umgehen sollten. »Wir müssen den Computer suchen, vermutlich hat ihn Koch mit zu sich nach Hause genommen. Aber auf diesen Verdacht hin bekommen wir keinen Durchsuchungsbeschluss. Wie sieht's aus, Holmes, hast du vielleicht einen unfolgsamen Tag heute?« Waterson zwinkerte mir verschwörerisch zu, und ich wedelte begeistert zurück. Wir verstanden uns.

Kurze Zeit später rollten wir im Wagen wieder auf den Hof von Koch. Waterson ging voraus und klingelte, dieses Mal mussten wir einen Augenblick warten, bis sich die Tür öffnete. Ein etwas verschwitzter Herr Koch schaute uns ein bisschen aufmüpfig entgegen. »Schon wieder die Herren von der Polizei? Das passt mir gerade gar nicht, ich bin beschäftigt.« Er versuchte die Tür wieder zu schließen, doch ich war schneller. Wie der Blitz sprang ich durch den Türspalt und sprintete durch den Hausgang. »He, was soll das. Komm sofort wieder her!« Scheinbar wütend, schob Waterson den verblüfften Herrn Koch zur Seite und rannte hinter mir her, allerdings nur bis zur Ecke des Gangs. Dort begann er lautstark zu fluchen und über mich zu schimpfen, während ich in aller Seelenruhe die Spur von Koch rückwärts verfolgte. Sie führte in den Keller, und da die Tür nur angelehnt war, konnte ich sie aufdrücken und die Treppe hinunterspringen. Waterson rief immer noch nach mir, als ich den gesuchten Computer fand. Er roch ganz eindeutig nach Grubenau, in dessen Haus war noch ausreichend Geruch von ihm vorhanden gewesen, ich war mir sicher. Ich hatte ihn gefunden und begann nun lautstark zu bellen.

Waterson kam hinter mir die Treppe runter, und nun folgte auch Koch mit hochrotem Gesicht. Gerlach, der sich das Grinsen über unseren gelungenen Coup nicht ganz verkneifen konnte, bildete die Nachhut. Koch versuchte noch, den Stecker zu ziehen, aber Waterson ging dazwischen. »Wir hätten gerne gewusst, wie das Notebook von Herrn Grubenau in ihren Besitz gekommen ist, Herr Koch.«

»Das ist mein Computer! Was fällt Ihnen allen ein, so in mein Haus zu stürzen. Ich werde mich über sie beschw–« Hier stockte er, denn Waterson hatte das Gerät eingeschaltet, und auf dem Bildschirm erschien als Startseite unverkennbar ein Foto von Frau Grubenau und ihrem Mann, auf dem sie sich glücklich in den Armen hielten und in die Kamera strahlten.

Gerlach räusperte sich. »Herr Koch, wir würden Sie bitten, uns aufs Revier zu begleiten. Ich denke, wir haben da noch eine ganze Menge Fragen an Sie.«

Koch ließ den Kopf hängen und nickte kleinlaut. »Ich habe mir den Computer nur ausgeliehen und wollte ihn zurückbringen«, murmelte er.

Doch Gerlach hatte ihn bereits energisch am Ellenbogen geschnappt und führte ihn die Treppe wieder hinauf. »Das können Sie uns alles auf dem Revier erzählen.«

Er rief Schulmann an und gab ihm Bescheid, wo der gesuchte Computer zu finden sei, dann machten wir uns wieder auf den Weg, dieses Mal durfte ich vorne bei Waterson sitzen, denn Koch machte ein grimmiges Gesicht. Dem wollte ich lieber nicht zu nahe kommen. Nicht jeder verkraftete es gut, von einem Mops ausgetrickst zu werden. Kurze Zeit später ließ mich Waterson bei mir zu Hause aussteigen und brachte mich zu Emma.

»Ich glaube, unser Meisterdetektiv, hat sich eine Extraportion Leckerlis verdient.« Er beugte sich zu mir hinunter und streichelte mir kurz den Kopf »Ich komme später noch kurz vorbei und erzähl dir, ob wir Koch knacken konnten. Das hast du wirklich gut gemacht heute. Bis nachher!« Er winkte Emma noch kurz zu, die tatsächlich für mich eine Handvoll Leckerlis aus unserer Dose hervorzauberte. Aber noch war keine Zeit, mich auf meinen Lorbeeren auszuruhen. Es gab noch etwas zu tun, und das duldete keinen Aufschub.

-30-

Ich begrüßte meine Familie und sah mich dann suchend um. »Habt ihr Murpsel gesehen?«

Bena Hula und Nelly schüttelten einträchtig die Köpfe. »In der letzten Stunde nicht. Das heißt auch, dass sie bald wieder da ist, sie bleibt ja nie lange fort.« Bena gähnte herzhaft und streckte sich erst einmal ausgiebig. Dann öffnete sie ihre wunderbaren hellen Augen und sah an mir vorbei. »Und da ist sie auch schon.«

Wie auf Bestellung trabte die flauschige kleine Katze herbei. »Tag, Chef! Was kann ich für dich tun?« Über mangelnde Motivation konnte man sich bei ihr wirklich nicht beklagen. Warum war ich da nicht schon früher draufgekommen? »Du kannst tatsächlich einiges für mich tun, Murpsel.« Ich erläuterte ihr meinen Plan, und sie versuchte wirklich zu salutieren, bevor sie sich auf den Weg machte.

»Ein ganz schöner Aufwand, den du da betreibst, mein Schatz. Was würden die Menschen nur ohne dich machen.« Bena schaute mich bewundernd an.

Ich gebe zu, dass ich mich geschmeichelt fühlte. »Ich gehe einfach nur eine Abkürzung. Waterson und Gerlach würden es sicher auch ohne mich schaffen ... irgendwann.« Zufrieden rollte ich mich zusammen und kuschelte mich an meine schöne Frau. Ich muss sofort eingeschlafen sein, tief und traumlos.

Das Nächste, was ich hörte, war der charakteristische Knall der Katzenklappe, als Maurice in die Küche sprang. Es dämmerte bereits. Ich schüttelte den Schlaf ab und machte mich auf in die Küche. Der große

Tigerkater verspeiste erst einmal sein Frühstück, dann putzte er sich in aller Ruhe. Die Erfahrung hatte mich gelehrt, zu warten, bis er fertig war. Vorher würde ich kein Wort aus ihm herausbringen. Endlich war er so weit und schaute mich verschmitzt aus seinen grünen Augen an. »Du hast es tatsächlich geschafft, das ganze Dorf überwachen zu lassen, mein Freund. Alle Katzen haben mitgemacht.«

Ich atmete erleichtert auf. Das war die Schwachstelle meines Plans gewesen, doch die graue Armee der Nacht hatte mich unterstützt. Ich schätzte mich glücklich, eine so starke Führungspersönlichkeit wie Maurice auf meiner Seite zu wissen. Dank seiner natürlichen Autorität war es ihm und damit mir gelungen, ein ganzes Heer von Spionen durch Knieslingen streunen zu lassen. Atemlos starrte ich ihn an: »Und? Was haben sie gesehen? Gibt es etwas Neues?«

Maurice ließ sich behaglich in meinem Körbchen nieder und legte sorgfältig seinen buschigen Schwanz um seinen Körper. »Einiges, aber jetzt schlaf ich erst einmal eine Runde.«

Fassungslos schaute ich auf meinen Katzenfreund herunter. »Nicht dein Ernst, oder?«

Sofort öffneten sich die grünen Augen wieder, und der Schalk blitzte in ihnen. »Nein, natürlich nicht. Ich will dich nur ärgern.«

Erleichtert seufzte ich auf. »Das hast du geschafft. Also erzähl mal!«

Der Bericht dauerte lange, ich hörte schweigend zu. Wir hatten in ein Wespennest gestochen, das war mir schnell klar. Es war nicht abzusehen, was für Folgen das Gehörte für Knieslingen haben würde. Nur so viel stand fest: Unser nettes kleines Dorf würde einiges wegstecken müssen.

-31-

»Also, so kommen wir nicht weiter, Herr Koch.« Waterson stützte sich vor dem Häuflein Elend, das von Koch noch übrig war, mit beiden Händen auf der Tischplatte auf. Sie hatten ihn gestern nicht mehr befragt und gehofft, dass die Nacht in der Untersuchungshaft ihn schneller zum Reden bringen würde.

Wie schon bei der ersten Begegnung huschten Kochs Augen nervös hin und her. »Ich habe jetzt schon mehrfach gesagt. Ich habe den Computer mitgenommen, ja! Das hätte ich nicht tun dürfen, aber ich hoffte, Beweise dafür zu finden, dass der Tod meiner Freunde Brunsle und Grubenau irgendwie mit Fußball und dem FC Knieslingen zusammenhängt und kein blöder Zufall ist. Ich habe das Zimmer nicht verwüstet. Und das Notebook habe ich am Samstag geholt. Frau Schneider war beim Putzen und hatte dabei die Haustür zum Lüften offen gelassen. Das macht sie immer so. Ich bin rein, hab mir das Ding geschnappt und bin wieder raus. Sie war oben und hat gestaubsaugt, ich bin sicher, dass sie nichts mitbekommen hat. Das Arbeitszimmer war vollkommen in Ordnung, als ich ging, das schwöre ich Ihnen!«

Ungeduldig schlug Waterson laut mit der flachen Hand auf die Tischplatte. »Sie haben irgendetwas gefunden, was Ihnen bewiesen hat, dass die Mannschaft schuld war, am Tod Ihrer Freunde. Dann haben Sie aus Rache das Vereinsheim angezündet, in dem sie die Mannschaft vermuteten. Sie wollten alle töten, und nur durch einen glücklichen Zufall war lediglich der Trainer in dem Haus. Sie wussten nichts von der Hochzeit und haben nur die Autos gesehen und die Zeit ausgekundschaftet, zu der sich die Jungs immer getroffen haben.«

Koch sprang auf und kreischte empört. »Nein, das können Sie mir nicht anhängen!«

Gerlach legte dem zappelnden Schiedsrichter seine Hand auf die Schulter und drückte ihn nachdrücklich auf den Stuhl zurück.

»Es sieht nicht gut aus für Sie Herr Koch. Sie haben einen Einbruch begangen, haben ein Motiv und kein Alibi. Wir werden Sie wegen Mordes vor Gericht stellen.«

Koch sank wieder auf seinem Stuhl zusammen. »Ich habe ein Alibi für Samstag«, flüsterte er kaum wahrnehmbar. »Aber das wird mich ruinieren, wenn das herauskommt. Mein Leben ist dann vorbei.« Sein Kopf fiel vornüber auf die Tischplatte, und er begann haltlos zu weinen.

Etwas ratlos sahen sich Gerlach und Waterson an. Waterson ergriff nach einem Moment wieder das Wort. »Herr Koch, wir können Ihnen nicht versprechen, im Zuge der Ermittlungen Ihr Alibi geheim zu halten, aber Sie müssen es uns sagen, denn Sie stecken in gewaltigen Schwierigkeiten.« Waterson nickte Gerlach zu, der nun die Befragung behutsam übernahm.

»Na, na, so schlimm wird es schon nicht werden.« Gerlach konnte sehr beruhigend wirken, und tatsächlich verebbte das Schluchzen allmählich, und Koch nahm das dargebotene Taschentuch entgegen. Endlich sah er wieder auf und war in der Lage zu reden, und das, was er sagte, warf ein völlig neues Licht auf die Geschichte.

-32-

Das Wetter war schrecklich, es regnete heftig, und ein unangenehmer Wind rüttelte an unseren Fensterläden. Ungeduldig wartete ich auf Waterson. Er hatte mir doch versprochen, mich gleich morgens abzuholen, aber da war ihm wohl etwas dazwischengekommen. Ich wanderte unruhig in der Wohnung auf und ab, als es endlich klingelte. Ich sauste, so schnell ich konnte, die Treppe hinunter und sprang aufgeregt an Watersons Hosenbeinen hoch.

»Ich konnte nicht früher, wir mussten erst noch Koch vernehmen, jetzt beruhig dich doch erst einmal.«

Unter Aufbietung meiner ganzen Beherrschung und guten Erziehung setzte ich mich vor meinen Freund auf den Boden. Er zog mir mein Polizeimops-Geschirr über den Kopf und rief Emma zu, dass er mich mitnehmen würde, dann machten wir uns auf den Weg. Wohin er wollte, wusste ich noch nicht, aber ich vermutete, dass wir uns wieder auf den Weg nach Gutthau machen würden, um Frau Brunsle noch einen Besuch abzustatten. Dazu brauchte ich nicht mal ein besonders guter Detektiv zu sein. Auf dem Rücksitz lag der Computer von Herrn Brunsle, den wir ihr wiederbringen würden.

Wie gerne hätte ich ihm einfach erzählt, was ich von den Katzen erfahren hatte, aber das würde eine schwierige Sache werden. So musste ich mich einfach darauf verlassen, dass wir uns schon irgendwie verständigen würden. Immerhin erfuhr ich ohne großes Nachfragen, dass sich Gerlach heute eine kleine Auszeit erbeten hatte, um das erste Training der Mannschaft, das er am späten Nachmittag leiten würde, vorzubereiten.

Waterson kicherte. »Ich glaube, er hat die Hosen ganz schön voll. Es kommen wohl auch stürmische Zeiten auf den Verein zu. Hör zu, was Koch heute Morgen ausgesagt hat. Das wird dich umhauen.« Doch bevor er loslegen konnte, stutzte er. »Nanu? Was ist denn hier los?« Schon von Weitem konnten wir das Blaulicht der Streifenwagen sehen, die vor dem Haus von Frau Brunsle parkten. Waterson stellte seinen Wagen auf der Straße ab, und wir gingen auf einen der uniformierten Beamten zu, der vor der Haustür stand und rauchte.

»Hallo, Kollege«, begrüßte er uns. »Seit wann kommt die Kripo zu einem Einbruch?«

»Wir sind aus einem anderen Grund hier. Was ist gestohlen worden?«

»Das ist das Merkwürdige daran. Es fehlt laut Frau Brunsle nichts. Der oder die Täter haben heute Nacht das Fenster zum Arbeitszimmer eingeschlagen und dort alles verwüstet. Der Rest vom Haus wurde nicht durchsucht. Frau Brunsle hat oben geschlafen und nichts gehört. Ihr fiel heute Morgen nur der kalte Luftzug aus dem Zimmer auf, und da hat sie die Bescherung erst gesehen.«

Verflixt, wir waren schon wieder zu spät gekommen. Allerdings hatten wir auch das Arbeitszimmer überprüft und nichts Verdächtiges entdeckt. Was suchte derjenige nur? Ich folgte Waterson ins Haus und nahm mit ihm gemeinsam das Chaos in Augenschein. Der Polizist schaute mich zwar ein bisschen irritiert an, sagte aber nichts. Auch in diesem Arbeitszimmer, war der Stuhl aufgeschlitzt und das Bild, das einst die Wand geziert hatte, aus dem Rahmen gerissen worden. Ich senkte die Nase in das Wirrwarr und versuchte eine Spur zu finden. Verblüfft hob ich den Kopf und schüttelte mich, dann versuchte ich es erneut. Nichts, absolut nichts außer dem schwindenden Geruch von Theodor Brunsle und dem sehr präsenten seiner Frau. Hier war niemand Fremdes drin gewesen. Was hatte das denn zu bedeuten? Es ließ eigentlich nur eine Option zu: Frau Brunsle hatte diesen Einbruch selbst inszeniert. Das hätte ich dieser so schwäbisch bodenständig wirkenden Hausfrau nicht zugetraut. Waterson wartete geduldig auf meine Ergebnisse.

Offensichtlich sah er mir meine Verwunderung an der Nasenspitze an, denn er ging in die Hocke und schaute mir in die Augen. »Etwas stört dich ganz gewaltig, aber was nur? Konntest du den Täter erschnüffeln?«

Ich nickte etwas zögerlich.

»Und es ist jemand, den du absolut nicht erwartet hast?«

Dieses Mal kläffte ich einmal kurz zur Bestätigung.

Waterson kratzte sich am Kopf und dachte nach. Dann stand er ein wenig ächzend wieder auf. »Der unwahrscheinlichste Mensch ist Frau Brunsle selbst.«

Begeistert sprang ich an ihm hoch. Er war wirklich gut darin, mein Verhalten zu interpretieren und meine Gedanken zu erahnen.

Etwas abwesend tätschelte er mir den Kopf. »Na, das ist ja ein starkes Stück. Dann werden wir die Dame des Hauses mal ins Gebet nehmen.«

Wir klopften höflich an die Wohnzimmertür, obwohl diese offen stand. Frau Brunsle saß wieder in ihrem Sessel, und auf dem Couchtisch standen eine Kanne Kaffee und eine Platte mit belegten Broten. Ein anderer Polizist in Uniform saß auf dem Sofa und langte kräftig zu. Frau Brunsle war sehr blass, die schwarze Trauerkleidung unterstrich dies noch. Sie zerknautschte ein völlig überfordertes Papiertaschentuch in den Händen, doch sie schien gefasst zu sein.

»Frau Brunsle, ich würde sie gerne unter vier Augen sprechen.« Waterson nickte seinem Kollegen zu, der sofort aufstand, aber nicht ohne sich eines der Brote zu greifen. Sorgfältig verschloss er die Tür hinter sich.

»Darf ich Ihnen einen Kaffee anbieten?« Frau Brunsle wollte sich erheben, aber Waterson winkte ab.

»Sie dürfen mir eine Erklärung für den fingierten Einbruch anbieten, Frau Brunsle.«

Die Blässe in ihrem Gesicht wechselte in ein fahles Grün, und sie begann zu zittern. »Woher wollen Sie wissen, dass ich das war?«

Jetzt wurde es heikel, doch mein Freund ließ meine Spürnase außen vor. »Ihre Türen schließen sehr gut. Sie können unmöglich im Vorbeilaufen bemerkt haben, dass das Zimmer ausgekühlt war. Sie haben uns auch erzählt, dass Sie nicht freiwillig ins Arbeitszimmer ihres Gatten gehen wollten. Also haben Sie die Tür auch nicht zufällig geöffnet. Was sollte das also?«

Kaum hörbar flüsterte sie. »Ich wollte da nicht rein. Es ist so schrecklich.«

Waterson fasste sofort nach. »Was wollen Sie damit sagen? Meinen Sie, Sie wurden gezwungen, bei sich selbst einzubrechen? Das klingt mir jetzt aber nicht besonders glaubwürdig.«

Wütend fuhr sie auf und warf das zerknüllte Taschentuch auf den Boden. »Sie haben ja keine Ahnung ... Das ist doch kompletter Unfug!«

»Dann klären Sie mich auf! Sie verschwenden hier unsere Zeit und Steuergelder.« Waterson ließ sich nicht beeindrucken. »Was haben Sie gesucht? Wenn Sie bedroht werden, können wir Ihnen helfen, aber Sie müssen uns vertrauen. Außerdem behindern Sie uns bei den Ermittlungen zum Tod Ihres Mannes!«

Man sah ihr an, dass sie mit sich kämpfte, aber schließlich schüttelte sie den Kopf. »Nein, ich sage darüber kein Wort mehr.« Sie presste wie zur Bestätigung die Lippen fest aufeinander, sodass sie zu einem schmalen Strich wurden. Waterson zuckte resigniert mit den Schultern. Wieder einmal waren wir keinen Schritt weitergekommen.

»Ich bringe Ihnen den Computer Ihres Mannes zurück. Wo soll ich ihn hinstellen? Im Arbeitszimmer ist ja momentan kein Platz.«

»Stellen Sie ihn hin, wo Sie wollen. Ich brauche jetzt ein wenig Ruhe!«, antwortete sie unwirsch. Sie stand auf und ließ uns im Wohnzimmer allein.

»Schnell, Holmes! Such, ob hier in letzter Zeit noch jemand anders war! Irgendetwas müssen wir jetzt mal finden, verflixt!«

Gehorsam senkte ich meine Nase auf den Teppich und begann zu suchen. Viel zu viele Spuren, vermutlich Kondolenzbesuche, waren zu finden. Nichts wirklich Erhellendes, ich schüttelte bedauernd den Kopf, doch so einfach gab Waterson nicht auf. Er hob mich aufs Sofa, und da durchzuckte es mich. Schon wieder ein Knieslinger Fußballer, einer, der hier im ungeliebten Gutthau und noch dazu bei einem Schiedsrichter nicht zu erwarten war. Was hatte Bertie hier zu suchen gehabt?

-33-

»Ein Leckerli für deine Gedanken.« Waterson hob mich wieder vom Sofa herunter, auf dem ich in Gedanken versunken stehen geblieben war. »Ich hol jetzt den Computer rein, dann werde ich versuchen herauszufinden, was du gerade entdeckt hast. Denn dass du was entdeckt hast, sehe ich dir ja an.«

Ich folgte Waterson zum Auto und wartete dann dort auf ihn. Es dauerte nicht lange, dann saß mein Freund neben mir. »Okay, Holmes. Wir müssen das alles erst einmal gedanklich sortieren. Wie wäre es mit einem Spaziergang?«

Ich kläffte einmal. Eine großartige Idee, es hatte mittlerweile aufgehört zu regnen, und von der weißen Pracht des vergangenen Wochenendes waren nur noch ein paar schmutzige Reste übrig. Immer noch wehte ein für die Jahreszeit viel zu warmer Wind.

Als wir auf dem Wanderparkplatz unterhalb des Tobels, Knieslingens Hausberg, ausstiegen, war weit und breit niemand zu sehen. Waterson schlug den Kragen seiner Jacke hoch und steckte die Hände in die Taschen, ich rannte erst einmal eine Runde über die Wiese und genoss meine Freiheit. Nach ein paar Minuten hatte ich mich ein wenig ausgetobt und trabte ruhig neben meinem Freund her.

»Also hör zu, Holmes, wir haben etwas Neues von Koch erfahren. Er hat für die Tatnacht der Brandstiftung ein Alibi. Wir haben es mittlerweile bestätigt bekommen. Er war bei seinem Geliebten, und du wirst es nicht glauben: Es ist Steffen aus der Knieslinger Mannschaft.«

Betont gelangweilt schaute ich zu ihm herauf. Das wusste ich ja schon seit geraumer Zeit, denn genau das hatten die Katzenspione herausgefunden. Laut meinen Kundschaftern dauerte diese Liebesaffäre schon länger als ein Jahr, doch beide waren extrem vorsichtig. Sie wollten auf keinen Fall entdeckt werden, sie fürchteten sich wohl vor den gesellschaftlichen Folgen.

Waterson schaute mich konsterniert an. »Jetzt sag mir nicht, dass du das schon gewusst hast.« Er lachte, als ich ihn ein wenig entschuldigend anschaute. »Sieht wirklich so aus, als ob dich das nicht überraschen würde. Woher auch immer du deine Informationen beziehst. Du bist ja schließlich Detektiv. Also fahren wir fort. Steffen hat uns bestätigt, dass er bei Koch war. Damit löst sich unser Hauptverdächtiger in puncto Vereinsheim und Schretz in Rauch auf. Jetzt kommt aber eine Information, die du noch nicht haben kannst. Koch wollte sichergehen, dass Grubenau nichts von seiner Affäre mit Steffen dokumentiert hat, und hat deshalb das Notebook gestohlen. Offensichtlich war er in Sorge, dass sie entdeckt worden sind, da Grubenau sich ihm gegenüber in der Zeit vor seinem Tod ein wenig merkwürdig verhalten hat. Da Frau Grubenau ja in der Klinik ist, hat er sich bisher sicher gefühlt, aber als wir angefangen haben, zu ermitteln, ist er nervös geworden. Eigentlich lächerlich, dass er so eine Angst vor seinem Coming-Out hat. Wir leben doch nicht mehr im Mittelalter, doch manche Leute finden es leider immer noch schlimm, wenn sich zwei Männer oder zwei Frauen lieben. Und erschwerend kommt hier wohl noch hinzu, dass der Altersunterschied recht groß ist. Verfeindete Dörfer, unterschiedliche Religionen, Schiedsrichter und Spieler. Die beiden können einem schon leidtun, so viele Hindernisse für eine Beziehung ... So, also den können wir schon mal abhaken. Ein Motiv für den Tod von Brunsle kann ich auch nicht sehen, außerdem hast du ihn ja auch nicht auf dem Fußballfeld erschnüffelt. Jetzt wird die Sache noch merkwürdiger. Frau Brunsle bricht bei sich selbst ein und vermittelt den Eindruck, sie wäre dazu gezwungen worden. Von wem? Hast du eine Spur entdeckt?«

Ich nickte ihm zu, und wir begannen mit unserem üblichen Frage-Kläff-Spiel. Waterson hatte sich schnell durch seine Stichwortliste gearbeitet, und als ich bei Berties Namen bejahend kläffte, schüttelte er den Kopf. »Ich würde mal sagen, da stecken einige Jungs der Knieslinger Mannschaft mit drin. Wir müssen die Herren jetzt einmal alle zum Verhör bitten, das hätten wir schon längst tun müssen.« Er schaute auf die Uhr. »Die sind jetzt inzwischen alle beim Training, da können wir uns gleich mal Bertie greifen und ihm auf den Zahn fühlen.«

Einträchtig kehrten wir zum Auto zurück und fuhren die kurze Strecke bis zum Fußballplatz. Dort angekommen, beobachteten wir erst einmal, wie Gerlach seine Jungs zum Aufwärmen auf die Tartanbahn schickte. Dort trabten sie mit gesenkten Köpfen langsam nebeneinander her. Gerlach entdeckte uns am Spielfeldrand und kam zu uns herüber.

»Grüß dich, Gerlach! Wir müssen ganz kurz mit Bertie sprechen, es wird nicht lange dauern«, versprach Waterson.

»Wenn es sein muss, aber wirklich nur kurz, bitte«, brummte Gerlach ein wenig ungehalten über die Störung. Er sah heute völlig anders aus als sonst. Statt der für ihn typischen grauen Stoffhosen mit einem karierten oder gestreiften Hemd trug er schwarze, an den Knien ausgebeulte Jogginghosen die schon bessere Tage gesehen hatten. Dazu eine blaue Trainingsjacke, auf deren Rücken das Wappen des 1. FC Knieslingen prangte. Sein Schnurrbart stand störrisch ab und seine Haare waren schon jetzt zu Beginn des Trainings zerrauft. Viel war im Moment von dem sonst so respektablen Kommissar der Reutlinger Mordkommission nicht zu sehen. Als die Mannschaft an uns vorbeijoggte, rief er Bertie heraus. Der verdrehte genervt die Augen, kam aber auf uns zu.

»Was gibt's?«, wollte er barsch von uns wissen.

Waterson trat ein paar Schritte beiseite, und Gerlach ließ uns mit ihm allein und lief zum Rest der Mannschaft. Offensichtlich wollte er lieber nicht dabei sein.

»Bertie, was hattest du bei Frau Brunsle zu suchen?« Wieder fiel Waterson gleich mit der Tür ins Haus, zurzeit wohl seine bevorzugte Verhörtechnik. Bertie zuckte auch erwartungsgemäß ein wenig zusammen. Seine schlauen Augen flogen nervös zwischen uns hin und her. »Hat sie das behauptet?«, verlangte er zu wissen.

Waterson schüttelte den Kopf. »Beantworte bitte einfach meine Frage!«

»Ich war nicht dort! Was soll ich bei der Frau?«

»Vergiss es, Bertie, es gibt einen Zeugen, der sich nicht irrt. Also, was wolltest du dort? Wir können auch gerne auf dem Revier weiterreden, wenn dir das lieber ist.« Jetzt bluffte er, denn der einzige Zeuge war ja wohl ich. Ich gebe zu, ich fühlte mich ein wenig geschmeichelt, dass mein Freund mich als dermaßen zuverlässig einstufte.

Doch Bertie war nicht so leicht einzuschüchtern. »Dann irrt er sich eben dieses Mal. Ich war nicht dort. Frag doch Frau Brunsle!« Er lächelte ein wenig verschlagen und beugte sich dann plötzlich zu mir herunter. »Wir sprechen uns noch, Bursche«, zischte er. Erschrocken wich ich einen Schritt zurück. Bertie richtete sich gleich wieder auf, wobei er mich bösartig angrinste. »So ein hübscher Hund.«

»Lass den Hund in Ruhe und hol dein Zeug! Wir fahren nach Reutlingen.« Waterson versuchte es noch einmal.

»Nein, ich hab jetzt Training, und nur weil ich deine Frage nicht zu deiner Zufriedenheit beantworte, muss ich nicht mit. Du kannst mich nicht zwingen.« Sehr selbstbewusst drehte sich Bertie um und ließ uns einfach stehen. Langsam ging er zu seiner Mannschaft zurück, dabei stemmte er die Hände in seinen Rücken und streckte sich durch.

»Wo er recht hat, hat er recht. Ich kann ihn nicht einfach mitschleppen. Einen Versuch war es wert. Und wir sind einen Schritt weiter, denn er hat etwas zu verheimlichen. Eigentlich ist es eine klare Sache. Er weiß, dass sie bei sich selbst eingebrochen hat und erpresst sie nun deswegen. Aber warum sagt sie uns das nicht? Warum hat sie solche Angst? Das macht doch keinen Sinn. Viel können wir ihr nicht anhaben, sie darf ihr eigenes Fenster so oft zerschlagen, wie sie will.« Wir machten uns gemächlich auf den Rückweg zum Auto.

»Jetzt reiß dich mal zusammen, Steffen! Du bist doch kein alter

Mann.« Gerlachs Stimme dröhnte über den ganzen Platz. Wir drehten uns um.

Steffen stand mit schmerzverzerrtem Gesicht vor einer Reihe Reifen, die Gerlach auf den Boden gelegt hatte. Die anderen Spieler hopsten leichtfüßig von einem in den anderen, nur Steffen schüttelte den Kopf. »Mir tut alles weh. Ich brauche nur eine winzige Pause, dann geht's wieder.«

»Beeil dich halt, wir machen schon mal weiter.« Gerlach drehte ihm den Rücken zu, und Steffen quälte sich zum Spielfeldrand, wo er sich mit einem Stöhnen auf eine der Bänke, die ein paar Meter von uns entfernt standen, sinken ließ. Dann begann er in seiner Tasche zu wühlen, die auf dem Boden vor ihm stand. Ich warf Waterson einen kurzen Blick zu. Er nickte leicht, und ich pirschte mich lautlos von hinten an den jungen Mann heran. Die Dämmerung, die mittlerweile eingesetzt hatte, tat ein Übriges. Der Platz wurde bereits in helles Flutlicht getaucht, und wir wurden daher im Schatten hinter der Bank beinahe unsichtbar. Steffen war viel zu beschäftigt, um mich zu bemerken. Endlich fand er, was er gesucht hatte. Mit einem Seufzer der Erleichterung nahm er eine kleine Tablette aus einer Schachtel und schluckte sie schnell hinunter. Leise zog ich mich wieder in den Schatten zurück. Ich hatte gesehen, was ich sehen wollte. Die Verpackung zierte ein kleiner schwarzer Hundekopf. Steffen dopte.

Ich hielt den Atem an, er hatte mich nicht bemerkt. Nach ein paar Minuten schien das Medikament zu wirken, denn er atmete tief durch und sprang voller Elan auf. Er wirkte nun energiegeladen und fit. Von den Schmerzen keine Spur mehr. Was war das für ein Teufelszeug? Er trabte locker zu seinen Teamkollegen zurück und beteiligte sich nun ohne weitere Probleme am Training.

Immer noch in der Dunkelheit verborgen, wartete ich ab, bis die ganze Truppe am anderen Ende des Sportplatzes war, dann näherte ich mich der Tasche. Steffen hatte sie nicht richtig zugemacht, und die Tablettenschachtel lag achtlos obendrauf. Vorsichtig nahm ich sie zwischen die Zähne und flitzte dann, so schnell ich konnte, zu dem wartenden Waterson zurück. Er nahm mir die kleine Schachtel aus dem Maul und pfiff dann durch die Zähne. »Jetzt haben wir zumindest einen Übeltäter auf frischer Tat ertappt. Gerlach wird mir zwar den Kopf abreißen, dass ich ihm ausgerechnet jetzt seinen Torjäger sperren lasse, aber da kann ich jetzt nicht drüber hinwegsehen.«

Er steckte zwei Finger in den Mund und ließ einen gellenden Pfiff ertönen. Er hatte sofort die Aufmerksamkeit der Mannschaft, und er winkte sie zu sich her. Die jungen Männer stellten sich im Kreis um uns auf und warteten, was Waterson zu sagen hatte. »Tut mir leid, Leute, das Training ist für heute vorbei. Steffen hat soeben beinahe direkt vor meiner Nase ein unerlaubtes Medikament eingenommen. Ephedrin.«

Erst herrschte für einen Moment völlige Stille, dann redeten alle durcheinander. Nicht mal ich konnte irgendetwas Zusammenhängendes verstehen. Tommi sorgte dann für Ruhe, indem er einen gewaltigen Schrei ausstieß: »Ruhe, verdammt!« Auf ihn hörten sie alle, und es war mit einem Schlag wieder still. Tommi ging mit wutblitzenden Augen auf Steffen zu. »Wie blöd kann man denn sein? Du machst uns alles kaputt!« Steffen senkte den Kopf, sagte aber kein Wort.

»Ich fordere ein Team aus Reutlingen an, dass euch allen eine Urinprobe abnimmt. Bis dahin bleibt ihr alle hier.« Waterson griff bereits nach seinem Handy. Es regte sich kaum Widerspruch, es schien, als ob alle unter Schock stünden.

Es dauerte nicht lange, bis der Einsatzwagen aus Reutlingen da war, dann folgte eine ziemlich langwierige Prozedur, bei der ein Spieler nach dem anderen mit einem der Kontrolleure in der Toilette der Festhalle verschwand und dort vor dessen Augen in einen Glasbehälter pinkeln musste. Keiner der sonst so aufmüpfigen jungen Männer protestierte oder motzte herum. Alle fügten sich in ihr Schicksal, wohl wissend, dass jedes Widerwort die Lage des Vereins nur noch schlimmer machen würde.

Gerlach stand während der gesamten Zeit mit kreidebleichem Gesicht an der Tür. Waterson und ich gingen zu ihm und wollten ihm Gesellschaft leisten, doch er drehte sich nur von uns weg. Seine kleine heile Fußballwelt war soeben in tausend Stücke zerschellt. Er brauchte sicher eine Weile, bis er darüber hinweg war.

Waterson strich mir über den Kopf. »Wir können hier gerade nichts mehr tun. Lass uns für heute Feierabend machen. Es war ein langer Tag. Endlich habe ich das Gefühl, dass wir uns von der Stelle bewegen. Ich werde die Ergebnisse morgen früh vorliegen haben. Je nachdem, ob Gerlach sich wieder beruhigt und ob Tommi auch gedopt hat, werden wir sehen, wie es weitergeht. Ich komme dich dann so bald wie möglich abholen.«

Das war mir recht. Ich war richtig fertig und hundemüde. Nur wenig später drückte ich mich behaglich an Bena Hulas warmen Körper und schlief auf der Stelle ein.

-34-

»Gestern Abend war ich ja geduldig, aber jetzt will ich wissen, was du gestern den ganzen Tag getrieben hast.« Bena weckte mich mit ihren ungeduldigen Worten viel zu früh aus meinem Schlaf. Ich gähnte herzhaft und streckte mich ausgiebig. Doch ein Blick auf meine Frau sagte mir, dass ich nun wohl besser Bericht erstatten sollte. Zufrieden hörte sie mir zu, ohne mich ein einziges Mal zu unterbrechen.

»Schretz hat also vermutlich in seinem schwarzen Aktenkoffer die Tabletten aus der Schweiz hierher geschmuggelt und an mindestens einen Spieler weitergegeben. Und dieser Spieler ist ausgerechnet der Geliebte eines Schiedsrichters. Meinst du, Koch wusste etwas davon?«

»Ich schätze schon. Er ist immerhin selbst Sportler, und ihm muss doch aufgefallen sein, dass Steffen Schmerzen hatte und dann trotzdem der beste Torschütze war und bei jedem Spiel fit war«, meinte ich nachdenklich.

»Du sagst, diese Schmerzen seien eine ganz typische Nebenwirkung von dem Zeug. Da muss er doch nur eins und eins zusammenzählen. Und besonders gut versteckt hat Steffen die Tabletten ja auch nicht. Da wird er schon Bescheid gewusst haben«, stimmte mir meine schöne Frau zu. »Wo ist denn eigentlich dieser verflixte Koffer abgeblieben?«, überlegte sie.

»Keine Ahnung. Der ist vermutlich verbrannt. Es gibt keine Spur von ihm.«

»Wieso sollte er verbrannt sein? Das macht doch keinen Sinn. Schretz war doch im Keller, als das Feuer ausbrach, und angeblich hat er seinen Koffer nie aus den Augen gelassen. Und im Keller war er nicht, oder?«

Nachdenklich schaute ich meine Frau an. Sie hatte absolut recht.

-35-

»Also eigentlich bin ich ja nicht so der Tafel-Typ, aber in diesem Fall kriegt man ja sonst keinen Fuß auf den Boden.« Etwas ratlos stand Gerlach vor der großen weißen Tafel, die sie in ihrem gemeinsamen Büro im Reutlinger Revier aufgestellt hatten. Er war am Morgen pünktlich zum Dienst erschienen und hatte die Vorkommnisse des gestrigen Abends mit keinem Wort erwähnt. Waterson freute sich innerlich, dass sein Kollege sich wieder gefangen hatte, beließ es aber bei einem kurzen Schulterklopfer zur Begrüßung. Die Männer verstanden sich auch ohne Worte. Gerlach hatte schnaufend das Whiteboard angeschleppt, und nun standen beide vor der großen leeren Fläche, jeweils mit einem schwarzen Stift bewaffnet.

Kurze Zeit später war die Tafel komplett vollgeschrieben, und beide traten einen Schritt zurück, um sich einen Überblick über ihr Werk zu verschaffen.

Grubenau/ Brunsle/ Schretz
(Selbst-)Mord?, Mord?
Einbruch, fingierter? Einbruch?
Koch und Frau Brunsle Tommi?
Ein Unbekannter Bertie Aktenkoffer
BMW?
Motiv?
Fußball/Doping???

Brandstiftung: nur Schretz oder die ganze Mannschaft als Opfer geplant?
Dopingsünder überführt: Steffen

»Da sind einfach ein paar Fragezeichen zu viel. Ich schlage vor, wir gehen alles noch einmal durch.« Waterson griff nach einem roten Stift und malte einen roten Kreis um das Fragezeichen unter Grubenaus Namen. »Fangen wir hier an. Lass uns noch mal den Obduktionsbericht durchschauen. Vielleicht haben wir etwas übersehen.«

Gerlach griff, ohne zu schauen, auf seinen Schreibtisch und warf ihm eine kleine beige Mappe zu. »Ist nett, dass du *wir* sagst, aber du warst nicht da. *Ich* habe den Fall zu den Akten gelegt. Und seit Brunsle tot ist, denke ich dauernd darüber nach, ob ich einen Fehler gemacht habe. Ich habe die Akte bestimmt zwei Dutzend Mal durchgelesen, aber da ist nichts Besonderes zu finden. Aber schau selbst nach.«

Waterson setzte sich mit den Papieren auf seinen Stuhl und blätterte darin herum. Dann stutzte er. Er klopfte mit dem Finger auf eine Stelle auf dem Papier. »Spuren von Barbiturat im Blut?«

»Ja und? Viele nehmen ein Beruhigungsmittel ein, bevor sie sich umbringen.«

»Gerlach, ich weiß ja nicht, in welcher Zeit du lebst, aber Barbiturate werden heutzutage nicht mehr als Beruhigungsmittel verschrieben. Die bekommt man für Menschen nur noch in der Schweiz!«

»Meine Güte, das stimmt. Verdammt, das hätte mir auffallen müssen. Der Pathologe hat sogar einen Vermerk dazu gemacht. Hier steht's: *selten und schwer nachweisbar.* Aber woher weißt du so etwas?«

»Von Jackie. Als wir damals überlegt haben, Guinness anzuschaffen, haben wir uns auch schon Gedanken über sein Ende gemacht. Ich weiß, das klingt merkwürdig, aber ich habe mir Sorgen gemacht und bin der Meinung, dass man sich das schon gut überlegen sollte. Aber Jackie hat mir erzählt, wie viele Tiere sie in ihrem Job schon in den Tod begleitet hat und wie sie das machen. Ich habe dann nachgefragt, welches Mittel sie verwenden, und sie hat mir alles über Barbiturate erzählt.«

Waterson sah sich suchend um. »Wo ist der Autopsiebericht von

Brunsle?« Er wühlte auf seinem Schreibtisch herum, bis er das entsprechende Papier fand. Er fuhr mit dem Finger Zeile für Zeile herunter, dann pfiff er durch die Zähne. »Hier steht es: Barbiturat!« Er ging zur Tafel zurück. »Bist du damit einverstanden, wenn ich das mal wegradiere?«

Gerlach nickte, und Waterson wischte mit einem kleinen Schwamm das Zeichen weg, und auch das Wort »Selbst-« verschwand von der weißen Fläche. Stattdessen zeichnete er einen roten Pfeil von Schretz zu Grubenau und einen weiteren zu Brunsle.

»Schretz hat nicht nur Ephedrin, sondern auch Barbiturate aus der Schweiz geschmuggelt. Er hat dann Grubenau und Brunsle damit betäubt und umgebracht. Beide Morde sollten aussehen wie Selbstmorde.« Waterson fühlte sich euphorisch. Endlich erschien ein Silberstreif am Ermittlerhorizont. Doch ein Blick auf Gerlach ernüchterte ihn sofort wieder.

»Du weißt aber schon, dass Schretz in der Schweiz war, als Brunsle umkam?«

»Bist du sicher?« Waterson hoffte noch auf seine Theorie.

Doch Gerlach schüttelte den Kopf. »Die Vignette auf seiner Windschutzscheibe war neu. Sie gilt bereits für das kommende Jahr und ist erst seit Donnerstag dieser Woche gültig. Die Quittung lag im Handschuhfach, die Vignette wurde bei der Einreise an der Grenze bei Schaffhausen gekauft. Er hat mit Kreditkarte bezahlt. Und noch etwas: Als Grubenau starb, war ich ebenfalls Trainervertretung. Er war zu der Zeit im Krankenhaus. Sein Knie machte wieder Probleme, und er war in einer Spezialklinik am Bodensee. Er kann es nicht gewesen sein.«

»Ich wische die Pfeile trotzdem nicht weg. Ich weiß einfach, dass er für die Tode verantwortlich ist; wenn nicht er selbst, dann hat er jemand damit beauftragt.«

Waterson runzelte die Stirn. Es war ihm so herausgerutscht, aber lag da tatsächlich die Lösung?

-36-

Nachdenklich starrte Tommi aus dem Fenster seines Zimmers auf die triste graue Winterlandschaft. Die Sonne würde bald aufgehen. Heute war eigentlich Berufsschultag, aber er hatte sich krankgemeldet. Er wohnte immer noch bei seinen Eltern, das war bequemer so, aber das hieß eben auch, dass er noch in seinem Kinderzimmer lebte. Er konnte es seiner Mutter einfach nicht abgewöhnen, es so zu nennen. Der Dopingtest gestern Abend bei ihm war negativ verlaufen, natürlich. Er nahm so einen Mist nicht, er trainierte hart und konsequent. Sein Körper war fit. Aber konnte er wirklich von sich behaupten, er habe es nicht gemerkt, dass Steffen das Zeug wie Smarties einwarf? Er hatte es einfach nicht sehen wollen, zu schön waren die vielen Tore, die Steffen wie im Rausch schoss. Unermüdlich und scheinbar ohne Schmerzen trotz der vielen Fouls, deren Opfer er wurde. War er dann damit irgendwie mitschuldig? Steffen war genau wie er bereits erwachsen und musste wissen, was er tat. Warum fühlte sich das dann nur alles so falsch an? Und wie sollte es jetzt weitergehen? Wer war noch involviert, wer dopte außer Steffen noch?

Sie hatten nicht mehr viel miteinander geredet, doch er konnte das Misstrauen untereinander spüren, der Teamgeist hatte tiefe Wunden davongetragen. Wer wusste denn schon, ob es je wieder so vertraut wie früher werden würde. Steffen hatte nicht nur den Sportsgeist und das Fairplay verraten, sondern dazu noch seine ganze Mannschaft. Den Aufstieg konnten sie jedenfalls in die Tonne treten, so viel stand fest.

Tommi presste die Hände auf sein Gesicht, als ob er damit die Welt aussperren könnte. Tränen der Wut stiegen in ihm hoch. Wenn nur dieser verflixte Köter die Tabletten nicht gefunden hätte. Hier herumgammeln und heulen würde die Lage nicht verbessern. Der Schuldige an der Misere sollte ihm dafür büßen, dass er jahrelang trainiert hatte – nur um jetzt vor einem Trümmerhaufen zu stehen. Einem Trümmerhaufen wie dem Vereinsheim. Wie ein Symbol seiner Fußballkarriere war es mühsam aufgebaut worden, zu Glanz aufgestiegen, um dann von einem einzigen Menschen zerstört zu werden. Obwohl er die Zähne aufeinanderbiss, rann eine Träne seine Wange herunter. Ungeduldig wischte er sich mit dem Handrücken über sein Gesicht und sprang dann auf.

Er war doch keine Tussi. Er war ein richtiger Mann, und der stand wieder auf, wenn er mal hinfiel. Und er war seit ein paar Wochen der Kapitän dieser Mannschaft. Er war dafür verantwortlich, dass sie weitermachten und trotz der ganzen Tiefschläge nicht aufgeben würden. Das war sein Job. Wenige Minuten später verließ er das Haus und fuhr mit seinem kleinen Sportwagen die steilste Straße des Dorfes hinauf.

-37-

»Es hat geklingelt!«, bellte Nelly lautstark und löste damit wieder einmal ein kleines Chaos aus. Josefine zuckte vor Schreck zusammen und stieß dabei ihren Teller von dem kleinen Tisch ihres Kinderstuhls. Der Frühstücksbrei ergoss sich über Annes Schoß, die daraufhin ebenfalls erschrak und aufsprang, Dabei stieß sie den Stuhl um, auf den sie sich gesetzt hatte, um ihre Enkelin zu füttern. Der Stuhl kippte unglücklicherweise auf Marlon, der auf einen Klecks Brei gehofft hatte und deshalb um Anne herumgestrichen war. Er klemmte sich schmerzhaft den Schwanz ein und rannte laut jaulend davon. »Puh, hier geht's ja zu wie im Irrenhaus. Kein Wunder, dass Marlene ein paar Tage frei brauchte.« Anne schüttelte genervt den Kopf.

Josefine hatte sich wieder gefangen und quietschte vor Vergnügen, während sie lautstark mit ihrem Löffelchen auf dem Tisch herumhämmerte. Anne versuchte sich notdürftig zu reinigen, nahm Josefine aus dem Kinderstuhl und eilte mit ihr die Treppe hinunter. Wir Hunde standen bereits unten an der Treppe, um den Besucher willkommen zu heißen, doch Anne war dieses Gewimmel nicht gewohnt und kam ins Stolpern. Sie stützte sich mit der freien Hand an der Wand ab und umklammerte mit der anderen die vergnügt zappelnde Josy. Als sie endlich die Tür öffnete, sah sie reichlich zerzaust aus.

Die Verblüffung darüber stand auch Tommi ins Gesicht geschrieben. Er kannte Anne nur als sehr gepflegte Frau, bei der die Frisur immer perfekt saß und kein Fussel sich auf ihre Bluse traute. Er verkniff sich ein Lächeln über die breiverschmierte und schnaufende Oma und die glückliche Enkelin, die ihm die pummeligen Ärmchen zur Begrüßung entgegenstreckte. Anne wischte sich mit dem Handrücken eine Haarsträhne aus der Stirn. »Hallo, Tommi, was kann ich für dich tun?«

»Hallo, Anne! Ich soll Holmes für Waterson abholen.«

Anne wedelte mit einer Hand in meine Richtung. »Ja gerne. Ich bin froh um jeden, der mir hier nicht im Weg ist. Nimm so viele Hunde, wie du brauchst.« Ohne sich noch einmal umzudrehen, stieg sie die Treppe wieder hinauf und überließ es Tommi, das richtige Geschirr herauszusuchen. Ob ich überhaupt mitwollte, interessierte sie gar nicht.

Tommi hatte mittlerweile das richtige vom Haken herausgefummelt und hielt es mir mit einem fragenden Blick hin. Also eigentlich hatte ich mich auf einen gemütlichen Vormittag mit meiner Familie gefreut, andererseits platzte ich natürlich beinahe vor Neugierde. Seit wann kam Waterson nicht persönlich, um mich abzuholen? Und er würde doch nicht ausgerechnet Tommi, einen unserer Verdächtigen, schicken. Das kam mir mehr als unwahrscheinlich vor. Was wollte Tommi nur von mir? Bei was brauchte er meine Hilfe? Wenn ich nicht mitging, würde ich es vermutlich nie erfahren.

-38-

»Eine interessante Theorie. Lass uns das mal durchspielen.« Waterson begann im Zimmer auf und ab zu laufen. »Stellen wir uns vor, dass Schretz mit Dopingmitteln dealt. Er fährt regelmäßig zu seinem Chalet in der Schweiz und besorgt dort Ephedrin. Harmlos aussehende Tiermedikamente, die er in einem schwarzen Aktenkoffer transportiert. Doch irgendwie kommen ihm Grubenau und Brunsle auf die Schliche, drohen damit, ihn auffliegen zu lassen. Nicht nur, dass seine Existenz damit gefährdet wäre, nein, auch seine Mannschaft wäre in Gefahr, denn ihr bester Torjäger ist gedopt. Sein Ehrgeiz ist überdimensional groß. Ich denke, durch seine Verletzung und sein Karriereende, hat er seine Wünsche und Lebensziele auf sein Team übertragen. Klingt doch logisch, oder? Er besticht jemand, der die beiden Schiedsrichter aus dem Weg räumt, während er selbst ein wasserdichtes Alibi hat.« Waterson schlug mit beiden Händen auf die Tischplatte. »Das ist es. Wir müssen uns die Jungs noch mal vorknöpfen. Einer der Kicker muss noch etwas wissen. Und wir werden nicht eher lockerlassen, als bis einer von denen auspackt oder einen Fehler macht.«

Gerlach wiegte zweifelnd seinen Kopf hin und her. »Ich kenne doch die Jungs, Johannes. Das sind keine Auftragskiller. Das sind ganz normale junge Männer mit ganz normalen Leben und Wünschen. Natürlich bauen die auch mal Scheiß, aber Mord? Kann ich mir nicht vorstellen, nein, wirklich nicht.«

Waterson trat zu seinem Freund und legte ihm die Hand auf die

Schulter. »Wir dürfen diese Möglichkeit auf keinen Fall außer Acht lassen, auch wenn es dir unmöglich erscheint.«

»Komm mir jetzt nicht mit diesem Sherlock-Holmes-Spruch, von wegen wenn man alles Unmögliche ausgeschlossen hat, ist das, was übrig bleibt, die Wahrheit ...«, brummte Gerlach etwas ungehalten.

»Wir werden sehen, aber die Jungs werden alle vorgeladen. Ich werde die Befragungen allerdings ohne dich durchführen. Damit kommst du nicht in die Gefahr, dass man dir Befangenheit vorwirft. Deinen Sohn darfst du sowieso nicht vernehmen.« Waterson war in diesem Punkt unnachgiebig.

»Du hast ja recht, auch wenn es mir nicht passt. Bernd und Sabrina sollen dir helfen, die Kollegen sind beide zurzeit frei. Ich werde ihnen gleich Bescheid geben. Aber weißt du, mir ist noch etwas aufgefallen. Schau noch mal auf die Tafel, mir sticht da noch was anderes ins Auge.« Gerlach stellte sich wieder vor die Tafel, und Waterson richtete sein Augenmerk wieder auf ihr Werk.

»Was meinst du?« Doch in diesem Moment klingelte sein Handy, und Waterson nahm das Gespräch entgegen. Aufmerksam hörte er zu und bedankte sich dann. »Das war der Leiter der Sportmedizin. Es liegen jetzt alle Ergebnisse vor. Es tut mir leid, Ludwig, aber es gab noch einen zweiten Fall.«

»Nicht Tommi!« Gerlach wurde schlagartig blass.

»Nein, dein Sohn ist absolut sauber. Keine Sorge. Es ist Bertie.«

Mit einem lauten Seufzer der Erleichterung ließ sich Gerlach auf seinen Stuhl fallen. Nur um sofort danach wieder sorgenvoll die Stirn zu runzeln. »Mein bester Torjäger und mein bester Innenverteidiger gesperrt. Das kann ja was werden am Samstag. Die Stimmung in der Mannschaft ist auf einem absoluten Tiefpunkt. Ich werde sofort eine Sonderbesprechung für heute Abend anberaumen. Ich schreib mal kurz in die Gruppe.«

Waterson grinste ein bisschen. Dass Gerlach eine WhatsApp-Gruppe für seine Mannschaft hatte, hätte er ihm gar nicht zugetraut. Er wirkte ein bisschen zu konservativ für so etwas. Nachdem sein Kollege die Nachricht eingegeben hatte, wandte er sich wieder Waterson zu. »Hör auf mit diesem Grinsen. So hinterher bin ich nicht, wie du immer meinst. Aber jetzt zurück zur Tafel. Es ist wichtig, dass du selbst darauf kommst, denn vielleicht irre ich mich. Ich brauche eine zweite unvoreingenommene Meinung. Also, fällt dir etwas auf?«

-39-

Tommi ließ mich auf dem Rücksitz seines Autos einsteigen. Bevor wir losfuhren, legte er die Hände aufs Lenkrad und schaute mich im Rückspiegel an. »Ich weiß von meinem Vater, dass du mich verstehst, auch wenn ich mir jetzt gerade reichlich blöd vorkomme, mit einem Mops zu reden.«

Ich legte den Kopf schräg. Warum redete er dann mit mir? Ich hatte ihn nicht darum gebeten, mich abzuholen. Er atmete tief durch. »Manchmal erfordern ungewöhnliche Situationen ungewöhnliche Maßnahmen. Ich brauche einen guten Spürhund, und du bist der Einzige, der weiß, um was es geht.«

Ach, das wäre schön, aber ehrlich gesagt hatte ich keine Ahnung. Hoffentlich kam er bald auf den Punkt, denn ich hatte wirklich Besseres vor, als hier in einem kalten Auto auf der Rückbank zu sitzen.

Endlich startete er den Motor. »Ich denke, ich weiß ungefähr, wo der Aktenkoffer von Schretz ist. Du sollst mir helfen, ihn aufzuspüren.«

Mehr erfuhr ich nun nicht mehr, doch ich konnte sehen, dass wir Richtung Gutthau fuhren. Jetzt wurde es interessant.

-40-

»So finde ich nie heraus, was du meinst«, knurrte Waterson genervt, als schon wieder sein Handy klingelte. »Hallo, Herr Markert«, begrüßte er den Anrufer und hörte ihm dann zu. Er verabschiedete sich und wandte sich an Gerlach. »Wir sollen Frau Grubenau besuchen. Sie möchte uns sehen. Und wir sollen Holmes mitbringen. Markert ist völlig aus dem Häuschen. Frau Grubenau macht seit unserem letzten Besuch große Fortschritte. Ich denke, wir sollten uns sofort auf den Weg machen. Das hier kann warten.« Er schaute auf seine Uhr. »Schon beinahe Mittag. Holmes wird sich sicher schon fragen, wo wir bleiben. Auf geht's!« Er schnappte sich seine Jacke, und Gerlach folgte ihm auf dem Fuß.

Wenig später verließen sie Reutlingen Richtung Alb. Die Wolken hingen tief, und heftiger Regen klatschte gegen die Windschutzscheibe.

»Wenn das so weitergeht, kriegen wir Hochwasser. Erst der viele Schnee und jetzt Tauwetter mit Dauerregen. Das verheißt nichts Gutes.« Waterson schaute ein wenig besorgt auf den dunkelgrauen Himmel mit den tief hängenden Wolken.

Gerlach nickte. »Weißt du noch, das Hochwasser vor vier Jahren? Niemand hätte es für möglich gehalten, dass die Schwäbische Alb irgendwann nicht mehr alle Wassermassen verschlucken kann, wie sie es sonst immer tut. Das haben alle Höhlen und unterirdischen Wasserläufe nicht mehr geschafft. Das war das erste Mal, dass wir von Kieslingen nach Gutthau mit dem Schlauchboot fahren konnten.«

»Oh ja, ich erinnere mich gut daran. Mein Keller stand unter Wasser. Eine Riesensauerei war das. Gut, dass ich mittlerweile umgezogen bin und wir auf dem Berg in Knieslingen wohnen, weit weg vom Bach.«

Waterson erinnerte sich an diesen Sommer, sein erster auf der Alb. Er fühlte sich zu Beginn ziemlich einsam und kannte niemanden. Die Schwäbische Alb galt eigentlich als wasserarm, ein großes Karstgebiet. Es gab kaum einen Bach oder einen kleinen See. Doch kaum dass er dorthin gezogen war, begann es zu regnen und wollte nicht wieder aufhören. Statt auf die kleine, ansonsten so friedliche Knies, den Dorfbach, der im Sommer regelmäßig auszutrocknen pflegte, schaute er nach einer Woche auf einen reißenden, alles vernichtenden Wildbach, der durch seinen Garten tobte. Aber im Nachhinein hatte diese Katastrophe auch ihre guten Seiten gehabt. Alle Nachbarn hatten sich gegenseitig geholfen. Sandsäcke gefüllt, die Keller leer geräumt und hinterher erschöpft bei einem Bier im *Bären* zusammen gegessen. Sie hatten bei ihm keine Ausnahme gemacht, obwohl er der Neue war. So war er in die Gemeinschaft aufgenommen worden, man hatte ihm seine norddeutschen Wurzeln verziehen. Er lächelte versonnen. Kurz darauf hatte er Jackie kennen- und lieben gelernt und neue Freunde gefunden.

Plötzlich verstand er Gerlach. Er hatte Wurzeln geschlagen, und jeder Angriff auf den Knieslinger Dorffrieden war ein Angriff auf ihn selbst. Der 1. FC Knieslingen gehörte untrennbar zu ihrem Dorf, und er war Ziel übler Attacken geworden. Nicht anders musste es den Gutthauern ergehen, als zwei ihrer Freunde und Nachbarn mitten aus dem Leben gerissen wurden. Es wurde wirklich Zeit, Licht ins Dunkel zu bringen, und Frau Grubenau könnte einen guten Teil dazu beitragen. Hoffentlich.

Gerlach bremste vor Marlenes Haus, und Waterson sprang aus dem Auto und rannte die paar Schritte zur Haustür und klingelte. Nellys obligatorisches Gebell ertönte, und kurze Zeit später öffnete eine ziemlich derangierte Anne die Haustür. Ihre Hose war voller Breiflecken, und auch ihr Pulli hatte schon bessere Tage gesehen, doch ihre Augen strahlten zufriedener als sonst.

»Hallo, Johannes! Ich hatte schon ganz vergessen, wie anstrengend so ein kleines Kind sein kann, aber die Kleine ist so ein lieber Schatz. Was kann ich denn noch für dich tun?«

»Wieso noch? Ich möchte Holmes abholen. Wo steckt er denn?« Waterson sah sich suchend um. Normalerweise stand sein Freund schon an der Tür parat, doch er war nirgends zu sehen.

Anne schaute ihn völlig verwirrt an. »Du hast doch schon vor einer Stunde Tommi geschickt, um ihn abzuholen. Ich habe ihm Holmes einfach mitgegeben. War das falsch?«

»Das ist nur ein Missverständnis gewesen. Alles gut. Viel Spaß noch!« Eilig lief Waterson zum Auto zurück und stieg wieder ein. »Dein Sohn hat Holmes mitgenommen. Was zum Teufel hat ihn da geritten? Er hat Anne gegenüber behauptet, ich hätte ihn geschickt.«

»Keine Ahnung, was der Junge jetzt wieder für Flausen im Kopf hat. Ich ruf ihn mal an.«

Gerlach zog sein Handy aus der Tasche und wählte die Nummer seines Sohnes. Ohne Ergebnis. »Er geht nicht dran, es ist ausgeschaltet. Er treibt mich zurzeit wirklich in den Wahnsinn.«

»Was machen wir denn jetzt mit Frau Grubenau? Markert hat betont, dass wir unbedingt den Hund mitbringen müssen, sie will sonst nicht mit uns reden. Die Klinik sollte wirklich einmal über einen Therapiehund nachdenken.« Waterson kratzte sich am Kopf und überlegte. »Ich hab's. Wir holen einfach Guinness. Er sieht Holmes zum Verwechseln ähnlich. Sie merkt es vielleicht nicht, und er ist fast genauso verständig wie Holmes.«

»Einen besseren Plan haben wir nicht. Ich habe keine Ahnung, wo wir Tommi jetzt suchen sollten. Also holen wir die Zweitbesetzung.«

Gerlach ließ den Motor an, und kurze Zeit später saß ein freudig aufgeregter junger Mops auf der Rückbank.

Gerlach schaute in den Rückspiegel. »Wenn Guinness so weiterzappelt, fällt es jedem Idioten auf, dass es nicht Holmes ist.«

»Vertrau ihm, das kriegt er schon hin.« Beide Menschen zuckten erschrocken zusammen, als Guinness einmal zustimmend kläffte.

-41-

Zu meinem Erstaunen fuhren wir an Gutthau vorbei und bogen dann nach ein paar Kilometern in einen einsamen Waldweg ein. Die schmale Straße war ziemlich holperig und hatte einige Schlaglöcher. Sie führte in vielen Serpentinen den Berg hinauf. Tommi fuhr langsam und konzentriert. Trotzdem wurden wir hin und wieder ganz schön durchgeschüttelt. Seit wir losgefahren waren, hatte er kein Wort mehr gesagt, so blieb mir nur übrig, aus dem Fenster zu schauen.

Der Weg führte tief in den Wald hinein und wurde immer schlammiger und rutschiger. Der Regen prasselte unaufhörlich auf das Autodach, und langsam kam mir die Befürchtung, dass wir demnächst stecken bleiben würden und womöglich zu Fuß weitermussten. Doch Tommi war nicht nur ein guter Automechaniker, sondern auch ein geschickter Fahrer. Nach über einer halben Stunde Fahrt durch den Wald hatten wir unser Ziel erreicht.

Einige Wohnwagen standen auf einer hübschen Lichtung, bei schönem Wetter war es bestimmt sehr idyllisch hier. Es war offensichtlich eine Art Campingplatz, der aber um diese Jahreszeit geschlossen war. Der Zaun, der den Platz umgab, war in einem hervorragenden Zustand. Das Tor war mit einer dicken Kette und einem großen Schloss gesichert. Zumindest bis Tommi in den Kofferraum griff und einen Bolzenschneider hervorkramte.

Ohne zu zögern, schnitt er damit die Kette durch, legte das Werkzeug zurück und ließ mich aussteigen. »Nach dir, Holmes.« Er drückte das Tor auf, und ich schlüpfte hindurch. Mir war ein wenig mulmig.

Schließlich war das hier mein erster Einbruch. Und ich hatte nicht einmal eine Ahnung, wessen Grundstück wir unerlaubt betraten. Und noch etwas beunruhigte mich zutiefst. Wir waren hier nicht allein.

-42-

»Willkommen! Wenn es sich ziemen würde, würde ich Sie gerne umarmen. Es ist unfassbar, was Sie bei Frau Grubenau ausgelöst haben.« Doktor Markert sprudelte nur so vor Begeisterung. »Sie löst sich langsam, aber sicher aus ihrer Erstarrung. Sie hört auf, sich für den Tod ihres Mannes verantwortlich zu fühlen, denkt nicht mehr, dass sie es hätte verhindern können. Allein die Nachricht, dass es sich dabei eventuell nicht um einen Selbstmord handelt, hat ihr Auftrieb gegeben. Ein Durchbruch! Ich hoffe, Sie haben weitere Beweise gefunden, dass ihr Mann nicht freiwillig aus dem Leben geschieden ist? Und danke, dass Sie den Hund wieder mitgebracht haben. Sie hat Gefallen an ihm gefunden.«

An dieser Stelle musste er kurz Luft holen, und Waterson nutzte die Gelegenheit, um auf seine Frage zu antworten. »Ja, es gibt ein weiteres Indiz. Er hatte Barbiturat im Blut.«

»Das wenden wir nur noch bei Epilepsie an, und das unter strengster Kontrolle. Die Nebenwirkungen sind einfach zu heftig. Atemlähmung, Herzstillstand, so Sachen. Wie ist er denn da drangekommen?«

»Wir vermuten, dass es aus der Schweiz nach Deutschland eingeführt und ihm verabreicht wurde, um ihn dann im Auto zu vergiften, ohne dass er sich wehren konnte. Wir hätten es beinahe übersehen.«

»Ja, verständlich, viele Selbstmörder nehmen vorher ein Beruhigungs- oder Schlafmittel, aber das Zeug ist echt schwer zu beschaffen. Unwahrscheinlich, dass er nicht einfach ein gängiges Mittel geschluckt hat. Das ist ja wunderbar.« Markert klatschte in die Hände wie ein glückliches Kind.

Gerlach und Waterson wechselten hinter seinem Rücken einen amüsierten Blick. Dieser Arzt liebte seinen Beruf wirklich. Mittlerweile hatten sie die Tür von Frau Grubenaus Zimmer erreicht.

»Ich weiß, ich muss es bei Ihnen eigentlich nicht erwähnen, aber ich möchte Sie trotzdem noch einmal bitten, behutsam vorzugehen und Frau Grubenau das Tempo vorgeben zu lassen.«

Die beiden Beamten nickten einträchtig, dann klopfte Markert an die Tür. Er öffnete, ohne eine Antwort abzuwarten, und trat dann zur Seite, um die anderen eintreten zu lassen. »Frau Grubenau, hier ist Ihr Besuch. Das sind Herr Waterson und Herr Gerlach. Die beiden waren schon einmal hier, aber ich bin nicht sicher, ob sie die Namen behalten haben. Ach, und sie haben den Mops dabei.«

Guinness hatte sich bisher, wie von seinem Herrchen Waterson angeordnet, im Hintergrund gehalten. Ihm klopfte das Herz bis zum Hals, so einen verantwortungsvollen Auftrag, und das quasi undercover, hatte er noch nie gehabt. Frau Grubenau stand am Fenster und wandte sich um. Sie wirkte sehr unsicher, fast so, als ob sie aus einem fernen Land stammen und die Sprache hier noch nicht beherrschen würde. Guinness trat einen Schritt vor und wedelte sie freundlich an.

»Schauen Sie, Frau Grubenau, der kleine Kerl erkennt sie wieder«, bemerkte Markert freundlich. Frau Grubenau ging in die Hocke und hielt dem jungen Mops die Hand entgegen. Ihre wasserblauen Augen waren klar und ihre Bewegungen flüssig, sie machte einen hellwachen und aufmerksamen Eindruck. Sie kraulte den Mops hinter den Ohren, dann stockte sie kurz und richtete sich wieder auf. »Netter Versuch. Er sieht dem anderen zum Verwechseln ähnlich, aber er hat ganz gerade Beine. Die Hinterbeine bei dem anderen waren krumm. Ich nehme an, das hier ist sein Sohn?« Ihre Stimme klang ein wenig rau, sie musste sich erst wieder ans Sprechen gewöhnen.

»Es tut mir leid, Frau Grubenau. Wir hatten ehrlich gesagt gehofft, dass Sie es nicht bemerken würden. Holmes, so heißt der erste Mops, den wir dabeihatten, ist im Moment nicht abkömmlich. Das hier ist tatsächlich sein Sohn. Er heißt Guinness und gehört mir.« Waterson war ein bisschen verlegen.

Guinness ließ enttäuscht den Kopf hängen. Er hatte sich solche Mühe gegeben und war doch sofort aufgeflogen.

Doch Frau Grubenau lächelte ihm freundlich zu. »Nicht traurig sein, kleiner Mann. Du kannst ja nichts dafür. Und ich wette, du bist genauso nett wie dein Papa.«

Erleichtert begann Guinness wieder zu wedeln und vergaß sogar seine gute Erziehung und sprang an ihren Beinen hoch.

Waterson und Gerlach atmeten erleichtert auf. Das war noch einmal gut gegangen. Gerlach räusperte sich. »Frau Grubenau ...«, begann er.

»Aber, bitte, nehmen Sie doch Platz!« Sie deutete auf die beiden Stühle, die am Fenster standen. »Ich setze mich aufs Bett, wenn es Sie nicht stört.«

»Danke! Also, Frau Grubenau, es gibt einen neuen Hinweis. Können Sie uns sagen, ob Sie Beruhigungsmittel oder Schlaftabletten im Haus hatten?«

»Nein, niemals. Wir nehmen so was nicht. Ich meine ... wir haben ... also Michael und ich hielten nichts von solchen Medikamenten. Er ist ... ich kann nicht ...« Eine einzelne Träne lief ihre Wange herab. Sie hatte große Schwierigkeiten gehabt, die richtigen Worte zu finden, und nun verstummte sie wieder. Ein paarmal öffnete und schloss sie ihren Mund, brachte aber keinen Ton mehr hervor.

War das jetzt schon das Ende der Befragung? Die drei Männer schauten sich besorgt an. Hatten sie womöglich mit dieser einen Frage bereits einen Rückfall ausgelöst?

Guinness zögerte kurz, dann nahm er seinen ganzen Mut zusammen und sprang neben sie auf das Bett. Er drückte seinen samtigen Kopf in ihre zitternde Hand, als versuchte er, ihr etwas Ruhe und Wärme zu geben.

Markert starrte verwundert auf die Szene, sagte aber nichts und wartete ab. Auch Waterson ließ seinen Schützling gewähren, obwohl es ihm eigentlich streng verboten war, aufs Bett zu springen. Doch dieses Mal war er stolz auf seinen Hund, er hatte das Gespür für Menschen und ihre Bedürfnisse von seinem Vater geerbt. Frau Grubenau begann Guinness erneut zu kraulen und entspannte sich wieder ein wenig. Dann sprach sie weiter. »Wir haben gesund gelebt und Medikamente rigoros abgelehnt. Auf gar keinen Fall hätte er freiwillig so etwas eingenommen, und wir hatten definitiv nichts im Haus.« Sie setzte das Kraulen kurz aus. »Ich würde Ihnen gerne weiter zur Verfügung stehen und helfen. Ich will, dass derjenige bestraft wird, der mir meinen Michael genommen hat. Aber ich bin so müde. Mein Kopf ist völlig leer, ich kann mich an nichts mehr erinnern. Können wir uns ein anderes Mal wieder treffen? Ich fürchte mich davor, wieder in die Wortlosigkeit zu stürzen, und zugleich war es dort angenehmer, wenn Sie verstehen, was ich meine. Aber bevor Sie gehen ... Warum haben Sie mir diese Frage gestellt?«

Waterson und Gerlach standen beide von den Stühlen auf. Waterson hob vorsichtig Guinness aus den Armen von Frau Grubenau. »Wir haben eine große Menge von Barbiturat in dem Blut Ihres Mannes gefunden.« Er hielt kurz inne, unsicher, ob er fortfahren sollte. »Ich weiß nicht, ob es Ihnen ein Trost ist, aber Ihr Mann hat nichts gespürt, als er starb. Er hat fest geschlafen, er musste nicht leiden.«

Sie senkte den Kopf und atmete tief ein. »Danke, Herr Waterson, das bedeutet mir sehr viel. Finden Sie den Schuldigen! Kommen Sie wieder, und bringen Sie den kleinen Kerl da wieder mit.«

Damit waren sie entlassen. Doch als sie schon fast zur Tür hinaus waren, rief sie sie noch einmal zurück. »Warten Sie, etwas fällt mir noch ein. Mein Mann sagte immer wieder, der Kapitän der Mannschaft habe Dreck am Stecken.«

Gerlach schwankte ein bisschen und wurde blass, doch Doktor Markert winkte sie nun endgültig aus dem Zimmer.

»Das war knapp, beinahe hätten wir sie wieder verloren. Sie ist eine starke Frau. Sie hat ganz schön gekämpft, um zu bleiben, und ihr Hund war fantastisch. Und unglaublich, dass sie den Unterschied bemerkt hat. Mir ist es nicht aufgefallen. Ich rufe Sie an, sobald sie wieder in der Verfassung für weitere Fragen ist. Leider hat sie Ihnen gar nichts über den Koffer sagen können. Ihr erstes Wort ...«

Gerlach zuckte mit den Schultern. »Sie hat uns trotzdem einen großen Schritt vorangebracht. Die Mordtheorie erhärtet sich immer mehr. Und der Fall fordert von uns sowieso viel mehr Geduld und Nerven als andere. Da machen ein oder zwei Tage auch nichts mehr aus.« Ein wenig frustriert fühlte er sich zwar schon, aber Waterson und er mussten sich fügen.

Markert begleitete sie wieder bis zur Pforte und verabschiedete sich mit dem Versprechen, sich so bald wie möglich wieder zu melden. Die Männer nickten sich zu, und die beiden Kommissare eilten mitsamt dem Mops durch den noch immer strömenden Regen zu ihrem Wagen zurück.

-43-

Bernd Sittler und seine Kollegin Sabrina Hauser saßen ein wenig erschöpft in ihrem Büro im Polizeirevier Reutlingen. »Wir haben fast eine ganze Fußballmannschaft samt Ersatzspieler verhört, und das auch noch innerhalb weniger Stunden. Mir dröhnt echt der Schädel. Was für eine Mammutaufgabe!« Sabrina rieb sich die Stirn und schlug eine der Akten auf. »Und dazu benehmen sich die Jungs alles andere als kooperativ. Ständig weichen sie aus oder geben keine oder eine völlig blödsinnige Antwort. Wir haben auch drei von denen nicht aufspüren können. Ständig hatte ich das Gefühl, dass sie uns etwas verheimlichen. Zum Mäusemelken. Die haben echt zu viele Krimis im Fernsehen gesehen und verstehen den Ernst der Lage nicht. Wollen cool sein. Außer dem Torwart. Wie heißt der noch mal, ach ja Adrian Köhler, genannt Chili. Der war ein wenig gesprächiger und meiner Ansicht nach ehrlich betroffen über die Machenschaften seiner Mitspieler und vom Trainer. Ihm wurden auch gar keine leistungssteigernden Substanzen angeboten, auch das nehme ich ihm ab. Bei den anderen bin ich nicht so sicher, obwohl sie es alle abgestritten haben. Außer den beiden, die erwischt worden sind. Wer weiß schon, ob die anderen nur gerade zurzeit nichts eingeworfen haben. Ist schon auffällig, wie steil der Aufstieg der Mannschaft war, seit Schretz Trainer geworden ist.«

»Zeig mal die Aussage von diesem Chili.« Bernd streckte die Hand aus, und Sabrina reichte ihm die Akte, die sie immer noch in der Hand hielt.

»Danke, also schauen wir mal nach.« Er las sich den kurzen Bericht durch. »Viel ist das ja nicht, nur eines ist wirklich interessant. Hier ...« Er tippte mit dem Finger auf eine Stelle. »Als du ihn gefragt hast, ob es Unstimmigkeiten oder Streitereien innerhalb der Mannschaft gegeben hat: Er hatte schon seit letztem Sommer den Eindruck, dass der Trainer einige Leute bevorzugen würde. Es gab wohl Probleme bei der Wahl des Mannschaftskapitäns. Die meisten wollten Thomas Gerlach als ihren Spielführer, der Trainer bestand auf Bertram »Bertie« Holderle. Doch der scheint nicht wirklich beliebt zu sein, und beim FC Knieslingen wird der Kapitän traditionell geheim von der Mannschaft gewählt. Außerdem war dieser Bertie schon in der vorherigen Saison in dieser Position. Zweimal hintereinander ist wohl auch bei denen nicht üblich. Na ja, das kann ja jeder Verein regeln, wie er will. Er ist der Einzige, der das erwähnt hat. Alle anderen haben was von überragendem Teamgeist geschwafelt. *Elf Freunde sollt ihr sein* und solche Sprüche. Das glaubt denen doch kein Mensch. Überall, wo so viele Menschen zusammen sind, gibt es mal Reibereien.« Er warf die Akte auf den Tisch zurück. »Aber wirklich weiter bringt uns diese Erkenntnis auch nicht.«

Er griff nach dem nächsten Bericht. »Das hier gehört zu einem der beiden Dopingsünder Bertram Holderle, genannt Bertie. Bei dem kommt mir alles merkwürdig vor. Schon allein, dass er keine Angaben über sein Elternhaus machen wollte. Er lebt bei seiner Mutter, Vater unbekannt. So was gibt es doch auf dem Land nicht, oder? Da weiß doch jeder, wer woher stammt.«

Sabrina lachte. »So ein Quatsch! Die Zeiten sind auch auf dem Land längst vorbei. Was hast du für Vorurteile? Lass mich mal sehen!«

»Bei der Befragung hat er mich die ganze Zeit an jemanden erinnert. Ich komm aber nicht drauf. Mein Bauchgefühl sagt mir, dass wir uns den noch einmal vornehmen sollten.« Bernd legte das Blatt nicht zu den anderen auf den Stapel.

-44-

Was machten wir hier bloß? Mittlerweile war ich pitschnass und fror wie verrückt. Unablässig platschte der Regen auf uns, und trotzdem stand Tommi wie erstarrt an der Rückseite eines großen Wohnwagens, meine Leine fest in der Hand. Offensichtlich hatte nicht nur ich etwas gehört. Nach einer gefühlten Ewigkeit schüttelte er leicht den Kopf. »Habe mich wohl geirrt, vielleicht ein Reh oder so was.«

Bei diesem Sauwetter war es mir nicht möglich, aus der Luft eine Witterung aufzunehmen. Trotzdem war ich mir sicher, dass ich trotz des laut rauschenden Regens Schritte gehört hatte. Endlich bewegte er sich nach vorne und zerrte mich hinter sich her.

Ich hatte überhaupt keine Lust mehr. Ein Mops bekommt nicht leicht schlechte Laune, aber kalter Regen gehörte nicht gerade zu meinen Stimmungsaufhellern. Dazu kam, dass Tommi kaum mit mir redete. Ich wusste bisher nicht einmal, wem dieser Wohnwagen im Wald gehörte. Wir schlichen uns also mehr oder weniger motiviert zur Wohnwagentür, und Tommi begann mit einem Dietrich in dem einfachen Schloss herumzustochern. Kurze Zeit später standen wir endlich im Trockenen.

»Ein guter Mechaniker kann so was«, grinste er.

Ich schüttelte mich erst einmal ausgiebig und sah mich dann um. Jetzt wusste ich auch, in wessen Wohnwagen wir waren. Meine Nase war sich sicher: Wir standen im Wohnwagen der Familie Brunsle. Durch den Regen war es richtig laut hier drin. Verwirrt runzelte ich die Stirn. Hier sollte ich nach dem Koffer suchen? So viele Verstecke konnte es hier doch nicht geben. Tommi zog eine benutzte Sportsocke aus einem kleinen Plastikbeutel, den er in der Jackentasche hatte, und hielt sie mir hin! Igitt. Ich ging ein paar Schritte und legte die Ohren an.

»Jetzt komm schon, Holmes! Das ist eine Socke von Trainer Schretz. Damit du die Spur aufnehmen kannst. Ich habe die in seinem Spind gefunden.«

Angeekelt drehte ich mich weg. Der Junge hatte definitiv zu viele Lassie-Filme gesehen. So etwas brauchte ich nun wirklich nicht, das konnte ich auch ohne stinkende Socke. Tommi interpretierte mein Verhalten völlig falsch und drückte mir noch einmal das miefende Ding ins Gesicht. Gleich würde mir schlecht werden. Ich begann zu würgen, und endlich nahm er die Socke weg.

»Du bist aber empfindlich.«

Ja, allerdings und inzwischen ziemlich gereizt. Wie würde er sich fühlen, wenn er meinen superfeinen Geruchssinn hätte und jemand zwänge ihn, so einen Gestank einzuatmen? Das würde ich ja gerne mal sehen. Meine Geruchsnerven waren schon ganz taub. Doch als guter Spürhund, tat ich, was Tommi von mir verlangte. Es dauerte nicht lange, da hatte ich den Geruch in der Nase, von Leder und von Herrn Schretz. Ich scharrte mit den Vorderbeinen an einer kleinen Matte. Tommi schob das hässliche, beige-braune Ding auf die Seite, und darunter kam eine kleine, herausnehmbare Bodenplatte zum Vorschein. Er hob sie hoch, und dann hielt er triumphierend den so lange gesuchten Koffer in der Hand. Er knuddelte mich und lobte mich ausgiebig, und ich freute mich ausgelassen über unseren erfolgreichen Beutezug.

Nur so kann ich mir erklären, dass ich nicht früher bemerkte, dass wir Gesellschaft hatten. Erst als Tommi plötzlich die Augen verdrehte und dann, ohne einen Ton von sich zu geben, zur Seite kippte, war mir klar, dass wir in höchster Gefahr schwebten. Ich wollte wegrennen und mich verstecken, doch Tommi hatte meine Leine noch immer fest um sein Handgelenk geschlungen. Ich war gefangen. Unser Angreifer war schon wieder verschwunden, den Koffer hatte er mitgenommen. Tommi hatte mit dem Rücken zur Tür gestanden und sie vollständig verdeckt. Ich hatte niemanden gesehen oder gehört, doch den Geruch hatte ich wahrgenommen. Die Tür schlug zu, und dann war wieder außer dem lauten Prasseln des Regens auf dem Wohnwagendach nichts zu hören.

Vorsichtig schnüffelte ich an Tommi. Er war noch am Leben, aber reichlich Blut sickerte aus einer tiefen Platzwunde an seinem Hinterkopf. Das sah nicht gut aus, ich konnte den eingedrückten Schädelknochen sehen.

Wieder zog ich an meiner Leine. Ich musste meine ganze Kraft aufwenden, denn Tommi war auf seinen Arm gefallen. Zuerst musste ich den Arm unter seinem Körper herausziehen. Als ich dies endlich geschafft hatte, musste ich erst wieder zu Atem kommen. Ich war froh und dankbar, dass mein Frauchen für uns Geschirre und keine Halsbänder bevorzugte. Ich hätte mich vermutlich sonst stranguliert.

Plötzlich hörte ich merkwürdige Geräusche von draußen. Erst rüttelte jemand an der Tür, doch die war verschlossen. Ich hörte eine Stimme Tommis Namen rufen. Dann ertönte ein metallisches Quietschen, ich spürte einen kleinen Stoß, und schließlich ging ein Rucken durch unser Gefängnis. Der Boden vibrierte, und ich wurde wieder durchgeschüttelt. Es dauerte einen Moment, bis mir klar wurde, dass wir fuhren.

-45-

»Ich habe keine Ahnung, wohin Tommi mit Holmes verschwunden ist. Ich verstehe das alles nicht. Immerhin bin ich sicher, dass er auf Holmes aufpassen wird.« Gerlach war mit den Nerven beinahe am Ende.

Waterson spürte dessen Verzweiflung über das scheinbar unberechenbare Verhalten seines Sohnes. Die Äußerung von Frau Grubenau über den Mannschaftskapitän hatte ihm nun beinahe den Rest gegeben. Auch er machte sich Sorgen um Holmes und über das Benehmen von Tommi. Der Fall oder vielmehr die Fälle verlangten ihnen beiden einiges ab. Er rieb sich die Schläfen. Irgendetwas übersahen sie. Aber was nur?

Gerlach fuhr langsamer als sonst, der Scheibenwischer lief auf höchster Stufe, und trotzdem konnte man kaum etwas erkennen. Langsam machte auch das Wetter wirklich Probleme. Die ersten Bäche waren wieder über die Ufer getreten, und die ersten Keller standen unter Wasser, Böschungen kamen ins Rutschen. Und der Wetterbericht verhieß nichts Gutes. Weitere Regenfälle waren vorhergesagt worden.

-46-

Tommi zitterte und röchelte, immer noch verlor er Blut. Das Geschaukel unseres Gefährts verschlimmerte seinen Zustand immer mehr, denn er war nach wie vor nicht bei Bewusstsein, und sein Kopf wurde bei jedem Schlagloch unkontrolliert hin und her geworfen. Mittlerweile war sein Gesicht grau wie die Asche unseres Holzofens.

Energisch zerrte ich endlich die Schlaufe der Leine von seinem Handgelenk. Wieder erschütterte ein kräftiger Stoß den Wohnwagen, und Tommis Kopf schlug gegen die Wand. Hektisch schaute ich mich um. Es gab eine Sitzecke mit einigen Kissen am hinteren Ende. Schnell sprang ich auf das Sofa und schleppte eines der Kissen zu ihm. Ich drückte es zwischen seinen Kopf und die Wand, ein weiteres auf die andere Seite, sodass nun die Stöße abgedämpft wurden und sein Kopf stabil lag. Ein drittes Mal hüpfte ich auf die Couch und zog mit aller Kraft eine weiche, flauschige Decke zu meinem Mitgefangenen und versuchte ihn, so gut es ging, zuzudecken. Als ich mit meinem Werk zufrieden war, legte ich mich auf seine Füße, um sie zu wärmen. Mehr konnte ich für ihn im Moment nicht tun.

Das gab mir auch die Gelegenheit, über unsere Situation nachzudenken. Tommi suchte den Koffer, und das hatte er schon die ganze Zeit getan, bei Schretz zu Hause und in dessen Auto, nun hier im Wohnwagen der Brunsles. Was wollte er damit? Und wenn der Koffer nicht verbrannt war, dann konnte ihn eigentlich nur der Mörder von Schretz haben. Tommi wusste viel mehr über den Fall als wir alle, womöglich lag er deshalb bewusstlos neben mir. Und das machte unsere Aussichten ziemlich düster, wie ich fand.

Hilflos wurden wir durch die Gegend geschaukelt, Ziel unbekannt. Ich schloss die Augen, um ein wenig auszuruhen. Wer wusste schon, wann ich meine Energie wieder brauchen würde. Doch ich öffnete sie sofort wieder. Etwas stimmte hier ganz und gar nicht. Zuerst hörte ich ein dunkles Grollen, das langsam immer lauter wurde. Der Wohnwagen machte einen Satz nach vorne, unser Fahrer beschleunigte das Gespann, so schnell er wohl konnte. Dann vibrierte die Erde, der Lärm wurde ohrenbetäubend, und der Wohnwagen begann unkontrolliert zu schlingern. Ein hässliches Kreischen und Knirschen folgte, ich hörte, wie Metall eingedrückt wurde. Wie ein Geschoss wurde ich von Tommis Füßen und gegen die Wand geschleudert. Ein weiteres Knirschen, dann war es totenstill, nur der Regen trommelte nach wie vor unermüdlich auf das Metalldach.

Vorsichtig rappelte ich mich wieder auf, das Atmen fiel mir schwer, aber außer ein paar Prellungen war ich anscheinend unverletzt. Meine Sorge galt Tommi, und wie durch ein Wunder lag er nach wie vor zwischen den Kissen und atmete. Der Wohnwagen bewegte sich nicht mehr, nur ab und zu rumpelte und vibrierte es noch ein wenig. Der Motor unseres Zugfahrzeugs war nicht mehr zu hören.

Ich sprang wieder auf die Couch und spähte von dort durch das Fenster. Ich schloss die Augen und riss sie dann erneut auf. Wir steckten bis auf Höhe der Scheiben im Dreck fest. Eine Schlammlawine hatte uns erfasst und den Wohnwagen zur Hälfte verschluckt. Tommi stöhnte und röchelte wieder. Ich musste hier raus und Hilfe holen. Was war aus unserem Fahrer geworden? Da das Fenster hinten rausging, konnte ich ihn nicht sehen.

Weißt du, als ich ganz klein war, war ich mal mit Frauchen und den Mädchen im Campingurlaub. An einem kreisrunden See mitten in Italien. Da war es wunderschön. Dort gab es ganz schwarzen Sand. Wie hieß der See noch gleich?, plauderte die Stimme meines Vaters völlig entspannt in meinem Kopf. *Egal, was ich dir sagen wollte, ist Folgendes: Mir ist etwas aufgefallen. Die Fenster in dem Wohn-*

wagen hatten andere Griffe, wie die in einem Haus. Es waren Hebel, die nur unten angebracht waren, und sie ließen sich ganz leicht öffnen, wenn man daran zog. Weißt du, da war nämlich so eine ganz entzückende Pudeldame im Wohnwagen nebenan ... Also, das war natürlich vor deiner Mutter. Jedenfalls ...

Ich hörte nicht mehr zu, als mein Vater von seinen amourösen Abenteuern in fernen Zeiten und fernen Ländern erzählte. Stattdessen suchte ich hektisch nach diesen Verschlüssen, und mein wunderbarer Vater hatte recht: Selbst mit meiner kurzen Schnauze konnte ich die beiden kleinen Hebel leicht greifen und öffnen.

Mit dem Kopf drückte ich das Fenster auf und sprang ins Freie. Beinahe sofort war ich wieder pitschnass, doch das spürte ich nicht. Ein Bild der Verwüstung bot sich mir. Auf einer Breite von über fünfzig Metern war nur noch Chaos, wo bis vor ein paar Minuten noch eine Straße gewesen war. Ein ganzer Teil des Berges war abgerutscht, und wir waren durch die Geistesgegenwart unseres Entführers nur in einen Randbereich der Lawine geraten. Hätte er gebremst, wären wir genau in der Mitte gelandet, dort, wo die großen, alten Bäume wie Streichhölzer geknickt waren. Kreuz und quer lagen die Stämme dicht an dicht. Wir wären wie ein kleiner Käfer zerquetscht worden.

Trotzdem war es für mich fast unmöglich, von der Stelle zu kommen. Felsbrocken und Äste waren schier unüberwindliche Hindernisse, wenn man kurze, krumme Beine hatte wie ich. Immer wieder strauchelte ich und rutschte ab, doch ich kämpfte mich irgendwie durch. Das Auto, das den Wohnwagen gezogen hatte, war kaum zu sehen, nur das Dach schaute heraus. Für den Fahrer konnte ich nichts tun, außer Hilfe holen. Endlich erreichte ich den unversehrten Teil der Straße und machte mich auf den langen Weg nach Gutthau.

-47-

»Was jetzt, Kollege?« Waterson drehte sich fragend zu Gerlach um, der konzentriert durch die Frontscheibe nach vorne starrte.

»Ich hatte dich vorhin gefragt, ob dir etwas auffällt an unserer Tafel?« Gerlach wagte einen kurzen Blick zur Seite.

»Hm. Lass mich mal nachdenken. Ich glaube, ich weiß, was du meinst. Frau Brunsle hat den Einbruch bei sich fingiert, das hat Holmes herausgefunden. Wir haben noch nicht wirklich darüber nachgedacht, warum sie das getan hat. Sie hat es verständlicherweise abgestritten, doch das hat mich nicht überzeugt. Welches Motiv sollte sie für diesen Unsinn haben?« Waterson runzelte die Stirn und dachte angestrengt nach. Dann hob er den Finger wie ein Schuljunge, der etwas wusste. »Sie hat durch diese Aktion verhindern wollen, dass sie die Einzige ist, bei der nicht eingebrochen wurde. Bei den beiden anderen Toten wurde eingebrochen, bei ihr nicht. Das wäre uns aufgefallen. Und immer und immer wieder geht es um den Aktenkoffer von Schretz. Und auch wenn es dir nicht gefällt, Ludwig, Tommi sucht den Koffer und hat sowohl das Auto als auch die Wohnung seines Trainers durchsucht. Seine Erklärungen sind kompletter Blödsinn.«

Gerlach nickte mit zusammengebissenen Zähnen. Waterson war noch einen Moment ruhig, dann schlug er sich mit der flachen Hand auf die Stirn. »Das hieße aber auch, dass Frau Brunsle den Koffer hat und das mit dem Pseudoeinbruch vertuschen wollte! Mensch, das ist es. Das Zeug ist vermutlich ein Vermögen wert, und wenn wir nun wieder meine Theorie in Betracht ziehen, dass Schretz was mit dem Tod von Brunsle zu tun hat, haben wir ein Motiv! Meine Güte, Gerlach, Frau Brunsle hat das Vereinsheim angezündet!«

»So sehe ich das auch, aber ich wollte, dass du da selbst draufkommst. Ich will nicht, dass es so aussieht, als ob ich die Ermittlungen in eine Richtung drücke und manipuliere. Wir fahren jetzt zu ihr und setzen sie mal richtig unter Druck. Ich versuche einen Durchsuchungsbefehl zu bekommen, Bernd und Sabrina sollen ihn dann mitbringen und zu uns stoßen.« Gerlach drückte auf den Freisprecher und ließ sich mit dem Staatsanwalt verbinden. Tatsächlich waren sowohl die Kollegen als auch das benötigte Formular kurze Zeit später auf dem Weg nach Gutthau.

Gerlach parkte den Wagen vor dem hübschen Haus der Brunsles, und die beiden Beamten sprinteten durch den Regen unter das Vordach. Doch niemand öffnete, obwohl Waterson inzwischen Sturm klingelte. Nach einer Weile wurde am Nachbarhaus ein Fenster aufgemacht. »Die Frau Brunsle ist schon vor 'ner ganzen Weile weggefahren. Die ist nicht zu Hause«, rief die Frau den Beamten zu.

Waterson drehte sich zu ihr um. »Wissen Sie vielleicht, wo sie hinwollte?«

»Nein.« Die hilfsbereite Nachbarin schüttelte bedauernd den Kopf. »Wenn jetzt Sommer wäre, wüsste ich, wohin sie gefahren ist, aber im Winter ist da zu.« Sie nickte noch einmal freundlich und wollte schon das Fenster wieder schließen, aber Waterson hielt sie auf. »Einen Moment bitte, Frau ...«

»Mein Name ist Sägemüller. Ja, was kann ich noch für Sie tun?«

»Frau Sägemüller, wo wäre sie denn im Sommer hin?«

»Na, es gibt da so einen kleinen, privaten Dauercampingplatz oben auf dem Hirschköpfle. Ein schöner Flecken Erde. Da sind die beiden oft hin, ist nicht so weit, und dort oben gibt es keinen Handyempfang. Da hat man seine Ruhe, und es darf auch nicht jeder dort rein. Die Leute kennen sich alle und entscheiden gemeinsam, ob jemand dazu darf, wenn jemand anders geht. Eine Art mobiles Wochenenddomizil. Sie war da auch ab und zu allein, weil ihr verstorbener Mann am Wochenende ja oft gepfiffen hat. Er kam dann meist nach. Ach, und jeder Camper hat einen eigenen Schlüssel für den Platz.«

Gerlach war bereits am Handy, um den Kollegen Bescheid zu geben, dass sie noch einen Schlüsseldienst mitbringen müssten, aber da streckte Frau Sägemüller erneut den Kopf aus dem Fenster und hielt ihnen einen Schlüssel entgegen. »Das können Sie sich sparen. Ich habe einen Ersatzschlüssel für das Haus der Brunsles, den kann ich Ihren Kollegen ja geben, wenn sie einen Durchsuchungsbefehl haben. Den müsste ich dann halt schon erst sehen.«

»Das ist wunderbar, danke! Ich werde den Kollegen Bescheid geben, dass sie zu Ihnen kommen.« Gerlach gab die entsprechenden Anweisungen durch und nickte dann Waterson zu. »Die Kollegen schaffen es auch ohne uns, das Haus zu durchsuchen. Wie wäre es mit einem Ausflug zum Hirschköpfle?«

Waterson nickte und lief auf das Auto zu. »Einen Versuch ist es auf alle Fälle wert.«

Wenige Minuten später bogen sie in die schmale Straße ein, die zum Hirschköpfle führte. Plötzlich machte Gerlach eine Vollbremsung. »Sag mal, siehst du, was ich sehe? Das sieht doch aus wie Holmes.«

Aber Waterson war schon aus dem Auto gesprungen und rannte auf den humpelnden und tropfnassen Mops zu, der ihnen erschöpft auf der Straße entgegenkam.

-48-

Der Weg zog sich. Ich spürte bei jedem Atemzug meine geprellten Rippen, und ich fror erbärmlich. Doch der Gedanke an den ohnmächtigen, blutenden Tommi trieb mich vorwärts. Ich musste Hilfe holen, auch der Fahrer würde sich – selbst wenn er unverletzt war – nicht eigenständig befreien können. Würde er womöglich in seinem Auto ersticken? Ich hoffte, noch rechtzeitig Hilfe holen zu können, auch wenn ich keine Ahnung hatte, wie. Ich konnte ja weder die Rettungskräfte verständigen noch jemandem erzählen, was passiert war. Plötzlich hörte ich meinen Namen und hob den Kopf.

Träumte ich, oder kam da tatsächlich Waterson auf mich zugesprintet? Sekunden später wurde ich hochgehoben und liebevoll gedrückt, trotz der Schlammkruste, die mir im Fell hing. Mein Herz wurde warm, und ein paar Tränen der Erleichterung traten mir in die Augen. Gerlach war ebenfalls zu uns gelangt und reichte Waterson eine silber-goldene Knisterdecke, in die mich mein Freund sofort einwickelte.

»Wo ist Tommi?«, fragte Gerlach besorgt und schaute sich suchend um.

Ich winselte unglücklich und schaute Gerlach mit traurigen Augen an. Ich war für mein Gefühl viel zu lange unterwegs gewesen. Meine Sorge war mit jeder Minute größer geworden. Meine beiden Freunde verstanden mich auf der Stelle, auch ohne Worte.

»Es ist etwas passiert, nicht wahr? Ist Tommi verletzt?«

Kraftlos kläffte ich einmal.

Trotz der Eile, die die beiden plötzlich hatten, legte mich Waterson sanft auf dem Rücksitz ab, dann rasten wir in atemberaubendem Tempo den Berg wieder hinauf. Es dauerte nicht lange, dann musste Gerlach erneut anhalten. Der Erdrutsch versperrte die Straße. »Oh mein Gott! Sag nicht, dass Tommi ...« Gerlach konnte nicht weitersprechen.

Waterson legte seinem Freund die Hand auf die Schulter. »Tommi war mit Holmes zusammen. Er ist sicher nicht verschüttet, denn sonst wäre unser tapferer Mops jetzt nicht hier.«

Waterson kniff die Augen zusammen. Es dämmerte inzwischen schon, und der Regen bildete einen dichten Vorhang, doch wenn man genau hinsah, konnte man den schneeweißen Wohnwagen aus dem Schutt ragen sehen.

»Da ist etwas. Ein Wohnwagen steckt dort fest. Wir brauchen die Rettungskräfte mit schwerem Gerät. Denn der Wohnwagen ist nicht allein hergekommen, das Auto davor ist nicht zu sehen. Ruf die Feuerwehr! Schnell!«

Gerlach rannte zum Auto zurück, denn schon hatte sein Handy keinen Empfang mehr, aber das Funkgerät funktionierte problemlos. Waterson machte sich auf den beschwerlichen Weg zum Wohnwagen, und Gerlach folgte ihm, nicht ohne geistesgegenwärtig den Verbandskasten aus dem Kofferraum zu holen.

Ich blieb auf dem Rücksitz liegen. Noch eine Klettertour schaffte ich nicht, ich brauchte eine Pause. Es dauerte nicht lange, bis die Blaulichter der Feuerwehr den Himmel erhellten. Die Männer sprangen aus dem großen Einsatzfahrzeug und brüllten sich Anweisungen zu. Im Eiltempo wurden große Scheinwerfer aufgestellt und Sicherungsseile gespannt.

Ich beobachtete das emsige Treiben von meinem warmen, sicheren Platz aus. Die Decke raschelte zwar unangenehm bei jeder Bewegung, doch sie hielt mich schön warm.

Drei weitere Fahrzeuge rasten den Berg hinauf. Zwei Krankenwagen und ein Notarztwagen hielten hinter uns an. Ich beneidete die Fahrer nicht. Die Straße war schmal, die Bäume standen dicht an dicht. Während der Arzt und die Sanitäter sich an den gespannten Seilen entlanghangelten, rangierten die Fahrer vorsichtig hin und her und drehten so stückchenweise die Fahrzeuge mit der Schnauze bergab, damit sie sofort losfahren konnten, wenn sie gebraucht wurden. Dann übermannte mich der Schlaf der Erschöpfung.

Ich weiß nicht, wie lange ich geschlafen habe. Inzwischen war es dunkel, und die Feuerwehr baute die Scheinwerfer wieder ab. Das Geräusch der Autotür hatte mich geweckt, und ich hob den Kopf. Schweigend stiegen Waterson und Gerlach ein, dieses Mal setzte sich Waterson ans Steuer und wendete das Auto genauso langsam und vorsichtig wie die Krankenwagenfahrer zuvor.

Ich schaute aus dem Fenster. Beide Krankenwagen waren weg, und auch der Notarzt war nicht mehr da. Kaum dass wir uns endgültig in Bewegung setzten, vergrub Gerlach sein Gesicht in seinen Händen und begann leise zu schluchzen. Alarmiert setzte ich mich auf, dabei raschelte meine Rettungsdecke, und Waterson sah kurz in den Rückspiegel.

»Ah, du bist aufgewacht, kleiner Held.« Zu meiner grenzenlosen Freude erkannte ich ein Lächeln in seinen Augen, und mir wurde kurz schwindelig vor Erleichterung. »Wir sind rechtzeitig gekommen, sie leben beide noch und werden es beide schaffen.« Er deutete mit dem Kinn auf den völlig aufgelösten Gerlach. »Das sind Tränen der Erleichterung und des Glücks. Die Anspannung muss jetzt raus. Er fängt sich gleich wieder.«

Gerlach räusperte sich und wischte sich das Gesicht mit einem altmodischen Stofftaschentuch ab, das er aus seiner Hosentasche kramte. »Johannes, halt mal bitte kurz an!«

Als der Wagen stand, stieg Gerlach aus und öffnete die hintere Tür, um sich dann neben mich zu setzen und sanft meine Pfote in seine Hand zu nehmen. Er rang sichtlich um Fassung, und seine Stimme klang brüchig.

»Holmes, das werde ich dir niemals vergessen. Du hast Tommi das Leben gerettet. Er hat einen Schädelbruch, aber er ist nun stabil. Der Notarzt kam aus dem Staunen nicht mehr heraus, als klar wurde, dass nur du außer Tommi im Wohnwagen warst. Du hast durch die Kissen seinen Kopf so fixiert, dass keine weiteren, womöglich tödlichen Hirnverletzungen eintreten konnten. Du hast ihm eine Decke übergelegt, damit er nicht auskühlt. Und du hast Hilfe geholt. Die beiden Jungs wären sonst sicher gestorben.«

Ich wedelte ihn freudig an, dann stutzte ich. Die beiden Jungs? Fragend legte ich den Kopf schief.

Waterson kam mir zu Hilfe. »Das kann er ja nicht wissen. Arno hat den Wagen gefahren. Er ist bei Bewusstsein und hat nur leichte Verletzungen und natürlich einen Schock abgekriegt. So viel ich mir aus dem, was er erzählt hat, zusammengereimt habe, ist er Tommi gefolgt; warum, wird er uns noch erklären müssen. Er hat dann mit seinem Fernglas gesehen, dass eine Gestalt Tommi niedergeschlagen und euch dann im Wohnwagen eingeschlossen hat. Er hat gewartet, bis derjenige verschwunden ist, hat dann versucht, die Tür zu öffnen, sie aber nicht aufbekommen. Er konnte keine Hilfe holen, weil sein Handy keinen Empfang hatte, daher ist er auf die Idee gekommen, den Wohnwagen mitzunehmen, um euch zu helfen. Er hatte Sorge, dass es zu lange dauern würde, erst runterzufahren und dann wieder rauf, um die Rettungskräfte und die Polizei zu holen. Damit hat er ebenfalls großen Anteil an Tommis Rettung. Doch dann ist er in den Erdrutsch geraten, den Rest weißt du ja.«

Und ich wusste auch, wer die dritte Person auf dem Hirschköpfle war. Was aber nicht erklärte, warum meine Freunde auf dem Weg dorthinauf waren. Ich stupste Gerlach an, doch der konnte nicht antworten, weil ihm schon wieder die Tränen übers Gesicht liefen.

Waterson dagegen verstand mein Anliegen. »Wir haben Frau Brunsle gesucht. Wir denken, dass sie aus Rache für den Tod ihres Mannes Schretz niedergeschlagen und dann das Vereinsheim angezündet hat. Da der Wohnwagen ihr gehört, dachten wir, dass sie vermutlich dort den verdammten Koffer versteckt hat. Sie hat euch wohl in ihrem Wohnwagen entdeckt, Tommi niedergeschlagen, euch eingeschlossen und ist dann geflüchtet.«

Alarmiert sprang ich auf und schüttelte energisch den Kopf. Frau Brunsle hatte Tommi definitiv nicht niedergeschlagen.

Gerlach und Waterson schauten sich irritiert an. »Es war nicht Frau Brunsle?« Gerlach war so verblüfft, dass er seine Fassung wiedergefunden hatte. Erneut schüttelte ich den Kopf. »Aber wer? Und es war abgeschlossen, wer hätte sonst den Schlüssel haben können?«

Waterson dachte kurz nach. Plötzlich purzelten ein paar Puzzleteile an die richtigen Stellen. »Gerlach, reiß dich mal kurz zusammen, ich brauch dich jetzt. Den Koffer kannten alle, die Schretz kannten, aber nicht alle konnten wissen, was er darin hatte. Ganz sicher wussten es Steffen und Bertie. Tommi hat es irgendwie herausgefunden, und auch Grubenau wusste es, denn es war das erste Wort, das seine Frau gesagt hat.« Waterson zählte die Personen an seinen Fingern ab. »Und Koch muss es auch gewusst haben. Schließlich ist er der Geliebte von Steffen. Folgendes Szenario ...«

Doch weiter kam Waterson nicht. Wieder hörte ich dieses leise Grummeln und begann panisch zu bellen. Wir mussten hier weg. Sofort!

Jetzt spürte auch Waterson das leichte Vibrieren und verstand endlich. Sofort drückte er das Gaspedal bis zum Bodenblech durch. Der Wagen machte einen gewaltigen Satz nach vorne, und wir wurden in die Sitze gedrückt.

Einmal im Leben in einen Erdrutsch zu geraten ist schon schlimm genug, aber zweimal an einem Tag, das war nun wirklich zu viel. Das war heute eindeutig nicht mein Tag.

Waterson umklammerte das Lenkrad mit aller Kraft, die Knöchel seiner Hände schimmerten weiß. Er versuchte das Auto in der Spur zu halten und uns trotzdem so schnell wie möglich aus dem Gefahrenbereich zu bringen. Die Straße machte wilde Hüpfer unter uns, wie ein bockendes Pferd, das mit aller Kraft seinen Reiter abwerfen will. Wir schafften es irgendwie. Als wir das flache Gelände kurz vor Gutthau erreichten, hielt Waterson den Wagen wieder an und wischte sich die schweißnasse Stirn. »Puh, das war knapp! Alles okay bei euch?«

Er drehte sich zu uns um. Gerlach hatte sich während der Fahrt über mich geworfen, damit ich nicht im Auto hin und her geschleudert wurde. Er richtete sich wieder auf und schaute nach mir. »Uns geht's gut. Das war ganz schön leichtsinnig von mir, dass ich ausgerechnet auf dem instabilen Hang wollte, dass du anhältst. Es tut mir leid.« Gerlach wirkte sehr zerknirscht.

»Du hast gefragt, und ich habe es gemacht. Das war ziemlich dumm von uns beiden.«

Das Funkgerät im Auto sowie beide Handys meldeten sich gleichzeitig. »Macht, dass ihr von dem Hirschköpfle kommt«, krächzte es aus dem Lautsprecher. Ich meinte, die verzerrte Stimme von Bernd Sittler zu erkennen. »Die Feuerwehr denkt, dass es noch zu weiteren Abgängen kommen könnte, und ihr wart die letzten, die noch oben waren, als sie abgerückt sind.«

Waterson und Gerlach kicherten beide los. Das musste der Schock sein. Waterson drückte auf einen Knopf. »Wo sie recht haben … Wir sind heil unten angekommen. Wo seid ihr?«

»Im Haus von Frau Brunsle. Ihr solltet besser vorbeikommen«, erfolgte die prompte Antwort.

»Wir sind gleich bei euch.« Waterson fuhr wieder los, und nach wenigen Minuten erreichten wir das besagte Haus.

-49-

»Schon wieder ein Einbruch?« Waterson sah sich erstaunt um.

Gerlach hatte er mit einem Streifenwagen abholen lassen. Er wollte zu seinem Sohn ins Krankenhaus und sich dort mit seiner Frau ans Krankenbett setzen, um bei ihm zu sein, wenn sein Sohn das Bewusstsein wiedererlangen würde.

Ich war zwar müde, blieb aber bei meinem Freund. Sabrina war aufmerksam genug, um mir eine Schüssel mit Wasser anzubieten. Dankbar schlabberte ich das kühle Nass und fühlte mich hinterher wunderbar erfrischt. Die Müdigkeit ließ nach, und mein Verstand klärte sich zusehends.

Frau Brunsle saß verstört an ihrem Esstisch in der Küche, und dieses Mal wirkte die Empörung echt.

»Ich war nicht auf dem Hirschköpfle, da fahr ich im Winter nicht hin. Ich war bei meiner Mutter zu Besuch. Ich musste einfach mal raus.« Sie raufte sich die Haare und schaute Waterson aus übermüdeten, roten Augen an. »Und als ich heimkomme, durchwühlen ihre Kollegen hier mein ganzes Haus, und anscheinend ist schon wieder jemand bei mir eingestiegen. Und in meinem Wohnwagen ist jemand niedergeschlagen worden, er wurde gestohlen und ist in einer Schlammlawine stecken geblieben. Was denn noch?«

»Frau Brunsle, wir haben matschige, nasse Fußspuren im Arbeitszimmer ihres Mannes gefunden. Die Holzplatte, mit der das Fenster verschlossen war, ist herausgedrückt worden. Wo heben Sie den Schlüssel zu Ihrem Wohnwagen und dem Campingplatztor auf?«

»Hier am Schlüsselbrett. Da hängen sie doch. Der Bund mit dem kleinen silbernen Fußball dran.« Sie deutete auf ein kleines Brettchen neben der Tür, und tatsächlich hing dort der Fußball.

Waterson schaute hin und runzelte die Stirn. Er ging darauf zu und sah es sich noch einmal genauer an. Dann holte er eine kleine Plastiktüte aus seiner Jackentasche und nahm damit den Fußball vom Haken. »Der Anhänger ist da, aber es hängen keine Schlüssel dran.«

Er hielt mir den kleinen Ball vor die Nase. Ich schnupperte kurz daran, dann wedelte ich meinen Freund an. Jetzt hatten wir ihn. Denn als ich den Ball vor der Nase hatte, konnte ich nicht nur den mittlerweile vertrauten Geruch von einem der Knieslinger Fußballer wahrnehmen. Ich hatte auch einen wunderbar deutlichen Fingerabdruck auf der glänzenden Metalloberfläche gesehen. Offensichtlich hatte er es nicht geschafft, den Schlüsselring mit Handschuhen zu öffnen, und nicht damit gerechnet, dass es Frau Brunsle vor dem Frühjahr bemerken würde, dass der Schlüssel fehlte. Vielleicht wollte er ihn auch wieder zurückbringen und wurde von der Polizei im Haus davon abgehalten. Endlich hatte er einen Fehler gemacht.

Waterson stupste mich an. »Jetzt schau nicht so begeistert vor dich hin. Wer war es denn nun?«

Eines Tages würde ich versuchen, schreiben zu lernen, das würde mein Leben deutlich vereinfachen. So vollführten wir vor der ungläubig dreinschauenden Frau Brunsle unser Frage-Kläff-Spiel. Doch es deutete nicht lange, bis er den passenden Namen hatte: Bertie hatte den Schlüssel genommen, und endlich konnten wir zumindest ein Verbrechen zweifelsfrei aufklären. Damit konnten wir beweisen, dass er Tommi niedergeschlagen hatte.

Bernd und Sabrina betraten nun die Küche, beide sahen so zufrieden aus wie Marlon, nachdem er eine Maus erlegt hatte. Bernd legte eine Klarsichthülle vor Frau Brunsle auf den Tisch. Darin befanden sich zwei Kassenbons. Waterson trat näher und betrachtete die kleinen, unschuldig wirkenden Zettelchen. »Habt ihr in der Garage nachgeschaut?«, fragte er seine Kollegen.

Bernd nickte. »Natürlich. Nicht aufzufinden, nicht in der Garage, nicht im Keller. Nirgends. Wir haben es nachgeprüft. Farbe und Fabrikat stimmen überein.«

»Mülltrennung ist lobenswert, Frau Brunsle. Aber in Ihrem Fall wäre Verbrennen für Sie günstiger gewesen. Hiermit nehme ich Sie wegen Brandstiftung und Mord an Herrn Schretz fest.«

Wütend wischte Frau Brunsle die Hülle vom Tisch und sprang auf, doch Sabrina und Bernd waren bereits zur Stelle, die Handschellen klickten, und Waterson und ich blieben in der Küche allein zurück.

Ich ging zu den Zetteln, und da befand sich der Fehler, den Frau Brunsle gemacht hatte, direkt vor meinen Augen: eine Quittung für fünf Benzinkanister und fünfzig Liter Benzin, ausgestellt am Samstagabend. Kurz bevor das Vereinsheim gebrannt hatte.

»Das wird eine spannende Vernehmung, aber heute nicht mehr.« Waterson rieb sich müde die Augen, ihm war dieser ereignisreiche Tag nun auch deutlich anzusehen. »Komm, Holmes, die Kollegen holen Bertie, und sobald die Fingerabdrücke gecheckt sind, haben wir ihn. Aber wir machen jetzt für heute Feierabend, auch das Verhör mit Bertie mache ich morgen, allerdings mit Bernd zusammen.«

»Was ist mit mir?« Bernd war wieder zu uns in die Küche zurückgekehrt.

Waterson bat ihn um seine Mithilfe, da er Gerlach morgen nicht dabeihaben wollte. »Er braucht eine Pause und muss bei seinem Sohn bleiben.«

»Mit Vergnügen, das geht klar. Ich wollte dir sagen, dass die Kollegen Bertram Holderle bereits zu Hause verhaftet haben und er auf dem Weg nach Reutlingen ist. Es wird dich freuen, dass wir einen Wagenheber mit Blut- und Haarspuren unter einer Decke im Kofferraum seines Autos gefunden haben. So richtig raffiniert ist es nicht, die Tatwaffe im Auto liegen zu lassen.«

»Ich denke, er hat nicht damit gerechnet, dass Tommi so schnell gefunden wird. Der Campingplatz ist ja gerade geschlossen und die Verletzung sehr schwer. Tommi wäre dort gestorben, und vor Frühling hätte ihn niemand gefunden. Zeit genug, den Wagenheber zu reinigen und den Schlüssel zurückzubringen. Er hat einfach nicht mit Arno gerechnet.«

Waterson beugte sich zu mir herunter. »Und mit einem Mops, der Erste Hilfe beherrscht.« Er streichelte mir kurz über den Kopf. »Komm, Holmes, ich bringe dich nach Hause. Morgen ist auch noch ein Tag.«

Er verabschiedete sich von den Kollegen, und endlich ging es Richtung Knieslingen. Kurz bevor wir das Dorf erreichten, klingelte sein Handy. »Hallo, Ludwig!«, begrüßte Waterson seinen Freund und Kollegen. Er hörte einen Moment zu und lächelte dabei. »Ich werde es ihm ausrichten. Wir sehen uns übermorgen, nein, keine Widerrede. Du hast morgen Pause.«

Nachdem er das Gespräch beendet hatte, schaute er in den Rückspiegel und sah mich an. »Tommi ist schon bei Bewusstsein und erinnert sich an alles. Gerlach möchte, dass ich morgen mit ihm spreche. Es gibt immer noch ein paar Rätsel zu lösen, und ich denke, er wird uns dabei ein großes Stück voranbringen. Auch Arno geht es so weit gut, er wird aber noch zur Beobachtung in der Klinik bleiben müssen. Der Schock, lebendig begraben zu sein, sitzt tief. Aber er ist jung, er wird das wegstecken. Die Ärzte erlauben auch bei ihm morgen eine Befragung.«

Als wir schließlich mein Zuhause in der steilen Straße erreichten, war es mir, als ob ich in eine andere Welt zurückkehrte. Eine heile, warme Welt, in der die größten Problem eine unterbrochene Nachtruhe durch ein weinendes Baby oder Breiflecken auf der Hose waren.

Wieder einmal erfüllte mich tiefe Dankbarkeit. Als mein Freund mir die Haustür öffnete und ich den vertrauten Geruch unseres Hauses einatmete, wurde mir leicht ums Herz, und gleichzeitig überkam mich eine bleierne Müdigkeit. Ich sprang die Treppe hinauf, begrüßte meine Familie und überließ es Waterson Anne meine lange Abwesenheit zu erklären.

Bena schaute mich nur kurz an und verdrehte dann liebevoll die Augen. »Du siehst aus und riechst wie ein Straßenköter. Aber ich lasse dich trotzdem in meinen Palast.« Sie rutschte ein wenig zur Seite, und ich ließ mich wohlig seufzend neben ihr in mein Körbchen fallen und schlief bereits, bevor mein Kopf das Kissen berührte.

-50-

Der nächste Tag kam viel zu früh. Ich war noch ziemlich verschlafen, als Waterson frisch wie der junge Morgen bei uns in der Küche erschien. Immerhin hatte ich ausgiebig gefrühstückt,

Anne war nicht nur bei ihrem Enkelkind großzügig, auch wir Tiere wurden mit Extraportionen versorgt. Ein Hoch auf alle Großmütter. Entsprechend träge döste ich noch vor mich hin, als mein Freund mich abholte.

Aufmunternd klatschte er in die Hände. »Auf geht's! Heute lösen wir den Fall, den vertracktesten meiner Karriere. Heute werden wir ein paar Antworten bekommen.«

Wie aufs Stichwort klingelte sein Handy, und er hob die Augenbrauen. »Guten Morgen, Herr Doktor Markert! Ja, das kann ich einrichten. Darf ich den Vater mitbringen? Es wäre zeitlich für mich leichter, den habe ich schon bei mir. Okay, dann bis gleich!«

Er wandte sich an mich. »Wir starten gemütlich und fahren erst einmal zu Frau Grubenau. Sie möchte uns noch einmal sprechen. Guinness hat dich das letzte Mal würdevoll vertreten, sie ist auf einem guten Weg der Besserung. Das habe ich dir noch gar nicht erzählt.« Er berichtete mir kurz von dem Besuch, und ich fühlte den Stolz über meinen Sohn in meiner Brust. *So geht's mir auch immer*, hörte ich die Stimme meines Vaters.

»Danke, Papa! Und danke für den Tipp mit dem Fenster gestern«, antwortete ich ihm.

Das war nur eine Abkürzung. Du wärst schnell darauf gekommen, du bist viel

schlauer, als du denkst. Sonst könnte ich ja gar nicht mit dir sprechen. Jedenfalls wollte ich dir heute viel Erfolg wünschen.

Und weg war er.

Inzwischen rollten wir auf den Hof der nahe gelegenen Klinik. Der Portier öffnete uns kommentarlos die Tür, und Doktor Markert erwartete uns bereits auf der Treppe mit einem strahlenden Lächeln. »Kommen Sie, Frau Grubenau freut sich bereits auf Sie und Ihren kleinen Freund. Die beiden sind tatsächlich kaum auseinanderzuhalten. Respekt vor Frau Grubenaus Beobachtungsgabe.« Er plauderte entspannt vor sich hin, und so gelangten wir, ohne dass Waterson ein Wort von sich gegeben hatte, zu Frau Grubenaus Zimmer.

Wie schon bei meinem vorigen Besuch saß sie am Fenster, dieses Mal trug sie jedoch ein schwarzes Kostüm und erhob sich, als wir eintraten. »Hallo, Herr Waterson!« Sie streckte ihm die Hand entgegen, dann schaute sie freundlich auf mich herunter. »Hallo, Mops! Wie war noch mal dein Name?«

»Er heißt Holmes, der Vater von Guinness. Es freut mich sehr, dass es Ihnen zusehends besser geht, Frau Grubenau.« Waterson ließ ihre Hand los. »Ihnen ist noch etwas eingefallen?«

»Bitte setzen Sie sich doch!« Sie deutete auf den zweiten Stuhl und nahm dann selbst Platz. Doktor Markert war wie schon beim letzten Mal an der Tür stehen geblieben und beobachtete uns stumm, bereit einzugreifen, wenn ihm die Situation zu bedenklich erschien. Die schönen Augen von Frau Grubenau waren klar, doch voller Trauer. »Wissen Sie, eigentlich ging es mir in der Zeit, als ich mich aus der Welt zurückgezogen hatte, besser. Nun muss ich mich der Realität stellen. Das ist nicht einfach. Doch es muss wohl sein, Michael hätte sicher nicht gewollt, dass ich wie ein Roboter vor mich hin vegetiere.« Sie räusperte sich, und ich setzte mich unter ihre herabhängende Hand, sodass sie mich bequem kraulen konnte. Sie lächelte kurz auf mich herab und begann mit ihren Fingerspitzen sanft über meinen Kopf zu streichen. »Ich habe Ihnen bei Ihrem ersten Besuch das Wort Koffer zugeworfen. Es ging um den schwarzen Aktenkoffer von Herrn Schretz, aber das werden Sie sicher inzwischen wissen, dieses verdammte Ding hat ständig eine Rolle gespielt. Die ganze Geschichte begann in diesem Sommer, kurz bevor Michael starb ...«

-51-

Vier Monate zuvor

»Michael, dein Freund Theo ist da.« Gertrud Grubenau führte Theodor Brunsle in den Garten hinter dem Haus. Michael stand von seinem Gartenstuhl im Schatten eines großen Sonnenschirms auf. »Schön, dich zu sehen, und gut, dass du so schnell kommen konntest.« Er bot seinem Freund einen Stuhl an und blickte zu seiner Frau. »Gertie, kannst du uns ein bisschen Eistee bringen?« Die angesprochene Ehefrau lächelte ihrem Mann liebevoll zu.

»Natürlich, mein Schatz. Kommt sofort.«

Die beiden Männer warteten, bis Frau Grubenau wieder im Haus verschwunden war. Michael lehnte sich zu seinem Freund herüber. »Ich habe einen anonymen Brief bekommen.«

Theodor wurde blass. »Mein Gott, du auch? Ich habe ihn gleich entsorgt, aber ein komisches Gefühl bleibt bei so etwas irgendwie immer, nicht wahr? Was stand denn bei dir drin?«

Michael räusperte sich. »Da stand, dass beim 1. FC Knieslingen gedopt wird. Und dass wir unbedingt einen Blick in den schwarzen Aktenkoffer von Herr Schretz werfen sollen. Ich habe es erst einmal abgetan. Zuerst bin ich davon ausgegangen, dass es sich um Neider handelt, aber nun bin ich zu dem Entschluss gekommen, dass es zumindest eine Untersuchung geben sollte. Allerdings sehe ich keinen Grund, warum ausgerechnet wir als Schiedsrichter diese Briefe bekommen und nicht die Polizei oder der Fußballbund. Was meinst du denn dazu?«

»In meinem Brief stand genau dasselbe drin. Ich denke, du hast recht, wir sollten uns darum kümmern. Mir kommt dieser schwarze Aktenkoffer schon eine ganze Weile merkwürdig vor. Ich denke, wir werden uns mal den Mannschaftskapitän vorknöpfen. Der muss ja wissen, was in seiner Mannschaft so läuft.«

In diesem Moment trat Frau Grubenau mit dem Eistee wieder an den Tisch und stellte ein Tablett mit dem Getränk und zwei Gläsern vor die Männer auf das kleine Tischchen.

»Ein merkwürdiger Aktenkoffer? Ich dachte, ihr geht am Wochenende auf den Fußballplatz und nicht ins Büro«, scherzte Frau Grubenau, die die letzten Worte mitgehört hatte. »Ich gehe dann einkaufen und treffe mich noch mit Sybille. Bis später, mein Schatz! Tschüss, Theo!«

-52-

Frau Grubenau verbarg ihr Gesicht in ihren Händen und wurde von einem heftigen Schluchzen geschüttelt. Doktor Markert war alarmiert, griff aber nicht ein. Ich drückte mich fest gegen ihr Bein, um ihr ein wenig Halt zu geben. Nach ein paar Minuten hob sie ihren Kopf wieder. »Das war das letzte Mal, dass ich Michael lebend gesehen habe. Als ich nach ein paar Stunden zurückkam, war er tot. Sie verstehen, warum ich nicht begreifen konnte, dass er sich selbst umgebracht haben sollte. Doch ich war außerstande, diese Ungeheuerlichkeit zu erfassen. Der Schmerz war zu groß, um mich ihm zu stellen. Und jetzt muss ich es doch tun. Hätte ich damals alles erzählt, würde Theodor vielleicht noch leben. Ich habe es von Sibylle Schneider erfahren, dass er auch tot ist.«

Waterson legte sanft seine Hand auf ihre. »Nicht Sie haben Herrn Brunsle auf dem Gewissen, sondern der Mörder. Aber dank Ihrer Aussage habe ich eine Idee, wer die Briefe geschrieben haben könnte und damit diese ganze Geschichte ins Rollen gebracht hat. Wir verabschieden uns nun, Frau Grubenau. Ich wünsche Ihnen von Herzen alles Gute. Falls wir noch Fragen haben, dürfen wir uns bei Ihnen melden?«

Auch Frau Grubenau stand nun auf und reichte Waterson die Hand. »Ja. Ich werde Ihnen so viel helfen, wie ich kann.«

Sie beugte sich zu mir hinunter und strich mir über den Kopf. »Dir auch alles Gute, kleiner Mops. Du hast ebenfalls einen Verlust erlitten, das sehe ich in deinen Augen. Aber du hast eine Familie und gute Freunde, das hilft dir.«

Ich wedelte sie freundlich an und drückte meinen Kopf noch einmal zart gegen ihre Hand, bevor wir sie verließen.

Was meint sie denn?, wollte die Stimme meines Vaters wissen. *Ich bin doch noch da.*

Mir wurde warm ums Herz. Ja, er war noch da und würde es bleiben. Doch es war keine Zeit für sentimentale Gedanken. Wir hatten noch einen Mörder zu überführen.

Wir verabschiedeten uns von Doktor Markert, und ich trabte hinter Waterson zum Auto zurück. Wir wussten beide, wohin wir fahren mussten, um Licht ins Dunkel zu bringen.

Wenig später erreichten wir das schmucke Häuschen von Herrn Koch. Wir hatten Glück, und er war zu Hause. »Sie schon wieder?«, begrüßte er uns unfreundlich.

»Schön, dass wir Sie gleich antreffen, Herr Koch. Dürfen wir kurz hereinkommen?«

»Wenn's sein muss. Aber treten Sie die Schuhe ordentlich ab. Ich bin nur zu Hause, weil ich mich krankgemeldet habe. Es geht mir nicht gut, also fassen Sie sich kurz.« Er ging voraus in sein Wohnzimmer, und wir putzten die Schuhe beziehungsweise Pfoten wie geheißen ordentlich ab, bevor wir ihm folgten.

»Das ist ganz in meinem Sinne, Herr Koch. Sie haben schon genug unserer Zeit verschwendet. Wir kommen also gleich zur Sache. Warum haben Sie die anonymen Briefe an Ihre Kollegen geschickt, statt es dem Fußball-Bund oder der Polizei zu melden?«

Koch wurde weiß wie seine Wohnzimmerwand. »W-w-was für …?« stammelte er. Dann ließ er sich kraftlos auf sein Sofa fallen. Einen Moment ließ er den Kopf hängen, dann hatte er einen Entschluss gefasst und straffte seinen Körper. Waterson ließ sich auf der Lehne eines Sessels nieder und warf mir einen triumphierenden Blick zu. Wir wussten beide, dass wir ihn hatten. Er würde reden.

»Ich liebe ihn wirklich von ganzem Herzen. Noch nie habe ich jemanden so sehr geliebt, und ich kann ohne ihn nicht leben. Ich bin völlig verrückt nach Steffen«, begann Koch. »Doch er ist so jung und dumm und viel zu ehrgeizig. Was sollte ich denn machen? Hätte ich Steffen angezeigt, hätte ich ihn verloren, das hätte er mir nie verziehen. Aber er hat seine Gesundheit ruiniert und unfair gespielt. Da bin ich auf die Idee gekommen, dass ich Michael und Theodor darauf ansetzen könnte. Ich wollte sie wirklich nicht in Gefahr bringen, ich wollte doch nur, dass dieser Schretz einen ordentlichen Schrecken bekommt und damit aufhört, die Jungs kaputtzumachen. Meine beiden Schiedsrichterkollegen würden der Sache erst einmal auf den Grund gehen und nicht gleich zur Polizei rennen, das wusste ich. Ich kannte die beiden so gut. Sie waren immer ehrlich und geradeheraus.« Er ließ den Kopf wieder hängen. »Ich habe sie damit umgebracht.«

Zum zweiten Mal an diesem Tag übernahm der Falsche die Verantwortung, doch dieses Mal fand Waterson keine tröstenden Worte. »Nur dass die beiden nicht zu Schretz, sondern zu Tommi gegangen sind«, meinte Waterson nachdenklich, und ich bekam einen faden Geschmack im Maul.

Hatte Tommi doch etwas mit den beiden Morden zu tun? Die Gedanken purzelten wild in meinem Kopf durcheinander. Tommi war ständig auf der verzweifelten Suche nach dem Koffer. Dem Koffer, dessen Inhalt seine Mannschaft in Verruf bringen und alles, wofür die Jungs seit Jahren trainierten, zerstören würde.

Koch schaute irritiert auf. »Wieso denn Tommi? Bertie war doch Kapitän der Mannschaft letzten Sommer.«

Erleichtert atmete ich auf. Endlich war Tommi entlastet, denn er wusste zu diesem Zeitpunkt nichts von der Dopingaffäre, Bertie dagegen schon. Tommi hatte zwar die Einbrüche begangen, aber das war ja eine andere Hausnummer, als zwei Menschen zu töten. Ich legte meine Stirn in Falten. Der Koffer war immer noch verschwunden, und es waren noch so viele Fragen offen. Die wichtigste jedoch war die Frage nach dem Motiv. Warum hat Bertie die beiden Leben zerstört, wenn er doch mit einer kleinen Strafe und einer Sperre davongekommen wäre? Er war ja schließlich kein Profifußballer, dessen gesamte Karriere auf dem

Spiel stehen würde. Da musste noch mehr dahinterstecken. Wir hatten immer noch nicht den Grund dieses schlammigen Tals erreicht.

Waterson und ich verabschiedeten uns von Koch, der nun zeit seines Lebens mit dem schlechten Gewissen zurechtkommen musste, dass seine Feigheit ausschlaggebend für die ganzen Tragödien, die folgten, war. »Wir erwarten Sie morgen früh in Reutlingen, damit Sie Ihre Aussage zu Protokoll geben können. Um halb zehn. Bitte seien Sie pünktlich. Wir finden selbst hinaus.«

Im Auto atmete auch mein Freund einmal tief durch. »Puh, ich dachte kurz, dass Tommi nun doch tiefer mit drinhängt.« Ich kläffte einmal mitfühlend, und mein Freund lächelte mich kurz an. »Das war es, was wir übersehen haben, nachdem Frau Grubenau das erste Mal erwähnt hatte, dass der Mannschaftskapitän Dreck am Stecken hat. Tommi war nicht schon immer in dieser Position! Bertie ist unser Mann, da bin ich mir sicher, und wir werden ihn knacken, so cool er auch immer tut. Wir haben ihn schon wegen versuchten Totschlags an Tommi am Wickel. Da kommt er nicht mehr raus. Und ich möchte wirklich wissen, warum er das alles getan hat. So, wir haben noch ein straffes Programm vor uns. Auf nach Reutlingen. Wir fangen mit Frau Brunsle an. Mal schauen, was sie davon hält, dass sie den Falschen umgebracht hat.«

-53-

Ein völliger Zusammenbruch von Helga Brunsle war die unmittelbare Folge dieser Information. Sie begann haltlos zu weinen und war für mehrere Minuten nicht in der Lage, auch nur ein vernünftiges Wort herauszubringen. Eine ganze Packung Papiertaschentücher und mehrere Gläser Wasser waren notwendig, bis sie sprechen konnte.

»Schretz war nicht da, als Theodor umkam? Sind Sie sich da sicher?« Sie sah grauenhaft aus. Sie hatte sich von der gepflegten, freundlichen schwäbischen Hausfrau, die sie mit Sicherheit vor einer Woche noch gewesen war, in ein Wrack verwandelt. Unter ihren verquollenen Augen lagen dunkle Schatten, die Haare waren struppig und fettig, die Lippen spröde, an der Unterlippe klebte verkrustetes Blut. »Aber ich war so sicher. Theo hat mit mir über alles gesprochen. Er muss es gewesen sein.« Sie begann wütend mit den Fäusten auf der Tischplatte herumzutrommeln.

»Jetzt reißen Sie sich mal zusammen, Frau Brunsle. Wenn Sie mit Ihrem Verdacht zu uns gekommen wären, hätten wir etwas unternehmen können. Aber Sie mussten ja unbedingt Selbstjustiz üben.« Waterson war sichtlich genervt von der hysterischen Person, die ihm gegenübersaß. »Nun jammern Sie nicht herum, dass das schiefgegangen ist. Geben Sie zu, das Vereinsheim des 1. FC Knieslingen angezündet zu haben? Geben Sie zu, dass Sie vorher Herrn Schretz wie auch immer dorthin gelockt und ihn niedergeschlagen haben, damit er dort stirbt?«

Doch sie hörte nicht zu. »Wer hat ihn dann getötet?«, kreischte sie. »Wer hat meinen Theo aufgehängt und verrecken lassen? Wer? Ich muss es wissen!« Von einem Moment auf den anderen war sie auf einmal still und dachte augenscheinlich nach. »Ich weiß es«, flüsterte sie. Dann verdrehte sie plötzlich die Augen, und ihr Kopf schlug unsanft auf der Kante der Tischplatte auf. Ein kleines Rinnsal Blut begann aus einer Platzwunde an der Stirn zu sickern. Waterson seufzte und stand auf, um Hilfe zu holen. »Hoffentlich gelangt das nicht nach draußen, sonst werden uns wieder brutale Verhörmethoden unterstellt.«

Sabrina, die stumm bei der unschönen Szene dabeigesessen war, zuckte mit den Schultern. »*Trauernde Witwe von Polizei zusammengeschlagen*, so etwas in der Art? Keine Sorge, wir haben ja alles auf Video. Die Alte ist wirklich total durchgeknallt.« Sie hatte mittlerweile vorsichtig den Kopf vom Tisch angehoben und ein sauberes Taschentuch auf die Wunde gedrückt. Waterson hatte inzwischen per Handy einen Arzt bestellt und öffnete die Tür, als es klopfte. Ich hatte mich während der gesamten Szene dezent zurückgehalten und unauffällig neben der Tür gesessen.

Was nun geschah, hatte niemand von uns vorhergesehen. Wie ein Panther sprang Frau Brunsle auf und schlug Sabrina mit einem Fausthieb nieder, packte einen der Stühle und ließ ihn auf Watersons Rücken niederkrachen. Überrascht ging mein Freund in die Knie, und der Arzt sprang erschrocken zur Seite, als sie wie von tausend Furien gehetzt aus dem Zimmer stürmte. Einem Polizisten, der zufällig vorbeikam, zerkratzte sie das Gesicht und stach ihm mit einem Finger ins Auge. Dabei zischte sie und spuckte Gift und Galle. Bevor der arme, erschrockene Beamte sich wehren konnte, hatte sie ihm die Dienstwaffe aus dem Holster gerissen, entsichert und hielt sie an dessen Schläfe. Sie schob sich hinter ihn und nutzte ihn so als lebendes Schutzschild. War gerade noch alles in rasendem Tempo abgelaufen, so schien nun plötzlich alles zu erstarren.

Frau Brunsle atmete schwer. »Ich habe gar nichts mehr zu verlieren, also sparen Sie sich alle das Psychogequatsche. Ich will Bertie! Ich weiß, dass er hier irgendwo ist. Sie haben ihn gestern verhaftet, das habe ich gehört. Also los, bringen Sie ihn her!« Wieder drückte sie die Waffe gegen die Schläfe, und der Polizist blieb stocksteif stehen. Blut lief über seine Wangen, und das verletzte Auge tränte.

Waterson rappelte sich langsam vom Boden auf. »Bitte, Frau Brunsle, lassen Sie uns doch vernünftig reden.« Er hob beide Hände hoch und zeigte ihr die leeren Handflächen. »Sie wissen doch, dass wir das nicht tun können.«

»Oh doch, Sie können, denn sonst haben Sie gleich mindestens einen Kollegen weniger.« Nun klang sie gefährlich ruhig. Waterson versuchte es noch einmal, dieses Mal mit einer anderen Taktik. »Wir brauchen aber etwas Zeit. Er sitzt in Untersuchungshaft, das Gefängnis ist ein ganzes Stück entfernt.«

»Veralbern Sie mich nicht! Ich weiß doch, wo ich die letzte Nacht verbracht habe. Die Zellen sind um die Ecke im Seitentrakt, nur ein paar Meter entfernt, und dort wird er auch sein. Meine Geduld ist am Ende.« Entsetzt sah ich zu, wie sich ihr Finger am Abzug langsam krümmte. Der Polizist, den sie im Schwitzkasten hatte, begann leise zu wimmern.

»Okay, Frau Brunsle, Sie haben gewonnen. Wir holen ihn her.« Waterson suchte verzweifelt nach einer Lösung und musste Zeit gewinnen.

Bisher hielt ich mich immer noch im Vernehmungsraum versteckt und lugte nur vorsichtig um die Ecke in den Flur. Sabrina lag nach wie vor auf dem Boden, doch ich konnte sehen, dass sie hellwach war. Der Arzt stand völlig überfordert an der Wand, und ausgerechnet jetzt war niemand sonst zu sehen. Der Gang war menschenleer. Ich versuchte Blickkontakt zu meinem Freund aufzunehmen. Waterson sah mich aus dem Augenwinkel an und nickte kaum merklich. Er musste reden, sie ablenken.

»Wer von uns soll denn gehen, um ihn zu holen? Oder sollen wir nicht lieber alle gemeinsam dorthin gehen? Wie hätten Sie es denn gern?«

Es funktionierte. Frau Brunsle glaubte, gewonnen zu haben. Ihr Finger entspannte sich wieder, und sie begann zu überlegen. »Sie bringen ihn hierher, in dieses Zimmer, dort werde ICH ihn dann vernehmen und bestrafen. Wenn ein Gericht das übernimmt, kommt er mit einer Jugendstrafe davon. Ein paar Jahre, und er wird wieder auf die Menschheit losgelassen, das werde ich verhindern. Er wird niemanden mehr unglücklich machen. Und keine Tricks, Herr Waterson. Sonst ist Ihr Kollege tot.« Waterson nickte. »Ich bringe ihn her.« Langsam nahm er die Hände herunter und wandte sich scheinbar zum Gehen.

Frau Brunsle manövrierte sich und ihre Geisel langsam rückwärts in den Vernehmungsraum, ohne Waterson aus den Augen zu lassen. Ihr Fehler. Wenn ein Mops in der Nähe ist, sollte man immer darauf achten, wohin man tritt. Ich schob mich hinter sie, und sie kam ins Straucheln. Erschrocken riss sie die Hände in die Luft, um das Gleichgewicht zu halten, und ihr Opfer warf sich geistesgegenwärtig zur Seite aus ihrer Schusslinie. Frau Brunsle stürzte trotz ihrer rudernden Arme der Länge nach hin. Sabrina versuchte mit einem Hechtsprung die Waffe zu erreichen, und die beiden Frauen rangen darum. Dann gab es einen lauten Knall.

-54-

Ohrenbetäubend hallte der Schuss durch das Reutlinger Polizeirevier, und beinahe sofort flogen alle Türen auf. Dutzende von Polizisten scharten sich binnen kürzester Zeit um uns.

Sabrina wischte sich mit dem Handrücken das Blut, mit dem sie über und über bespritzt war, aus dem Gesicht. »Verdammt! Ich war zu langsam«, murmelte sie.

Waterson half ihr auf die Beine und nahm sie tröstend in den Arm. Doch Sabrina wand sich geschickt aus seiner Umarmung. »Ich geh mich mal waschen«, sagte sie energisch, und ihre Kollegen bildeten respektvoll eine Gasse, durch die sie ungehindert in den Waschraum gelangen konnte. Die Frau hatte Mumm.

Der Arzt hatte sich mittlerweile auch wieder seiner Pflichten besonnen und untersuchte den Körper von Frau Brunsle nach Lebenszeichen. Dann schüttelte er den Kopf. »Die wird schon wieder. Ein Streifschuss, nichts weiter.« Er stand wieder auf und klopfte sich die Hosenbeine aus. »Ich kann dann ja wohl wieder gehen. Könnte jemand den Krankenwagen rufen? Das nächste Mal hätte ich gerne eine kugelsichere Weste, wenn ihr mich ruft.«

Damit ließ er die verwirrten Polizisten zurück, die jetzt von Waterson eine Erklärung verlangten. Doch bevor er eine Antwort gab, sah er sich suchend nach mir um. Ich bekam kaum noch Luft, denn der soeben befreite Polizist zerquetschte mich beinahe in einer stürmischen Umarmung. Dann hielt er mich plötzlich mit ausgestreckten Armen hoch über seinen Kopf und rief laut: »Ohne den kleinen Kerl hier wäre ich vermutlich tot.«

Waterson nahm mich seinem überschwänglichen Kollegen aus den Händen. »Vorsicht, ich glaube, er hat ein wenig Höhenangst. Komm, Holmes, ich brauche jetzt eine kurze Pause, und ich denke, das wird dir auch guttun.«

Er überließ es den anderen Polizisten, sich um den Rest zu kümmern, und ging mit mir in sein Büro. Dort ließ er sich auf seinen Stuhl fallen und fuhr sich mit beiden Händen durch seine Haare, bis sie in alle Richtungen wild abstanden. Dann starrte er auf seine Hände. »Ich habe völlig versagt, Holmes. Ich war leichtsinnig und habe mich von einer schwäbischen Hausfrau über den Tisch ziehen lassen. Und das Schlimme daran ist, ich kann sie irgendwie verstehen. Ihr Leben war von einem Moment auf den anderen völlig zerstört. Ihr Mann hat ihr von Schretz und seinen Machenschaften erzählt, und sie hat sich den Rest zusammengereimt. Wir werden schon noch aus ihr herausbekommen, wie sie Schretz ins Vereinsheim gelockt hat. Vielleicht hat sie ihm mit Erpressung gedroht, wer weiß schon, was sie ihm erzählt hat. Das ist letztendlich auch egal. Der nächste Fall ist gelöst. Und Frau Brunsle wollte die anderen nie töten. Sie war ja im Vereinsheim und hat Schretz niedergeschlagen, ich denke, sie hat nicht stundenlang gewartet, bevor sie es angezündet hat, in der Hoffnung, dass die Spieler darin sind. Nächstes Rätsel gelöst. Wir haben eigentlich alles aufgeklärt. Schretz dealt mit Dopingmitteln. Koch steckt es anonym seinen Schiedsrichterkollegen, weil er seinen Liebhaber beschützen will. Bertie tötet Grubenau und Brunsle. Koch verschont er, weil der ihm gegenüber gar nicht in Erscheinung tritt, nur die beiden anderen haben mit Bertie geredet. Frau Brunsle tötet Schretz, weil sie denkt, dass er ihren Mann umgebracht hat. Bertie versucht Tommi zu töten, weil der ihm auf die Schliche gekommen ist. Alle jagen hinter dem schwarzen Koffer her. Aber die ganze Sache stinkt zum Himmel. Etwas fehlt uns noch, und zwar Berties Motiv. Ohne das wird es verflixt schwer, ihm die Morde an Grubenau und Brunsle zuzuschreiben. Bist du bereit für die nächste Runde?«

Er stand auf, und ich kläffte einmal. Erschöpft sein konnten wir später, wir waren nun kurz vor der Lösung, das verlieh uns die nötige Energie.

-55-

Verstockt saß Bertie in einem anderen Vernehmungszimmer. Trotzig hatte er die Unterlippe wie ein unartiges Kind vorgeschoben. Sabrina hatte sich mittlerweile umgezogen und sah frisch und munter aus. Sie würde wieder an der Vernehmung teilnehmen, und auch ich hatte erneut meinen Platz neben der Tür bezogen, möglichst weit weg von dem Allergiker.

Nachdem die üblichen Formalitäten erledigt waren, begann wieder Waterson mit dem Verhör. »Also, Bertie, aus der Sache mit Tommi kommst du nicht mehr heraus. Jetzt erklär mir mal, warum du ihn niedergeschlagen hast?«

»Ich wusste nicht, dass er das ist. Sah für mich aus wie ein Einbrecher«, brummte er.

»Aha, und was hattest du da oben zu suchen?« Fragend zog Waterson die Augenbrauen hoch.

»Ich bin spazieren gegangen«, lautete die lapidare Antwort.

»Bei diesem Wetter? Und du hast auch schon mal was davon gehört, dass man die Polizei ruft, wenn man einen Einbruch beobachtet?«, mischte Sabrina nun mit.

Bertie antwortete nicht.

»Deine Story stinkt zum Himmel. Du bist Tommi heimlich gefolgt und hast ihn bei erstbester Gelegenheit niedergeschlagen. Du hast ihn da oben eingesperrt und zum Sterben liegen gelassen. Das ist versuchter Mord!«

Bertie lehnte sich entspannt zurück und verschränkte die Arme vor der Brust. »Nein, ich bin spazieren gegangen, hab gesehen, dass jemand den Wohnwagen aufgebrochen hat, und hab ihm nur leicht eins über die Birne gegeben. Ich dachte, das ist ein Landstreicher oder so was. Und da oben hat man ja keinen Empfang. Ich hätte euch schon noch angerufen. Ich wollte dem Typ nur ein bisschen Angst einjagen.«

»Und jetzt macht es dir immer noch gar nichts aus, dass du deinen Mannschaftskameraden beinahe umgebracht hast? Du weißt doch jetzt, dass es kein Landstreicher war, und trotzdem zeigst du kein bisschen schlechtes Gewissen.« Waterson stützte sich mit beiden Händen auf der Tischplatte auf und sah Bertie direkt in die Augen. Der wandte den Blick ab und schaute dabei auf mich. Seine Allergie machte sich leider nun doch bemerkbar, seine Nase fing an zu tropfen, und die Augen waren gerötet. »Muss der Köter hier dabei sein? Überall taucht dieses blöde Vieh auf. Man könnte fast meinen, hier wäre irgendwo ein Nest. Sogar auf dem Camping…«

»Aha, du hast also den Hund erkannt, aber gedacht, im Wohnwagen von Frau Brunsle ist ein Einbrecher. Das klingt sehr unglaubwürdig«, fuhr ihn Waterson an.

Bertie wurde blass. »Ich sage jetzt gar nichts mehr ohne meinen Anwalt.«

Sabrina schüttelte den Kopf. »Ihr Jungs schaut echt zu viele Krimis im Fernsehen. Glaubst du wirklich, jetzt kommt einfach ein cooler Anwalt rein, der dich rettet, indem er dir rät, nichts mehr zu sagen? In der Realität sieht das folgendermaßen aus: Du bekommst einen unterbezahlten, völlig genervten Pflichtverteidiger, der einfach nur neben dir sitzt und dir höchstens empfehlen wird, die Wahrheit zu sagen, damit du einen besseren Eindruck vor Gericht machen wirst.«

In Berties Augen flackerte zum ersten Mal Verunsicherung auf, und Sabrina setzte sofort nach. Mit verständnisvoller Stimme redete sie auf ihn ein. »Es war schwer für dich, nicht wahr? Erst verlierst du deinen Kapitänsstatus, dann lassen deine Leistungen in der Mannschaft nach. Aber dein Trainer zeigt dir einen einfachen Weg auf: ab und zu eine kleine Pille, und du wirst wieder besser, kannst alle mit deinen Leistungen beeindrucken, vielleicht wirst du sogar wieder Spielführer, wenn du alle in Grund und Boden spielst? Und dann kommt Tommi, der saubere Strahlemann, und will dir den Koffer mit der wertvollen Fracht vor der Nase wegschnappen. Erst nimmt er dir die Kapitänsbinde weg, und nun holt er sich Knieslingens beste Spürnase, um den Aktenkoffer aufzuspüren. Da kann man schon mal wütend werden, oder?«

Bevor Bertie antworten konnte, klopfte es an der Tür. Sabrina stöhnte ziemlich ungehalten auf. Sie hasste es, wenn sie an so einem entscheidenden Punkt im Verhör unterbrochen wurde. Ludwig Gerlach trat ein. Triumphierend stellte er einen schwarzen Aktenkoffer vor Bertie auf den Tisch. »So, Junge, wir haben dich endgültig. Den haben wir unter dem Bett deiner Mutter gefunden. Deine Fingerabdrücke sind drauf. Hast wohl in der Eile kein besseres Versteck gefunden?«

Er wandte sich an seine erstaunten Kollegen. »Ich weiß, dass ich heute daheimbleiben sollte, aber ich konnte nicht. Es gibt etwas, an dem ich schon seit den Verhören herumdenke. Wie du weißt, habe ich ein gutes Auge für Details. Trotzdem brauchte ich eine ganze Weile, um draufzukommen, und musste mir noch einmal die Akte von Schretz holen. Ich denke, bei einem Gentest würde herauskommen, dass Bertram Holderle der uneheliche Sohn von Schretz ist. Die Familienähnlichkeit ist eigentlich unverkennbar, wenn man die beiden einmal unvoreingenommen betrachtet. Das hat mir keine Ruhe gelassen, und ich bin zur Mutter von Bertie gefahren. Dort waren gerade die Kollegen bei der Hausdurchsuchung und haben mir dann freundlicherweise das Ding hier überlassen.«

Gerlach legte den Koffer flach hin und stellte eine Zahlenkombination ein. 1208 auf der linken Seite und 1998 auf der anderen. Dann drückte er auf zwei kleine Knöpfe, und die Verschlüsse sprangen auf.

»Woher weißt du denn die Zahlen?«, wollte Waterson verwundert wissen. Dann schlug er sich mit der flachen Hand vor die Stirn und deutete auf Bertie. »Das ist dein Geburtsdatum!«

Gerlach nickte und grinste mit gefletschten Zähnen. Ganz nah beugte er sich zu dem völlig erstarrten Verdächtigen herüber, und nur ich konnte hören, was er sagte: »Ich hab dich am Arsch, Junge. Du bist geliefert.«

Dann richtete er sich wieder auf. »Seine Mutter hat es übrigens bestätigt. Schretz ist aus finanziellen Gründen bei seiner Frau geblieben, hat aber schon über zwanzig Jahre lang ein sehr diskretes Verhältnis zu Berties Mutter. Sie putzt seine Wohnung, das hat mir Frau Furner, die Haushälterin, bestätigt.«

Und plötzlich begann Bertie zu reden.

»Er hat sich gut um uns gekümmert. Alles, was man über Fußball wissen muss, hat er mir beigebracht. Auf dem Fußballplatz konnten wir einfach zusammen sein, ohne dass es Gerede gegeben hat. Als ich in der Pubertät auf einmal schlechter wurde, hat er mir geholfen, in seiner Mannschaft zu bleiben. Die Tabletten haben Wunder gewirkt, und ich habe auch Steffen damit versorgt, als er einen Leistungsknick hatte. Dann hat es Grubenau herausgefunden. Wie, weiß ich nicht. Grubenau hat mich zu sich nach Hause bestellt und mich – ausgerechnet mich – ins Vertrauen gezogen. Er hätte alles damit kaputtgemacht. Die einzige Zeit, die ich mit meinem Vater ungezwungen verbringen konnte. Mein Vater hatte mir aus der Schweiz auch Barbiturat mitgebracht. Ein paar Krümel davon in der Trinkflasche des gegnerischen Torwarts helfen prima, unsere Torabschlussquote hochzupushen. Ich habe ihm eine ordentliche Portion davon in seinen Eistee gemischt. Schmeckt man kaum. Als er schlief, habe ich ihn in sein Auto gesetzt und den Gartenschlauch angeschlossen, den Motor angelassen, alle Fingerabdrücke weggewischt, und fertig war der scheinbare Selbstmord.«

Atemlos hatten wir alle das Geständnis angehört. Waterson ergriff als Erster wieder das Wort. »Und Brunsle? Warum hast du ihn so viel später getötet?«

»Ich wusste lange nichts davon, dass auch Brunsle von dem Doping erfahren hatte. Er hat nie etwas gesagt. Ich nehme an, dass er sich selbst ein Bild machen wollte und auch Angst hatte, dass Grubenau doch keinen Selbstmord verübt hatte. Keine Ahnung. Jedenfalls hatten wir eine ganze Weile unsere Ruhe, dann haben wir dieses Mondscheintraining gemacht. Das war Donnerstagabend. Als wir fertig waren, war ich noch etwas länger in der Kabine. Ich habe einfach getrödelt und dann noch kurz mit meinem Vater telefoniert. Als ich von der Dusche in den Umkleideraum zurückkam, habe ich Brunsle dabei erwischt, wie er in Steffens Spind herumgekramt und die Tabletten gefunden hat. Steffen war immer viel zu leichtsinnig. Ich habe völlig erstaunt getan, und wir haben uns dann zusammengesetzt, um zu beratschlagen, was zu tun sei. Ich habe ihm was zu trinken angeboten, was von den Barbituraten in sein Bier gemischt und ihn, als er dann eingeschlafen war, aufgehängt. War ganz einfach. Wieder sollte es nach Selbstmord aussehen, aber irgendetwas ist schiefgegangen. Ihr habt angefangen herumzuschnüffeln. Und ich brauchte diesen verflixten Koffer, um die Beweise verschwinden zu lassen. Tommi hat ihn blöderweise vor mir gefunden. Und wenn ihr Frau Brunsle nicht verhaftet hätte, hätte ich sie eigenhändig erwürgt. Ich war schon bei ihr im Haus, aber dann hat sie den Einbruch selbst inszeniert und die Polizei gerufen, da bin ich wieder abgehauen. Aber vorher habe ich mir den Schlüssel von dem Wohnwagen geschnappt. Der Koffer war ja sonst nirgends zu finden, deshalb dachte ich mir, ich schaue dort mal nach. Aber ich hätte sie schon noch erwischt und abgemurkst. Sie hat meinen Vater auf dem Gewissen!«

Waterson stand auf und öffnete die Tür. Er rief einen Kollegen in Uniform herbei, der Bertie dann abführte.

Nie würde ich die merkwürdigen Verhaltensweisen der Menschen vollständig begreifen. Musste man sich wirklich so dafür schämen, jemanden zu lieben? Egal, ob es die Putzfrau war, der uneheliche Sohn oder ein Mann, den ein anderer Mann liebte, was konnte denn daran so schlimm sein? Waterson kniete sich neben mich auf den Boden und legte mir seine Hand auf den Kopf. Als ob er mein Unverständnis gespürt hätte, sprach er das aus, was ich dachte. »Einem Mops wäre das alles nicht passiert.«

Epilog

»Wie geht's Tommi?« Waterson und Gerlach standen nebeneinander auf dem Fußballplatz und hatten die Hände tief in ihren Taschen vergraben. Endlich hatte es aufgehört zu regnen, und der Rasen war leidlich bespielbar. Der Platzwart würde sicher ein paar graue Haare mehr nach diesem Spiel gegen Reublein haben, denn bei jedem festen Tritt der Spieler, löste sich ein Teil der Grasnarbe und flog durch die Gegend.

Gerlach wippte nervös auf seinen Fußballen hin und her. Es war Halbzeit, und das Spiel lief nicht gut für den 1. FC Knieslingen. Gerlach war dankbar für die Ablenkung, denn seine Mannschaft lag bereits mit 0:2 im Rückstand. Er hatte seine Kabinenansprache hinter sich gebracht und wirkte sehr nervös.

»Gut, er wäre gerne auf dem Platz, aber das dauert noch 'ne Weile. Ich habe lange mit ihm geredet.« Er seufzte traurig. »Hätten wir das mal früher getan. Er hat von dem Doping gewusst. Er hat Steffen erwischt und ihn zur Rede gestellt. Trotz allem fühlte er sich als Kapitän dazu verpflichtet, die Sache selbst in Ordnung zu bringen und dabei seine Mannschaft zu schützen. Den Koffer wollte er, um alle Tabletten zu vernichten, und er hoffte, dass damit die Sache ausgestanden wäre. Denn nach dem Tod von Schretz hätte es ja keinen Nachschub mehr gegeben. Er hat leider tatsächlich bei Schretz eingebrochen und auch in den Wohnwagen von Frau Brunsle. Den BMW hat er ebenfalls durchsucht. Offenbar hat sich Frau Brunsle mit Herrn Schretz auf dem Parkplatz getroffen, und die beiden sind dann mit Frau Brunsles Auto zum Vereinsheim gefahren. Wahrscheinlich hatte Schretz dort Geld verwahrt. Frau

Brunsle hat mittlerweile zugegeben, dass sie Schretz unter dem Vorwand, dass sie ihn erpressen wollte, zu dem Treffen veranlasst hatte. Sie hatte das Benzin bereits im Kofferraum. Offensichtlich hatte Schretz keine Bedenken, dass sie ihm etwas antun könnte, denn er war ja tatsächlich nur indirekt schuld am Tod von Grubenau und Brunsle, doch das hat Frau Brunsle nicht gewusst. Er dachte, sie erpresst ihn wegen des Dopings, und wollte einfach bezahlen. Geld hatte er genug. Leider ist an meinem Sohn wohl ein Autoknacker und Einbrecher verloren gegangen. Er wird aber vermutlich mit einer Bewährungsstrafe und Sozialstunden davonkommen. Und seine Mannschaft feiert ihn als Helden.«

Waterson nickte. »Auch mit Koch habe ich noch einmal gesprochen. Er hat die Geschichte von Frau Grubenau bestätigt. Und mittlerweile auch den Einbruch bei Frau Grubenau zugegeben. Er wollte, dass es wie ein richtiger Einbruch aussieht, und hat sich so richtig ausgetobt. Er wollte wissen, ob er ebenfalls in Gefahr schwebte, und hat in den Unterlagen von Grubenau gesucht, ob der ihm irgendwie auf die Schliche mit den anonymen Briefen gekommen ist. Er hat einfach Schiss bekommen.«

In diesem Moment trabte Arno zu uns. Er hatte sich schnell von seinem Schreck erholt und hatte heute die Kapitänsbinde übernommen. Keine leichte Aufgabe, denn die Mannschaft musste ohne ihre drei besten Männer auskommen und auf drei Ersatzspieler aus der A-Jugend zurückgreifen. Er beugte sich zu mir herunter. »Ich kann Hunde zwar immer noch nicht ausstehen, aber ich muss zugeben, ich bin froh, dass es dich gibt.« Ich wedelte ihn freundlich an. Er wollte sich schon wieder umdrehen, als Waterson ihn noch einmal zurückrief. »Arno, auf ein Wort.«

»Ja?« Er drehte sich noch einmal zu uns um.

»Warum warst du oben auf dem Campingplatz?«, verlangte mein Freund zu wissen.

Arno zuckte mit den Schultern. »Ich hab Tommi beschattet. Ich dachte, er hätte was mit dem Doping zu tun, denn er war so komisch in letzter Zeit. Ich stehe nicht auf so ein Zeugs. Ich will ehrlich spielen.

Steffen hat einfach nicht rausgelassen, wo er die Tabletten herhatte, und bei Bertie wusste ich gar nicht, dass er etwas einwarf. Ganz ehrlich ...« Er räusperte sich ein wenig verlegen. »Ich dachte, wenn ich ihn auf frischer Tat erwische, kann ich endlich Mannschaftskapitän werden. Aber ich hab gesehen, wie er niedergeschlagen wurde, und hatte Angst um ihn. Ich kriege keine Schlösser auf, Handyempfang gab es nicht, und es erschien mir die schnellste Methode, ihn mitsamt dem Wohnwagen ins Tal zu bringen, wo ihm jemand helfen konnte.«

Gerlach legte ihm die Hand auf den Arm. »Wir stehen für immer in deiner Schuld.«

Doch Arno winkte ab. »Passt schon.«

Der Schiedsrichter kam gerade wieder aufs Feld, und Arno scharte seine Mannschaft um sich. Alle steckten die Köpfe zusammen, die Arme jeweils um die Schultern des Nebenmannes gelegt. Auf ein Zeichen von Arno schnellten alle Arme hoch, und sie brüllten: »Für Tommi!« Ein Ruck ging durch die Mannschaft, und tatsächlich rissen sie das Ruder noch einmal herum.

Das Spiel endete hochverdient mit 3:2. Der 1. FC Knieslingen war Herbstmeister!

Personal

Hauptfiguren

Marlene Schuster, Frauchen der Mops- und Katzenbande
Miro Dobric, ihr Ehemann
Hanna und Emma, Töchter von Marlene
Josefine, die Tochter von Marlene und Miro
Jackie Seeger, Ehefrau von Johannes Waterson
Mara, Tochter der beiden
Guinness, der Mops von Waterson und Jackie, Sohn von Holmes und Bena Hula

Marlenes Mopsbande

Holmes, erfolgreicher Mopsdetektiv
Bena Hula, seine schöne und kluge Frau
Nelly, Holmes' Mutter

Marlenes Katzenbande

Murpsel, klein und flauschig
Marlon, ein Schnösel, aber gutmütig
Maurice, der schöne und souveräne Tigerkater

Ermittler

Johannes Waterson, Kommissar, Freund von Holmes
Ludwig Gerlach, Kommissar und Freund von Johannes Waterson
Bernd Sittler und Sabrina Hauser, Kommissare aus Reutlingen

Einige Knieslinger Kicker

Arno Maisel
Tommi/Thomas Gerlach
Steffen Druckle
Chili/Adrian Köhler, Torwart
Berti/Bertram Holderle
Charly/Karl Faiser
Jochen Schretz, Trainer

Die Schiedsrichter und ihre Frauen

Theodor Brunsle, Schiedsrichter
Helga Brunsle, dessen Ehefrau
Michael Grubenau, Linienrichter
Gertrud Grubenau, dessen Ehefrau
Gunter Koch, Linienrichter

Und sonstige Figuren

Gisela Schretz, Ehefrau von Jochen Schretz
Susanne Furner, Haushälterin der Familie Schretz
Joseph Schmieder, Dorfpolizist
Anne und Dragomir Dobric, Miros Eltern

Doktor Hans Markert, Psychiater
Sybille Schneider, Schwester von Frau Gertrud Grubenau
Holger Treder, Nachbar von Marlene und Miro